DARKLOVE.

Diretor Editorial
Christiano Menezes

Diretor Comercial
Chico de Assis

Gerente de Novos Negócios
Frederico Nicolay

Gerente de Marketing Digital
Mike Ribera

Editores
Bruno Dorigatti
Raquel Moritz

Editores Assistentes
Lielson Zeni
Nilsen Silva

Adaptação de Capa e Miolo
Retina 78

Designers Assistentes
Aline Martins/Sem Serifa
Arthur Moraes

Revisão
Ana Kronemberger
Aline T.K. Miguel
Thaís Rocha

Impressão e acabamento
Gráfica Geográfica

DADOS INTERNACIONAIS DE CATALOGAÇÃO NA PUBLICAÇÃO (cip)
Angélica Ilacqua CRB-8/7057

O'Neill, Louise
A pequena sereia e o reino das ilusões / Louise O'Neill ; tradução de Fernanda Lizardo. — São Paulo : DarkSide Books, 2019.
224 p. : il.

ISBN: 978-85-9454-157-4
Título original: The Surface Breaks

1. Ficção irlandesa 2. Ficção fantástica 3. Sereias — Ficção I. Título II. Lizardo, Fernanda

19-0219 CDD Ir823

Índices para catálogo sistemático:

1. Ficção irlandesa

[2019]
Todos os direitos desta edição reservados à
DarkSide® *Entretenimento LTDA.*
Rua Alcântara Machado 36, sala 601, Centro
20081-010 — Rio de Janeiro — RJ — Brasil
www.darksidebooks.com

LOUISE O'NEILL

A PEQUENA SEREIA
& O REINO DAS ILUSÕES

TRADUÇÃO
FERNANDA LIZARDO

DARKSIDE

Para Aine Loughnan, minha primeira melhor amiga,
e para meu estimado afilhado, George Gillan.

SOBRE SEREIAS, MULHERES E CONTOS DE FADAS SOMBRIOS

O livro que você tem em mãos é um verdadeiro tesouro. Um item valioso que uma sereia apaixonada pela superfície guardaria na prateleira mais alta de sua coleção. Ele pode não ser feito de pérolas ou joias preciosas, mas suas páginas abrigam uma história poderosa e necessária. E ela começa no fundo do mar. Com uma garota chamada Gaia, que sonha em ser livre de todas as maneiras que uma sereia pode ser.

A Pequena Sereia e o Reino das Ilusões é a releitura do conto de fadas sombrio e doloroso de Hans Christian Andersen que todas esperávamos. Mantendo os contornos brutais do original ao mesmo tempo em que concede um pouco da magia eternizada pela adaptação dos estúdios Disney de 1989, a autora irlandesa Louise O'Neill reconta a história da pequena sereia sob um viés feminista.

No reino do Rei dos Mares, um mundo aquático em que mulheres são silenciadas diariamente e das mais diversas formas, as sereias não podem fazer perguntas ou almejar coisas. É esperado que elas se comportem como as mulheres devem se comportar; isso significa que se encaixar no padrão de beleza, deixar os estudos de lado e garantir um casamento arranjado é muito mais importante do que ter direito de fala.

Suas vozes não se fazem necessárias, pois o mundo em que vivem pertence apenas aos homens.

Gaia, o diamante da coroa de seu pai, está fadada a ser ostentada como tal. Mas ela está disposta a reescrever esta história — por ela e por todas as mulheres silenciadas do reino. E é neste cenário venenoso que Louise O'Neill apresenta uma jornada de autodescoberta, ruptura, empoderamento e força feminina.

A Pequena Sereia e o Reino das Ilusões é um espelho bem claro da sociedade em que vivemos. Podemos não ter caudas adornadas por pérolas, mas sofremos nas mãos de um padrão de beleza inatingível. Vivemos em um mundo que ansiamos por explorar, mas temos obstáculos em nosso caminho na forma de leis retrógradas e violência. Julgamos o diferente, repetimos padrões tóxicos e naturalizamos abusos porque fomos ensinadas, através de palavras bonitas e inversões de valores, a encará-los com naturalidade.

Mas não mais.

As vontades, temores e questionamentos que habitam nossa pele ultrapassam a identificação que sentimos ao ler a história de Gaia e migram para a vida real, pois todas as mulheres desejam tomar as rédeas de seu próprio destino. No fim do dia, somos uma só.

E é justamente por isso que a fantasia é tão apaixonante. Porque nela vemos um reflexo nítido da época em que vivemos, mas também recebemos ferramentas para enfrentar cada um desses empecilhos, além da inspiração necessária para desconstruir essa estrutura.

Com uma narrativa e olhar afiados, a autora ainda desenvolve aspectos do conto original que passaram batido, como o relacionamento de Gaia com as irmãs e as camadas complexas da Bruxa do Mar. Estas mulheres, que tinham a profundidade de uma poça d'água na história original, se tornam personagens poderosas aqui — porque ganharam voz.

Mais de 150 anos separam a história original de Hans Christian Andersen da adaptação cinematográfica feita pela Disney, mas revisitá-la é um convite à desconstrução psicológica e social. Quando lembramos de *A Pequena Sereia* que assistimos na infância, imagens vivas saltam aos olhos: belas caudas serpenteantes, cenas musicais com canções que não saem da cabeça e fogos de artifício estourando no céu inebriam o espectador; e tanto o faz que suas mensagens problemáticas quase se perdem em meio ao espetáculo de cores.

Neste livro, a pequena sereia é controlada e dominada por seu pai, e literalmente modifica seu corpo para tornar-se mais atraente aos homens, mesmo que isso lhe custe a liberdade, o conforto (um aspecto trabalhado com primor pela autora) e seu mais querido talento: a voz que entoa belas canções pelos mares. Nada lhe pertence.

Louise é uma escritora extremamente fervorosa, dotada das formas mais atraentes, modernas e sagazes de encarar as experiências de jovens mulheres; ela toca ao coração no que mais interessa às adolescentes. E o que ela fez por esta história é extraordinário. Aqui, as mais diversas facetas do silenciamento feminino na sociedade são exploradas, seja no modo como olhamos para nós mesmas, na maneira com que os homens enxergam a figura feminina ou mesmo na forma como tratamos nossas irmãs. É um conto repleto de propensões das mais sombrias, cheio de raiva e gritos de guerra: verdadeiramente narrativo em sua forma mais fascinante.

Ainda que pareça tudo calmo na superfície, Louise alimenta uma verdadeira revolução no âmago de sua protagonista. É sintomático que digam que Ariel fez o que fez porque quis, livrando, desta forma, a culpa de uma sociedade opressora que direciona as ações das mulheres limitando-as para que sigam um fluxo. Os erros que Gaia está fadada a cometer ganham uma nova amplitude nesta releitura, trazendo justiça à uma personagem centenária, mas mais do que isso, mostrando que padrões podem ser rompidos, superfícies podem ser quebradas e que uma mente fortalecida e consciente é imensamente poderosa — e assustadora para quem estava acostumado a dominar.

A Pequena Sereia e o Reino das Ilusões mostra como, em um reino comandado pelo patriarcado, ter uma voz é arriscado. Mas também como querer usá-la é uma atitude extremamente poderosa. Ainda mais em tempos tão sombrios.

As editoras
#elassim

1

Você não está preparada, minha criança. Seja paciente. Sua hora irá chegar.

Tenho ouvido minha avó dizer isso desde que me entendo por gente. “Mas quando é que vou estar preparada?”, eu perguntava todas as vezes. “Quando, vovó? Quando, *quando*?”

E ela então dizia para eu me acalmar. “É para o seu bem”, insistia. “Você sabe muito bem o que seu pai acha do mundo humano. Não deixe que ele flagre você falando desse jeito.”

Nunca me deixaram falar demais. Meu pai não é muito chegado em garotas curiosas, então eu simplesmente mordia minha língua e ficava esperando. E assim minha infância ia passando; dissolvendo-se como espuma do mar na crista das ondas. E eu só ia contando os dias e as noites, as semanas, os meses, os anos. Espero por este dia há muito tempo.

E, finalmente, ele chegou. Completei quinze anos e agora vou poder nadar na superfície, captar meu primeiro vislumbre do mundo acima de nós. Talvez eu encontre algumas respostas lá. Tenho tantas perguntas, sabe? Passei meus anos engolindo todas elas, todas queimando amargamente no fundinho da minha garganta.

“Feliz aniversário, minha querida Muirgen”, felicita vovó Thalassa, colocando uma grinalda de lírios na minha cabeça. Estou sentada num trono esculpido de corais, encarando meu reflexo no espelho rachado à minha frente. É uma relíquia de um navio que naufragou há dois anos. As Rusalka foram à superfície para cantar e atrair os marinheiros ao seu túmulo aquático, estufando seus pulmões com a morte. Elas cantam com tanta doçura, as Salka. Cantam por vingança devido a tudo o que lhes foi infligido.

Meu quarto no palácio é repleto de achados do tipo; sobras de objetos de humanos que afundam do mundo deles ao nosso, e os quais vou acumulando em minha coleção, peça por peça. Um pente quebrado que uso para domar meus longos cabelos ruivos; um anel cravejado que minhas irmãs vivem cobiçando e implorando para pegar emprestado, mas que eu não divido com ninguém. Uma estátua de alabastro branco, o rosto e busto de um jovem. Eu sempre me pergunto quem seria ele, aquele cujo rosto foi talhado em mármore. Eu sempre me pergunto se ele alguma vez olha para o mar e pondera sobre suas profundezas, se delibera sobre o que poderia ser encontrado em seus bolsões caso ele olhasse com atenção suficiente. Eu me pergunto se ele ao menos sabe que nós existimos.

"É difícil acreditar que seu décimo quinto aniversário chegou", diz minha avó. "Eu lembro nitidamente do dia em que você nasceu."

Todos no reino se lembram do meu nascimento, mas não por minha causa. Ela tricota uma pérola em minha cauda de sereia, perfurando a carne com uma navalha feita de concha. Fico olhando o sangue vazar, se agitando na água antes de se dissolver por completo. As pérolas são grandes, pesadas, e eu preciso usar seis delas para inspirar temor no povo do mar, para o caso de eles se esquecerem de que sou membro da realeza e, portanto, superior a eles em todos os sentidos. "Ficou muito claro que você era especial", continua vovó. "Mesmo sendo tão novinha." Mas não especial o suficiente. Não especial o suficiente para fazer minha mãe permanecer conosco.

Vovó raspa minhas escamas, ignorando meu suspiro de dor. Thalassa do Mar Verde não dá a mínima para tais queixas. *A beleza não vem de graça*, diria ela. *Há sempre um preço a se pagar*, e aí ela gesticularia para a própria cauda, com suas doze pérolas. Minha avó não nasceu na realeza, então de fato é esperado que ela seja grata pelo adorno, concedido a ela por seu genro, o Rei dos Mares, e mais grata ainda pelo privilégio não ter sido revogado quando sua filha... se comportou mal. A família de minha avó era aristocrática e muito respeitada, mas minha mãe foi o verdadeiro ingresso para o trono. Talvez ela não tivesse percebido o tamanho do preço que sua filha teria de pagar. Talvez nem sequer se importasse.

Quando vovó diz que sou "especial", ela quer dizer "linda". Esse é o único jeito de uma mulher ser especial neste reino. E eu sou linda. Todas as filhas do Rei dos Mares são, uma princesa mais linda do que a outra, mas eu sou de fato a mais bela de todas. Eu sou o diamante da coroa do meu pai, e ele está determinado a me ostentar como tal. Ele sempre exibe minha beleza por aí e toma qualquer admiração subsequente como se fosse um direito.

"Meu nome é Gaia", digo. "Foi o nome que minha mãe me deu."

"Não vamos falar de sua mãe", reprime ela. "Muireann teve montes de ideias que poderiam muito bem ser ignoradas."

Seguro um pouco a respiração. *Muireann*. Nós ouvimos este nome tão raramente. "Mas..."

"Shhh", censura ela, olhando para trás para se certificar de que estamos a sós. "Eu nunca deveria ter revelado a você o nome que ela escolheu."

Mas revelou. No meu quinto aniversário, quando implorei para ela me contar alguma coisa, *qualquer coisa* sobre a minha mãe. *Ela deu a você o nome Gaia*, fiquei sabendo, e, quando ouvi aquilo, me senti acolhida.

"Gaia não é um nome do mar, minha criança", diz minha avó agora.

"Mas era o nome que minha mãe queria, não era?"

"Sim", suspira ela.

"E meu pai, ele concordou, certo? Mesmo que Gaia fosse um nome da terra, e não da nossa espécie."

"O Rei dos Mares gostava muito de Muireann naquela época. Ele queria vê-la feliz."

No começo, eles achavam que o amor da minha mãe pelo mundo humano era só uma coisinha inocente. Até ela começar a agir de forma esquisita. Até ela começar a sumir por horas a fio, sempre dando pretextos cada vez mais elaborados para explicar sua ausência. Até ela ser sequestrada.

"E então minha mãe..."

"Sua mãe morreu, Muirgen", sentencia minha avó. "Não vamos mais falar dela."

Mas eu não sei se ela está morta, apesar do que me dizem. A única coisa que sei é: quando alguém desaparece bem no dia do seu primeiro aniversário, sua vida inteira se transforma em um grande ponto de interrogação, em um quebra-cabeças que precisa ser montado.

E então eu olho para cima. Passei a vida inteira olhando para cima e pensando nela.

"Pode ser que ela ainda esteja viva", digo.

"Não está."

"Mas como você pode ter tanta certeza? A única coisa que sabemos é que ela foi raptada. Talvez..."

"Muirgen." Seu tom de voz é sério. Encontro seus olhos azuis, iguaizinhos aos meus. Tudo é azul aqui embaixo. "Não é elegante para uma mulher ficar fazendo montes de perguntas."

"Mas eu só quero..."

"Não é elegante para uma mulher ficar querendo coisas também. Faça um esforcinho para se lembrar disso."

Muireann do Mar Verde queria coisas demais. *Você é tão parecida com a sua mãe*, os mais velhos costumam me dizer (embora apenas quando meu pai não está por perto. Meu pai não tolera que mencionem minha mãe nesta corte), *a semelhança é...* (bizarra? Estranha? O quê?) Mas eles nunca concluem a frase. *É tão lamentável o que aconteceu com ela*, dizem em vez disso. Todos passaram a aceitar que ela está morta, mesmo que nunca tenhamos encontrado um corpo para enterrar nas areias profundas deste mar. Todos acham lamentável, mas o que mais uma mulher como minha mãe poderia esperar? Ela carregava necessidades muito específicas, possuía desejos muito peculiares. Ela queria fugir, então olhou para cima também. E foi punida por isso.

Minha avó pega a última pérola agora, a língua para fora da boca em um gesto de concentração. Minha cauda tem que ficar perfeita para o baile esta noite. Meu pai sempre fica muito exigente nesta ocasião.

Aguardo ela ficar absorta no trabalho e olho para cima de novo. Olho para o mar escuro, as ondas se quebrando, e faço um esforço para enxergar a luz fraca além. Foi para lá que minha mãe foi, bem lá em cima. E é para lá que devo ir para encontrar as respostas das quais necessito.

Vovó dá um puxão na minha cauda, mas mantenho minha cabeça inclinada para trás, olhando para a superfície. Agora tenho quinze anos, e posso fazer o que eu quiser.

2

Faço uma pausa na frente do quarto de minhas irmãs, ouvindo uma discussão entre elas. Vozes exaltadas, gritinhos de aborrecimento. *Esganiçadas*, diria meu pai se nos comportássemos de tal maneira na frente dele. Não que nos atrevêssemos. Somos as filhas do Rei dos Mares, e filhas devem ser boazinhas o tempo todo.

"Este pente é meu."

"Não é, Talia, seu pente é preto."

"Eu tenho um pente preto *e* um pente coral, e você está usando meu pente coral. Devolve, agora."

"Talia!", insiste Cosima assim que abro a porta. Ela e Talia estão flutuando no meio do quarto, minhas outras três irmãs ignorando-as do conforto de suas camas. "Nem tudo pertence a você. O pente é *meu*."

O espaço é imenso; tetos abobadados forrados com algas marinhas verdejantes e marrons, o chão pavimentado com mármore perolado. Há duas camas de solteiro de cada lado e uma de casal na outra extremidade do cômodo, perto da janela de pedrinhas coloridas de vidro do mar, onde Talia vem dormindo desde que saímos do quarto infantil, oito anos atrás. "Eu sou a mais velha", disse ela quando reclamou a posse da cama, ignorando os protestos de Cosima. "Esta cama vai ser minha até o dia em que eu deixar o palácio para morar com meu marido", alegou, acenando com veemência. Talia já não faz mais comentários do tipo. Todos nós sabemos que ela ainda vai aguardar muito tempo até deixar este palácio.

Eu costumava ter uma cama neste quarto também, adormecendo com a mão estendida para segurar a de Cosima. Naquela época eu tinha pesadelos, visões da dor angustiante que os humanos poderiam ter infligido em minha mãe ao capturá-la, e Cosima sempre me acordava, garantindo que estava tudo bem. *Não se preocupe, Gaia*, dizia. Cosima era a única que me chamava de Gaia, pois compreendia o quanto era importante para mim. Mas aí eu comemorei meu décimo segundo aniversário e tudo mudou.

Cosima passou a chorar baixinho todas as noites antes de dormir, cada soluço rouco uma reprimenda. Eu queria dizer a ela que a culpa não é minha. Eu não pedi que ele me escolhesse. Eu não pedi por nada disso. No final, fiz uma solicitação para me mudar para a torre no alto do palácio, fingindo não me importar com o fato de que nenhuma de minhas irmãs protestara à minha troca de quartos. "Mas a torre não tem teto", meu pai franziu a testa. "Só tem o mar acima de você." Eu disse a ele que não me importava, e dei aquele sorriso de que ele gostava, tal como uma boa menina. Ele então cedeu, dizendo: "Faço qualquer coisa pela minha Muirgen", e assim me deu permissão para levar meus pertences para as torres, minha cama e meu espelho, meu pente e minhas joias. E a estátua, é claro, embora eu tivesse precisado esperar para levá-la, quando meu pai não estava olhando.

O Rei dos Mares odeia os humanos. Ele só gosta de ouvir falar a respeito deles quando seus cadáveres afundam no reino, os olhos ainda abertos como se estivessem procurando alguma coisa. Um ente querido? Um resgate que nunca virá? Eu nunca consegui saber. Não que isso fizesse diferença para o Rei dos Mares. *Um humano morto*, diria meu pai, sorrindo horrivelmente quando um corpo passasse flutuando pela janela da sala de jantar, *é o melhor tipo de humano.* (*Mas você tem como culpá-lo?*, dizia minha avó. *Você consegue culpá-lo depois que eles levaram sua mãe?*)

"Devolva", continua Talia, arrancando o pente das mãos de Cosima com um *Rá!* triunfante.

"Bom dia, irmãs", cumprimento, e ambas se voltam para me encarar.

"Você está atrasada", diz Talia, passando o pente pelos cabelos negros. Ela é a única cujos fios se recusam a ondular, não importa o quão cuidadosamente ela tente formar os cachinhos enrolando-os em conchas. Ficamos provocando-a, dizendo que ela deve ser metade-Rusalka; com cabelos tão lisos, não é possível que ela tenha água do mar purinha correndo nas veias.

"Você já subiu à superfície?", pergunta Cosima.

"Ainda não", respondo. "Vou amanhã de manhã, assim que começar o dia."

"Minha nossa", diz Cosima. "Achei que você fosse subir logo na primeira oportunidade. Talvez você não seja tão parecida com a nossa 'mãe', afinal de contas. Seria uma pena se você tivesse herdado a loucura daquela mulher."

"Não fale assim da nossa mãe", digo, a raiva ardendo.

"Por que não? Ela nos abandonou, não foi?"

"Ela não nos abandonou."

"Muirgen", suspira Cosima. "Ela sabia dos perigos, e mesmo assim continuava indo à superfície, dia após dia. Ela foi imprudente. Pode ser que não tenha sido sua intenção ser capturada, mas ela atraiu isso. Ela nos abandonou."

O que eu posso responder? Talvez fôssemos fáceis de deixar para trás.

"Já chega, Cosima", diz Sophia, minha terceira irmã mais velha. "Não perturbe Muirgen. Esqueceu que é o aniversário dela?"

"Se eu esqueci? Como é que qualquer um de nós poderia se esquecer do dia de hoje?"

"Ok, Cosima", rebato. "Já entendi. Hoje é um dia amaldiçoado e eu sou uma sereia amaldiçoada. Satisfeita?"

"Quieta, irmã", diz Sophia. "Hoje é o seu aniversário e estamos muito felizes em celebrá-lo. *Todas* nós." Ela vem nadando até mim, seus cabelos castanhos que batem na cintura flutuando em seu encalço. Ela me abraça, e sinto o cheiro de sal e estanho, das folhagens em torno de seus tornozelos e pulsos. Ela tem o mesmo cheiro que todas nós. (Lá em cima, as mulheres usam fragrâncias florais na pele; cheiram a rosa, lírio e jasmim. Lá em cima, as flores carregam aromas e seus botões exalam perfume.)

"Eu sei que é seu aniversário, Muirgen", diz Talia, roendo as unhas. Ela sempre fica tensa no dia do meu aniversário. Ela tinha sete anos quando comemorei meu primeiro ano, e mesmo assim se lembra daquela festa infame. Talia se lembra de tudo. "Mas isso não justifica seu atraso. Nós todas vamos ter problemas também, você sabe disso."

"Eu não estou atrasada, Talia."

"Você está atrasada", insiste. "Ela não está atrasada, Nia?"

Nia está perto da janela, os dedos pousando levemente contra o vidro verde-claro, admirando um peixe que passa por ali. "O quê?", diz ela. "Sim. Sim, você está certa, Talia. Você está sempre certa." Ela tenta sorrir para mim. "Mas feliz aniversário mesmo assim, Muirgen."

"Quantas pérolas você ganhou?", pergunta Cosima. "Parece que vovó te deu sete pérolas. Ela te deu *sete* pérolas? Por que você ganharia sete pérolas quando o restante de nós só tem seis?"

"Eu só ganhei seis pérolas também, Cosima", digo quando Sophia pega minha mão, segurando a cortina de tecido diáfano que circunda sua cama para que eu possa nadar por ali. "A mesma quantidade que todas vocês ganharam. A vovó não teria feito diferente."

"Ah, tenho certeza de que ganhou. Preciosa Muirgen", resmunga ela, se voltando para o espelho colado à cabeceira de sua cama, decorado com amêijoas e algas vermelhas. "Típico."

"Para ser totalmente sincera, o conceito de usar pérolas é arcaico", intercede Arianna. Ela está deitada de bruços, a cauda verde-menta se dobrando para roçar em suas costas, como se estivesse se coçando. "Se alguma de vocês se desse ao trabalho de vir comigo e com vovó nas visitas a Longemar, aí vocês entenderiam o *terrível* desperdício de recursos que é. Deveríamos estar gastando o dinheiro do palácio para melhorar as condições para aquelas pessoas, em vez de toda essa vaidade frívola."

"Sim, Arianna, você já falou isso", digo. *Umas cem vezes.* Nossa avó visita Longemar toda semana, o local para onde meu pai enviou os "indesejáveis", o povo sirênico que ele não tolera ver nos arredores do palácio. Ela leva comida, e as unções que a curandeira preparou, e ao passo que o Rei dos Mares não aprova tais demonstrações de caridade de nossa avó, ele também não as proíbe. Acho que ele é cauteloso em relação ao que poderia acontecer caso as pessoas de Longemar ficassem famintas.

"Mas não é como se a decisão de usar as pérolas fosse responsabilidade nossa, não é?", pergunto a Arianna. Nada aqui é decisão nossa.

"E é por isso que eu não uso adornos no meu cotidiano, vai além dos meus *princípios*", continua Arianna, me ignorando. "Mas não é como se eu fosse obcecada com esse absurdo todo de pérolas e espelhos, de qual pente é de quem, de qual cabelo é o mais ondulado. Tipo, sério, se vocês viessem comigo e com vovó em nossa próxima missão de caridade, aí vocês veriam como as condições lá são horrorosas, como aquelas pessoas pobres são..."

"Os sirênicos em Longemar estão *bem*", interrompe Cosima. "Mais do que bem. Eles têm sorte por permitirmos que eles permaneçam lá. Criaturas *anormais*."

"Anormais?", pergunta Nia, sua voz aguda. Olho para ela, surpresa; Nia nunca se envolve em discussões. "Eles não têm como evitar serem daquele jeito."

"Ai, me poupe", Cosima revira os olhos. "Eles poderiam mudar se realmente quisessem. E, de qualquer forma", ela volta sua atenção para Arianna, "você está usando suas pérolas hoje, Ari, mesmo com toda essa conversinha sobre *princípios*."

"Hoje não conta. Você sabe que eu não posso..." Arianna não conclui a frase. Mas eu sei o que ela ia dizer.

Eu não posso porque vai haver um baile na corte hoje.

Eu não posso porque nosso pai vai estar lá, e ele espera que todas estejamos devidamente ornadas.

Eu não posso porque o Rei dos Mares vai ficar zangado se não obedecermos. Ele não vai tolerar a insubordinação feminina, ainda mais hoje, dentre todos os dias.

E sabemos o que acontece quando o nosso pai se enfurece.

"Não vamos mais falar disso", intervém Sophia, pronta para fazer as pazes. "Você está linda, aniversariante. Zale não vai conseguir tirar os olhos de você."

"Acho que Zale tem coisas mais importantes em mente", diz Cosima, cerrando a mandíbula. Eis mais uma coisa que a deixa com raiva de mim. Eu gostaria que Zale tirasse os olhos de mim e os pusesse em Cosima. Ela, pelo menos, gostava desse tipo de atenção.

"Oh", digo. "Cosima tem razão. Tenho certeza de que Zale nem vai me notar." Espero mesmo que não note. "Ele vai estar muito ocupado tentando descobrir um jeito de matar todas as Rusalka deste mar, sem dúvida."

"E por que ele não faria isso?", pergunta Cosima. "Zale só está tentando nos proteger. As Salka são perigosas. Elas não são iguais à nós. Elas não nasceram do mar como nós."

Ela fala como se isso fosse novidade, como se essa história não estivesse sendo repetida para nós desde que éramos crianças. Ou versões dela, de qualquer forma. A versão de vovó sempre foi mais empática; *as Salka são desventuradas*, diria ela. *Elas foram machucadas e, por esse motivo, atacam. Sejam gentis.* As Rusalka têm vivido nestes mares por tanto tempo quanto o povo sirênico, mas elas não são de sal. Um dia elas foram mulheres humanas, mas daí pecaram. E então tiveram que ser punidas, do jeito que as pecadoras devem ser, e aí morreram chorando, os soluços presos em suas gargantas, arrancando a vida de seus peitos. *As garotas afogadas*, é assim que minha avó se refere a elas. As mortas que de algum modo deram um jeito de respirar debaixo d'água, mesmo antes de a Bruxa do Mar decidir se tornar a líder delas. Vovó era a única que achava que as Salka eram dignas de compaixão, muito embora elas tenham sido responsáveis por ceifar a vida de seu único filho durante a guerra. *Por que você não sente raiva das Rusalka depois do que aconteceu com o tio Manannán?*, perguntei a ela certa vez, mas ela apenas respondeu que eu era jovem demais para entender.

A outra versão é a que todo mundo sempre nos contou. Histórias sobre a conduta das Salka quando estávamos em guerra, sobre os danos que nos infligiram e o jeito como ficaram sorrindo durante o ato, sedentas para ver mais sangue sendo derramado.

"As Salka devem ser controladas", diz Cosima, enrolando no dedo um cacho loiro, ainda olhando em seu espelho.

"Sorte que temos Zale, então", comento. "Não tem nada de que ele goste mais do que controlar as mulheres." Minhas outras irmãs riem, então param imediatamente. Não temos permissão para rir dos homens, independentemente de nossa posição no escalão da corte.

"Chega disso", diz Talia. "Estamos *atrasadas*. A iluminação na água está mudando." Ela puxa Nia e Arianna de suas camas, e afasta Cosima de seu reflexo. "Vamos ter problemas." Já à porta, ela se vira para olhar para Sophia e para mim. "E aí? Vocês vêm?"

"Só um minuto", respondo. Preciso reunir forças antes de encarar o espetáculo.

"Muirgen, eu te proíbo de se atrasar mais."

"Agora eu tenho quinze anos, Talia. Você não pode 'me proibir' de fazer nada. Você não é minha mãe."

"Estou muito ciente disso", diz ela baixinho, e eu me arrependo do que falei. Não para Talia. "Muito bem, então. Não proíbo nada; mas estou *avisando* que chegar atrasada seria um erro dos graves."

"Eu não vou me atrasar."

"É o seu aniversário, Muirgen. Você não pode chegar tarde na sua própria festa." Quase solto uma gargalhada. Seja lá qual for o evento desta noite, ele tem pouquíssimo a ver com o meu aniversário. "Estou falando sério", continua ela. "Nosso pai vai..."

"Nosso pai vai ficar bem", digo. "Vou me juntar a vocês na corte em cinco minutos."

Dando um suspiro exagerado, ela sai; as outras vão logo atrás, ondas de cabelos densos no encalço de todas.

"Sete pérolas", ouço Cosima reclamando. "E um baile para comemorar o aniversário del..." A voz dela se distancia de vez e o quarto fica silencioso, ao menos uma vez.

"Estou muito feliz por não precisar mais dormir no quarto compartilhado", eu dissera à minha avó logo depois de me mudar para a torre. "Às vezes eu preciso ficar sozinha, para me dedicar aos meus pensamentos."

Ela tocou minha bochecha. "Você é tão parecida com sua mãe", dissera. *Por quê?*, eu queria perguntar. *E de que jeito exatamente?* Fale mais dela, vovó. Conte-me sobre o dia em que ela nasceu, fale da infância dela e conte-me quais eram suas brincadeiras e comidas favoritas, quais músicas ela gostava de cantar. Conte-me, conte-me, *conte-me*. Tenho tantas perguntas e sei que nenhuma delas será respondida. Não aqui embaixo, pelo menos.

"Cosima precisa parar com isso, eu não ganho nenhum tratamento especial. Não da vovó", digo quando tenho certeza de que elas já estão longe.

"Você sabe por que ela se comporta desse jeito", diz Sophia calmamente. "Faça um esforcinho para entender."

"Isso não é desculpa para ela ser grossa", insisto. "Ou para Talia ser tão mandona. *Anda logo, Muirgen. Você vai se atrasar, Muirgen.* Ela nunca vai conseguir um tritão se continuar agindo assim. E Nia é ainda pior, sempre concordando com tudo o que Talia diz. Ela deveria desenvolver um pouco de personalidade."

"Seja gentil", censura Sophia. Ela enrola o cabelo num coque, prendendo-o com um pedaço de concha quebrada. "Talia tem vinte e um anos e ainda não ficou noiva de ninguém. Ela sabe que todo mundo na corte fala dela pelas costas; ela não consegue pensar em outra coisa."

"Talvez ela esteja melhor sozinha", digo, e ficamos em silêncio. Não há nada que possa ser feito para me salvar agora, e nós duas sabemos disso.

"E quanto a Nia...", continua ela. "Bem, Nia tem os problemas dela."

"Como assim?", pergunto. "Nia está prometida a Marlin. O futuro dela está assegurado."

"E você acredita mesmo que Nia *quer* se casar com Marlin?"

"Eu..." (Cozinhas do palácio. No ano passado. Nia soluçando, a pele toda vermelha — Papai não teria ficado nada satisfeito se a tivesse visto daquele jeito. *Por favor, vovó*, implorava Nia. *Por favor, não me obrigue. Eu não sou assim, entende? Eu não sou...* Vovó em silêncio. E então ela me viu. *Muirgen*, ralhou. *O que você está fazendo? Pare de bisbilhotar.*) "Sophia", digo. "O que você quer dizer com isso?"

"Não importa", responde ela. Seu olhar encontra o meu, azul no azul de novo. Queria que meus olhos fossem de outra cor. Lá em cima, dizem, as mulheres têm olhos em tons de castanho e verde, violeta e mel. A pele delas é parda e negra e amarela e branca. Lá em cima, as mulheres podem ser diferentes.

"O que você acha que mamãe diria se ela estivesse aqui hoje?", indago, e Sophia olha para trás, muito tensa. Todas nós fazemos esse gesto, já percebi; como se tivéssemos medo de nosso pai chegar, sempre ávido por flagrar algum erro nosso.

"Acho que ela te daria um beijo e desejaria feliz aniversário", diz ela. "E então ela diria que ama você."

Mas ela não me amou o suficiente para ficar aqui.

Às vezes me pergunto se eu deveria sentir raiva da minha mãe por isso, do mesmo jeito que Cosima sente. Mas não sinto. Eu sinto saudade dela. E quero saber a verdade a respeito do que aconteceu com ela.

O salão da corte está reluzente, com pedras preciosas cravejadas nas paredes de corais. Flâmulas vermelho-sangue pendem do teto, flutuando na água, tecidas com todas as flores marinhas encontradas nas proximidades do palácio. Enormes conchas de berbigão foram colhidas e cravadas num círculo na areia, com o povo sirênico acomodado em seus centros, todos me desejando feliz aniversário enquanto passo.

No meio da parede dos fundos, uma sacada foi esculpida no arenito mais lívido, e decorada de pérolas enormes. O Rei dos Mares está lá, meu pai, as mãos apoiadas na balaustrada, e minhas irmãs em uma fileira atrás dele. O cabelo dele está cortado bem rente, como é costume para os tritões, uma coroa fina de ouro ao redor da cabeça. O tridente está encostado na parede da sacada; ele não precisa de uma arma em um evento desses, mas ainda assim ele a mantém por perto. Ele está movimentando a mandíbula sutilmente, um estalar furioso dos ossos, *clec, clec*. Meu pai odeia esses bailes, e mesmo assim insiste para que sejam realizados, as festividades mais elaboradas a cada ano. Ele necessita provar para o povo sirênico, de uma vez por todas, como não dá a mínima para a deserção de minha mãe, e nós, se tivermos uma dose de juízo, acreditamos piamente nele.

"Muirgen. Sophia." Minha avó nos contorna, uma coroa de metal surrado trançada nos longos cabelos grisalhos. "Por onde vocês andaram? Vocês sabem que o Rei dos Mares não gosta de ficar esperando." Ela vai nos empurrando à sua frente, nadando até alcançarmos o Rei dos Mares. Sophia se junta às minhas irmãs nos fundos da sacada e vovó se posta ao lado dela. Eu me aproximo do meu pai — devo me apresentar a ele antes de permanecer ao seu lado para esta etapa das festividades.

"Existe alguma razão em especial para você ter demorado?", pergunta meu pai assim que me ponho à frente dele. Seu olho esquerdo está tremelicando, nunca um bom sinal. "Eu não sou afeito a atrasos, Muirgen."

"Desculpe, pai", digo. "Eu queria garantir que minha aparência estivesse em seu melhor antes de sair do quarto."

"Bem, então deixe-me ver se o atraso valeu a pena." Seu olhar me lambe da cauda até a coroa. Mantenho meu rosto muito sereno. Ele não gosta quando vacilamos.

"Você me deixou satisfeito, Muirgen", diz ele finalmente. "Bastante satisfeito, na verdade." Ele joga um elogio para minha avó. "Você se saiu bem esta noite, Thalassa."

"Obrigada, Rei dos Mares", responde minha avó, relaxando. "Mas o mérito certamente é seu. Pois foi você quem a criou. Foi você quem deu vida a ela, não é?"

"Isso é verdade", concorda ele. "Espero que Muirgen me puxe em outros aspectos também, pelo bem dela."

Então ele segura meus ombros, me virando para que eu encare a multidão. Pisco diante da luz forte, admirando a enorme quantidade de pessoas, a maioria delas desconhecidas para mim. E, no entanto, todas elas sabem meu nome, é claro.

"Saudações, tritões, sereias, todos os meus súditos leais. É um prazer recebê-los na corte hoje, nesta celebração pelo aniversário de minha filha caçula."

Os sirênicos então saem nadando de suas conchas, nos olhando com inveja e fascínio. Nós, os escolhidos. "Hoje é um dia maravilhoso. Não só festejamos a *purificação* do nosso reino, a *descontaminação* do palácio..." Ele sempre faz o mesmo discurso todos os anos e, no entanto, sua indignação parece não se dissipar nunca. "Mas, para aumentar nossa alegria, hoje a princesa Muirgen completa quinze anos. Uma idade importante, como todos sabem. Uma idade que traz mais privilégios, sim, mas também mais responsabilidades. Não tenho dúvidas de que Muirgen está à altura de ambos. Ela é minha filha mais amada."

De soslaio, noto Cosima fazendo uma careta, então ela se lembra de suas boas maneiras e as ruguinhas somem para dar lugar a uma expressão vaga que conheço bem até demais. Mais tarde vou pagar pelos comentários do meu pai. "E a mais atraente", acrescenta o Rei dos Mares. "Ela se parece comigo, não é?"

O povo saúda, embora todos saibam que me pareço mais com minha mãe. Vejo-os aplaudir minha beleza, como se ela fosse uma espécie de conquista.

"Cante", gritam eles. "Cante, princesa!" As palavras borbulham até nos encontrar, exigindo serem ouvidas.

"O povo pediu", diz meu pai. "Você deve cantar, Muirgen."

"Estou cansada, pai", queixo-me. Minha voz é uma das poucas coisas que é minha, e só minha. Eu não quero compartilhá-la com essa multidão ruidosa. "Eu tinha esperanças de poder descansar esta noite."

"Eu disse para você *cantar*, Muirgen", repete ele, sua voz um tubarão ameaçador. "Eu também quero ouvi-la. Você não vai negar isso a mim, seu pai, vai?"

Nada pode ser negado ao Rei dos Mares. Eu aprendi essa lição há muito tempo.

"É claro que não, pai", respondo. "Como você quiser."

Puxo o ar, sentindo as notas tremendo no fundo da minha garganta, se formando sem qualquer esforço genuíno. Abro minha boca e a melodia jorra, deslizando pela água, deixando translúcido tudo o que toca.

O povo me admira, fascinado, a melodia nos unindo em um só ser. Ela se embrenha nos corpos deles, tiritando por dentro. Esse é o meu dom, mas, diferentemente da minha simetria facial um tanto admirada, esse dom de fato me concede alegria. Nos últimos anos, tenho notado que só me sinto completa quando estou cantando, como se meu corpo e minha alma finalmente tivessem se fundido. *Aí está você*, sussurram eles, enroscando-se nos braços um do outro, *senti sua falta*.

"Que mimo para todos vocês, que honra", interrompe meu pai antes que eu chegue ao final da canção, a música fugindo de mim como se estivesse assustada. "Essa clareza, essa pureza de som. Que *limpidez*. Tenho certeza de que todos concordamos que a pureza vocal de minha filha é inigualável."

"Obrigada, pai." Repito as falas que me ensinaram a recitar desde que nasci. "Obrigada por me conceder tal dom. Tenho sorte por partilhar com você o parentesco-de-sal."

"Não há de quê", diz ele, beijando minha testa. "O amor de um pai por sua filha não tem limites. E isso é algo necessário a qualquer criança, você não concorda?"

"Sim, pai."

"Sim, pai... O quê?"

"Tudo de que uma criança necessita é do amor de seu pai."

"Muito bom. Mas não vamos perder mais tempo tagarelando", diz ele. Seus olhos passeiam de uma irmã a outra, e cada uma de nós se contrai ao perceber o que virá a seguir. Nunca fica mais fácil, não importa quantas vezes aconteça. "Talia, você vai para o final", sentencia ele, fazendo uma careta como se mal conseguisse tolerar olhar para ela. "Depois Arianna, depois Sophia." Arianna parece momentaneamente incomodada, apesar de sempre alegar estar acima de tais 'vaidades'. "Nia", diz meu pai, "você está muito bonita hoje. Marlin é um homem de sorte." Minhas irmãs encaram o chão da sacada. "E agora", continua ele quando restamos apenas Cosima e eu. "Qual de minhas filhas merece a posição de destaque hoje? Quem vai ter a honra de estar mais perto de mim, seu amado pai?" Seu olhar permanece em Cosima por um segundo, apenas tempo suficiente para lhe dar esperança. Eu adoraria que ele não fizesse esse tipo de coisa. "Cosima, você pode ser a segunda da fila", conclui. "E Muirgen, este rosto, este *rosto*! Você é a vencedora, tal como deve ser. Fique ao meu lado, meu amor."

Assumo minha posição atrás dele, alinhando-me às minhas irmãs. "Desculpe", sussurro quando acidentalmente esbarro em Cosima, mas ela não se manifesta para aceitar meu pedido, simplesmente joga os cabelos para trás como se fosse a pessoa mais despreocupada do mundo. As portas opacas e cor de âmbar que levam ao pátio enfim são abertas, e as sereias do coro vêm nadando, suas vozes se misturando para criar uma parede de som. Os outros sirênicos saúdam quando elas chegam, fazendo a água dançar, rodopiando numa fragilidade delicada.

"Ah, como elas são adoráveis", comenta Cosima. "As sereias em particular. Está vendo, pai? Está vendo como as pérolas delas reluzem quando dançam?" Ele concede a ela um raro sorriso, e Cosima se ilumina. "Lamento tanto pelos homens", ela se dirige a ele. "Que triste deve ser para eles viver sem enfeites do tipo."

Meu pai ri da observação. Os homens não precisam ser bonitos. Fico observando enquanto dançam. Eles não são afetados pelo peso das pérolas; seus movimentos são uma fração mais velozes do que o das sereias, seus membros relaxados. *Livres.*

A festa prossegue e minha família permanece na sacada, mantendo uma distância digna enquanto observamos os foliões lá embaixo. "Está tarde, Rei dos Mares", avisa minha avó quando a luz se esvai, a água escurecendo. "Com sua permissão, posso levar suas filhas para descansar. Elas me parecem extenuadas."

"Sim, Thalassa", concorda meu pai. "Algumas das garotas podem ir. É essencial que elas tenham um sono de beleza adequado... Principalmente você, Talia." Minha irmã apenas assente. "Mas Nia e Muirgen, vocês vão ficar. Tenho certeza de que os noivos gostariam de falar com suas prometidas."

"Como quiser, Rei dos Mares", aquiesce minha avó, chamando minhas irmãs para que a acompanhem. Cosima se vira para trás e eu sei muito bem de qual rosto ela espera ter um vislumbre. *Ai, Cosima.*

Meu pai bate o tridente uma vez no chão da sacada para chamar Zale, e uma segunda vez para captar a atenção de Marlin. Os dois tritões estão amontoados em uma concha, junto aos amigos, mas, ao ouvir o comando de meu pai, eles se aprumam como se um laço invisível tivesse sido amarrado em suas cinturas, arrastando-os contra sua vontade. Inicialmente, Zale tenta resistir, mas logo age como se não desse a mínima, como se fosse ele que quisesse a audiência com o Rei dos Mares. Fico observando conforme ele se aproxima, esse homem que será meu marido, e então sinto um aperto no estômago, que ameaça regurgitar todo o seu conteúdo.

"Rei dos Mares", cumprimenta Zale quando é convocado para a sacada. Sempre que o vejo, volto a ficar impressionada com o quão velho ele é; seu cabelo está raleando, com umas mechas de penugem cinzenta, e ele tem rugas bem fundas na testa. É bem diferente do belo príncipe pressagiado nos contos de vovó sobre amor verdadeiro. Minhas irmãs e eu, tão pequenas naquela época, aninhadas em nossas camas, esperando que ela terminasse a história com um *e todos viveram felizes para sempre*. Ali eu já costumava me perguntar por que minha mãe não tivera um final feliz. Talvez eles fossem reservados apenas às meninas obedientes.

Zale inclina a cabeça numa deferência ao meu pai, e Marlin faz o mesmo apenas um segundo depois.

"Muito obrigado por uma noite maravilhosa, Rei dos Mares; sua generosidade é incomparável." A voz de Zale é tão obsequiosa que eu pensaria estar repleta de falsidade, se eu já não soubesse das coisas.

"O dia de hoje deve ser comemorado", responde meu pai. "Durante catorze anos, eu governei este reino sozinho."

"De fato, e você tem feito um trabalho um tanto complicado com muito arrimo e sabedoria", diz Zale. "Ela já foi tarde, senhor." Fico eriçada diante da referência jocosa à minha mãe, mas me contenho. *Sereias com raiva não são atraentes*, costuma dizer meu pai. "Se me permite a ousadia de perguntar", continua Zale, "a que devemos a honra de um encontro com a família real?"

"Já está tarde", diz meu pai. "E minhas filhas estão cansadas. Imaginei que vocês gostariam de se despedir."

Marlin cora. "Boa noite, Nia", diz ele, e oferece a mão para tocar a dela, estremecendo como se tivesse sido eletrocutado ao encostar em minha irmã. Nia permanece imóvel, olhando para baixo, a cauda mal se movimentando. Eu não entendo essa reação tão contida. Marlin é um pouco insípido, sim, mas é gentil. De boa família. Ele vai ser bom para ela. Morro de inveja disso.

"Pode ir, Marlin", dispensa meu pai, e Nia dá um suspiro de alívio imperceptível. Marlin meneia a cabeça para o Rei dos Mares mais uma vez e sai nadando, seu torso esquelético cortando a água como uma lasca de carne. Meu pai libera Nia com um aceno e eu imploro silenciosamente para que ela fique, para me dar cobertura. Mas ela vai embora, afinal, foi uma ordem do meu pai, e eu sou deixada a sós com eles.

"Rei dos Mares", diz Zale, cravando sua lança no chão. Zale nunca larga a tal lança, embora não haja nenhuma necessidade de carregá-la. O reino está em paz, e assim tem sido há muitos anos. Tempo demais para a decepção de Zale.

A guerra entre as Salka e os sirênicos se arrastou durante dez anos, relatam os mais velhos de nosso povo, e parecia não haver previsão de trégua. E então minha mãe — que ainda não era rainha, só uma sereia comum na corte — foi até meu pai e implorou para que ele convocasse um cessar-fogo. Em troca, ela prometeu se casar com ele tão logo atingisse seu décimo sexto aniversário. Aparentemente, isso era algo pelo qual o Rei dos Mares vinha ansiando há muito tempo — só que qualquer sereia com menos de vinte anos precisa da permissão do pai para se casar. Ou da intervenção direta dele, como no meu caso. *Você é tão sortuda*, costumam me dizer quando ficam sabendo que sou noiva de Zale. *Ah, eu tenho muita sorte mesmo.*

Como se aproveitando a deixa, Zale começa a falar, e decide abordar seu assunto favorito. *Guerra*. "Precisamos falar sobre a Bruxa do Mar e as Salka", cospe ele, como se a palavra 'Salka' fosse uma afta em sua língua. "Elas estão se tornando..."

"Zale", alerta meu pai suavemente, e eu endireito as costas. Conheço esse tom e o significado dele, bem até demais. "Você se esqueceu de que temos companhia?"

Há uma pausa quando os olhos de Zale se dirigem a mim. "Claro que não", diz ele, sorrindo como se quisesse me devorar inteirinha e depois mastigar meus ossos para aliviar o estresse. Lembro a mim mesma que eu e esse velho estaremos casados dentro de um ano, e sinto minha garganta se fechando. "Como eu poderia me esquecer, quando tenho esta belezura diante de mim?", diz ele.

"Muito bem, então", fala meu pai. "Peço que não discuta tais coisas na frente da minha filha, ou de qualquer sereia que seja. Isso não é da conta delas."

Zale corre a mão pela cabeça raspada, semicerrando os olhos. São azuis, assim como os do restante do povo sirênico, e ainda assim eles parecem mais escuros quando ele imagina batalhas, espadas colidindo, cabeças decepadas. Zale não vai ficar satisfeito enquanto sua lança não estiver manchada de sangue. De preferência sangue de uma Salka, mas eu nem creio que ele faça questão de ser tão específico. "Peço desculpas, Rei dos Mares", diz ele. "E feliz aniversário, Muirgen. Quinze anos, finalmente. Você deve estar muito empolgada."

Meu nome é Gaia. Este é o nome que minha mãe me deu. Talvez se Zale fosse outro tipo de sujeito, eu poderia pedir a ele que me chamasse pelo nome que prefiro. Mas não creio que ele se importaria com tais delicadezas. A única coisa que interessa a ele é que sou a filha mais linda do Rei dos Mares. Eu sou um troféu a ser conquistado, e Zale adora o gostinho da vitória.

"Minha filha não cantou lindamente esta noite?", pergunta meu pai, me exibindo à aprovação de Zale. Inspiro pelo nariz, tentando manter a calma. Vai acabar já, já.

"Que talento", elogia Zale, embora eu desconfie que ele não nutra amor algum pela música.

"E ela não está radiante? Uma das maiores belezas do reino. Uma beleza imensa, imensa."

"Isso é verdade", concorda. "Ainda me lembro do baile daquela noite, quando ficou muito claro que ela se tornaria a mais bela de suas filhas. E ali eu também soube que ela deveria ser minha."

Eu também me lembro daquela noite. Eu tinha acabado de completar doze anos. Foi naquela noite que Cosima começou a chorar.

"Você foi sagaz", diz meu pai, apertando minhas omoplatas com as pontinhas dos dedos. "Você se aproximou rapidamente. Se Muirgen não fosse minha filha, talvez eu a tivesse escolhido para mim."

Ele e Zale riem efusivamente, e faço um esforço para sorrir também. É só uma conversinha de tritão. Não precisa ficar tão sensível.

"Mas de fato, senhor", diz Zale, recomposto. "Não podemos esperar muito tempo mais. Houve movimentação..."

"Sim, creio que deveríamos agir", diz meu pai. "Podemos discutir o assunto agora?"

Zale assente. Ambos estão lado a lado, estranhamente semelhantes com seus cortes de cabelo rentes e grisalhos, com seus ombros largos. Poderiam ser irmãos. O Rei dos Mares destranca uma porta ricamente entalhada ao lado da sacada, adentrando na sala de guerra. Noto um lampejo prateado, prateleiras de armas guarnecidas com pregos, esperando pacientemente para serem usadas.

Minha mãe se sacrificou para garantir que esta porta permanecesse trancada para sempre. Mas minha mãe não está mais aqui.

"Muirgen", diz meu pai. "Você pode ir embora agora." Nem ele nem Zale verificam se obedeci ao comando. Não há necessidade disso.

Afinal, eu sou a filha do Rei dos Mares e farei tudo o que me mandam.

Bato à porta aberta do quarto de minhas irmãs, esperando a permissão para entrar. Cada uma delas está deitada sozinha, suas peles esbranquiçadas pela gaze branca ao redor das camas. Estão todas acordadas, mas, mesmo assim, ninguém fala comigo, nem mesmo Sophia. Elas sempre terminam se ressentindo comigo no dia do meu aniversário.

"Muirgen", diz minha avó. "Pode entrar."

Eu não a vi ali, acomodada em um cantinho do quarto, atrás da cama de Cosima, sentada diante de um espelho emoldurado por cristais cortados no formato de estrelas. É o maior espelho do reino, o qual caiu aqui durante a Grande Tempestade que dividiu os céus e separou o mar. Meu desejo era tê-lo lá na torre, mas Cosima se recusou. "Não", dissera ela, cruzando os braços. "Eu achei primeiro. É meu. Você não pode ter *tudo* o que quiser." Nós duas sabíamos que ela não estava se referindo ao espelho.

"Sente-se aqui comigo, criança", convida minha avó. Ela está sentada numa poltrona escavada numa concha, e eu alinho meu corpo ao dela, minhas escamas verde-escuro contrastando com a cauda prateada dela. Ela corre os dedos pelos meus cabelos, desfazendo minha trança. É minha mãe quem deveria estar fazendo isso. Minha mãe estaria com trinta e sete anos agora, relativamente jovem ainda. Será que ela teria permitido meu noivado com Zale, se soubesse quanta repulsa sinto por ele? Será que ela teria sido a única capaz de enfrentar o Rei dos Mares, ou que se importaria o suficiente para fazê-lo? Encaro meu reflexo e o da minha avó no espelho, nossos rostos delicados e angulosos. Dá para pressupor o que está por vir com o passar dos anos, conforme minha beleza for se esvanecendo, minha pele se enrugando, meu cabelo perdendo sua cor vibrante. Será que é assim que minha mãe ficaria um dia, quando chegasse ao seu centésimo ano de vida?

"Você está sangrando, vovó", digo, olhando para a cauda dela. As pérolas estão retorcidas, o peso puxando-as para baixo, arrancando nacos de carne. Há um espaço entre as pedras preciosas e a cauda, feridas abertas cheias de bolhas de sangue. "Está doendo?", pergunto. "Devo chamar a curandeira?"

"Não", diz ela, se esticando um pouco para desatarraxar outra pérola, arquejando quando a pedra se solta em suas mãos. "Já estou velha demais para essas vistosidades. Ninguém se importa com as tentativas lastimáveis de uma velhota de manter sua juventude."

"Então por que você as usa?"

"É um desejo de seu pai que todas as mulheres da corte estejam adornadas adequadamente. E eu sou a sereia de mais alta aristocracia desde que..." *Desde que sua mãe foi embora.*

"Mas..."

"É a vontade do Rei dos Mares, Muirgen", afirma ela. "Ponto final."

Deixo pra lá, me aninhando em seu colo enquanto ela acaricia meus cabelos. "Pronto, pronto, meu coraçãozinho-salgado", consola ela. E, por um segundo, finjo que ela é outra pessoa, outra mulher que sonhava demais. Outra mulher que ousou olhar para cima.

"Vovó", digo. "Conte-me aquela história da primeira vez que você subiu à superfície."

Ela solta um gemido, mas hoje não pode fazer a desfeita de recusar.

"Era meu décimo quinto aniversário", começa, e eu vou articulando as palavras junto com ela. Já ouvi essa história tantas vezes. Era a canção de ninar que me embalava ao sono quando eu era bebê, o cântico tranquilizador que me acalmava depois de uma contenda com minhas irmãs.

Minha avó tinha quinze anos, e então ela olhou para cima, acompanhando o sol, até a superfície. "E eu senti o calor pela primeira vez", conta ela agora, do jeito de sempre. "Um calor tão intenso que eu tive que mergulhar de volta; parecia que minha pele ia se soltar dos ossos." Ela rompeu a superfície da água outra vez, vendo os peixes que voavam pelos ares (*Pássaros, minha criança, lá em cima eles são chamados de pássaros*) e navios (*Como eles são, você quer saber? Bem, eles são como baleias gigantescas feitas de tábuas de madeira, acho*) flutuando ao longe. Vovó Thalassa ficou lá até o sol se pôr abaixo das ondas, e aí mergulhou bem fundo no mar para procurá-lo, para agarrar aquele ouro escaldante entre os dedos; só que ele tinha desaparecido.

"Era lindo", diz ela agora. "Mas não tão lindo quanto o Reino Marinho."

Minhas irmãs sussurram em concordância, suas vozes mais próximas do que o esperado. Pisco e as flagro em um semicírculo junto a nossas caudas, encarando nossa avó, arrebatadas pela história. Quando ela termina, cada uma delas conta como foi a sua vez. O amanhecer de seus respectivos aniversários de quinze anos, um novo mundo a ser descoberto. Um deslumbramento de estrelas semeando um céu da meia-noite ou cisnes selvagens disparando por entre nuvens carmesim e soltando um sonoro grito de guerra. Icebergs brilhando em um mar glacial, empalados e divididos por um raio repentino. Crianças humanas (*Elas pareciam tão inocentes*, disse Sophia. *Ainda não tinham ficado malvadas*, retrucou Cosima, um tanto sombria. *Dê tempo a elas*) brincando nas águas rasas, um animal latindo ao lado deles (*Um cachorro*, explicou minha avó). De algum modo, as crianças conseguiam nadar, embora não possuíssem cauda; era a coisa mais peculiar. A algazarra das pessoas que moravam nas cidades costeiras, de quem minhas irmãs mantinham uma distância segura. O rugido dos motores, as torres altas das igrejas esfolando os céus.

"Lindo", diz cada uma de minhas irmãs agora. "Mas não tão lindo quanto o Reino Marinho."

Nos últimos cinco anos, observei minhas irmãs emergindo na água, uma a uma, desejando que eu pudesse ir com elas. E, nos últimos cinco anos, observei o modo como meu pai aguardava o retorno delas. "Bem?", perguntava ele a cada uma, os dentes trincados. "Foi legal, pai", era a resposta de todas. "Mas não tenho vontade de voltar." É esquisito. O Rei dos Mares poderia simplesmente proibir tais expedições, nos proibir de viajar ao reino que reivindicou nossa mãe e tirou sua vida. Mas ele não faz nada disso. Talvez ele queira avaliar o nível da nossa lealdade. Talvez seja um teste para ver se estamos demonstrando algum sinal de um desvio, assim como nossa mãe fez bem diante de nossos olhos.

"E amanhã", diz vovó, "vai ser a sua vez, Muirgen. E espero que você também veja que o mundo lá em cima é encantador, mas que não foi projetado para criaturas como nós. Não é seguro para aqueles da nossa espécie."

Então por que nos mostrar esse mundo? Por que arriscar que tenhamos o mesmo destino da nossa mãe? Não falo nada, por medo de que tais perguntas resultem no meu impedimento de viajar à superfície; e eu preciso testemunhar tudo lá. *Preciso.*

"É claro que não é seguro para nós", diz Cosima. "Não depois do que fizeram com a nossa mãe."

"A mãe de vocês", diz vovó lentamente, "era muito jovem. Tinha só quinze quando prometeu sua mão ao matrimônio, dezesseis quando seu pai se casou com ela." Eu também só tenho quinze anos, sinto vontade de lembrá-la, e é esperado que eu me case no ano que vem; mas vai ser inútil repetir isso. "E, no ato da cerimônia de casamento, os pais de vocês pareciam..."

"Felizes?", pergunta Talia, cheia de esperança.

"Eles pareciam decididos", responde vovó. "E depois tiveram vocês, meninas, tão rapidamente, uma depois da outra." Tantas meninas, e tudo o que meu pai queria era um menino. Mais um modo com que Muireann do Mar Verde falhou para com ele. "E a mãe de vocês estava bem. Eu achei que ela estivesse bem."

"Ela ficou bem até você nascer, Muirgen", murmura minha irmã Cosima.

"Pare com isso", ralha vovó. "A mãe de vocês sempre amou o mundo humano; ela passou a visitá-lo com frequência depois que completou quinze anos. Ela vivia deleitando seu avô e a mim com as imagens que tinha presenciado, com as coisas que havia testemunhado. O avô de vocês, que os deuses do mar abençoem sua memória, sempre dizia a ela para ter cuidado. Ele dizia que os humanos não eram confiáveis. Mas ela não lhe deu ouvidos. Ela era tão tempestuosa, aquela mocinha. Não havia jeito de controlá-la."

"Nossa mãe começou a visitar a superfície com mais frequência", Talia continua a história para vovó Thalassa. Nós já a sabemos de cor. "Ela parou de comer. Passou a reclamar o tempo todo que estava cansada."

"E aí o Rei dos Mares pensou que ela tivesse adoecido", acrescenta Arianna. "E chamou a curandeira para preparar poções para ela, mas nada funcionou."

"E então, no dia da festa do meu primeiro aniversário...", começo, mas não consigo continuar. Vovó aperta minha mão.

"Estávamos todos reunidos para a comemoração", diz ela, de modo que eu não preciso falar mais. "Porém estávamos esperando sua mãe e o Rei dos Mares chegarem. Não havia sinal de nenhum dos dois." Ela respira fundo. "E então o Rei dos Mares cruzou as portas do palácio, parecendo ter sido atingido por um raio. E nos contou tudo."

Ele relatou ao povo como havia seguido minha mãe até a superfície naquela tarde e a vira ser capturada por redes humanas. Seu corpo se debatendo, os homens no barco zombando, tocando sua cauda sem permissão, gargalhando ruidosamente com os clamores de minha mãe, implorando por piedade. Ele poderia tê-los detido, justificara o Rei dos Mares àqueles reunidos diante do meu berço; afinal, ele era o homem mais poderoso do reino. Mas, se o fizesse, os humanos saberiam da existência de mais criaturas como a minha mãe, prontas para serem encontradas. E aí poderiam vir atrás de nós, para nos caçar. E, ao passo que o Rei dos Mares teria dado conta de se proteger sem muitos percalços, ele não queria arriscar a vida de nenhum outro tritão ou sereia no fundo do mar só para poder salvar um dos nossos. Sendo assim, ficou de espectador enquanto eles levavam nossa mãe embora. E então nos disse que ela estava morta. E provavelmente estava mesmo; ela não teria sobrevivido fora da água por tanto tempo. Ela está morta. É claro que está, esta é a única conclusão lógica para a história. E mesmo assim... Nós nunca pudemos fechar as pálpebras de seus olhos estáticos, sequer pudemos botar pérolas minúsculas sobre seus lábios. Nunca cantamos hinos junto ao seu corpo inerte, nem oramos aos deuses para que dissolvessem sua alma na espuma do mar, espalhando-a pelas ondas. Simplesmente começaram a dizer que nossa mãe era egoísta, que havia abandonado suas seis filhas para ver as maravilhas que o mundo acima da superfície tinha a oferecer. Nos disseram que ela estava morta, e era esperado que acreditássemos nisso.

"Somos abençoadas por estarmos aqui, vivendo neste reino", diz minha avó agora, e aí beija minha cabeça, murmurando palavras de amor contra o meu crânio. "Agora está na hora de dormir, pequena sereia."

Desejo boa noite à minha família assim que saio, nadando pelo longo corredor desde o quarto até chegar à escadaria em espiral que dá na minha torre. Os degraus são moldados em areia compactada, as paredes são um mosaico de vidro do mar e conchas quebradas, como os ossos de marinheiros caídos que as Salka roubam para construir suas casas no Mar de Sombras, o reino distante daqui que a Bruxa do Mar assumiu como seu.

Duas sereias passam por mim no caminho sinuoso, colando as costas à parede próxima. "Nossas desculpas, princesa Muirgen. Não era nossa intenção incomodá-la." Reconheço a menina mais bonita da dupla imediatamente; Lorelai, abandonada pelo marido e largada sozinha com os filhos. Ela chegou a ser banida para Longemar durante um tempo, mas foi autorizada a retornar ao palácio, como membro do coro, quando o Rei dos Mares concluíra sentir falta daquele falsete perfeito. Ninguém nunca se refere ao marido dela como um "anormal" por ter abandonado seus filhos; em vez disso, ficam cochichando que Lorelai deve ter falhado na hora de satisfazê-lo. O ex-marido dela foi reintegrado à sociedade, mas nenhum homem vai querer ficar com Lorelai. Não importa o quão linda ela seja, o peso da reputação manchada de uma sereia dura eternamente.

"Não se preocupem", digo, permitindo que elas passem sem maiores objeções.

Fecho a porta do meu quarto, me recostando nos corais pesados e dando um suspiro. *Gaia*, sussurro, como se a estivesse convocando de dentro de mim, dizendo a ela que agora é seguro vir à tona. Deixei Muirgen nas escadarias ali fora; não dava para suportá-la por muito mais tempo. Estou sozinha, então posso ser eu mesma novamente.

Olho para cima.

A torre se abre para o mar negro agitado, ondas em rebuliço quando cardumes de peixes passam, um vislumbre de metal na escuridão. Movimentando-se para o leito do mar em busca de segurança, ao que parece. *Tempestade*, sussurra a água para mim, sua voz tão familiar quanto a minha. Os deuses devem estar raivosos. Uma silhueta passa perto do palácio; uma baleia, talvez, ou um dos navios do mundo humano sobre os quais minha avó tanto adverte minhas irmãs, pedindo cautela a elas quando saem para nadar. Não que ela precise se preocupar; nenhuma de minhas irmãs irrompeu pela superfície desde seus respectivos aniversários de quinze anos. Elas dizem que assim é mais seguro, que assim estão diminuindo o risco de serem vistas e aprisionadas — *nós não queremos terminar como nossa mãe*, são as palavras implícitas. Eu me pergunto como deve ser estar na pele de uma delas, como deve ser ter sua curiosidade satisfeita tão facilmente. Ergo as mãos em direção à superfície, como se para tocar o navio ou a baleia, mas estão muito longe. Nós estamos enterrados vivos aqui embaixo.

"Mãe", digo em voz alta, a palavra pouco familiar na minha língua. Eu não devo dizer o nome dela. Eu nem sequer devo pensar nela. *Ela não pensou em nenhuma de vocês, pensou? Ela não se importou o suficiente para ficar aqui*, dizia meu pai de tempos em tempos.

Mãe.

3

Ainda está escuro quando acordo, um pontinho de luz abrindo caminho pelo palácio, prometendo o dia vindouro. *Chegou a hora*, sussurram as águas para mim.

Estou estranhamente tranquila enquanto me preparo para minha viagem, a jornada pela qual tenho aguardado há tanto tempo, mas não consigo deixar de imaginar como foi o décimo quinto aniversário da minha mãe. Eu a vejo, uma esperança febril e determinada, sabendo profundamente que fora feita para algo maior do que uma vida penteando os cabelos e cantarolando por sua sobrevivência. Prometida a um homem muito mais velho do que ela, um sujeito que a enxergava como um brinquedinho, uma coisa cintilante na qual ele mal podia esperar para pôr as mãos, e mesmo assim ela se casou com ele, deixando suas necessidades de lado a fim de proporcionar a felicidade a terceiros, porque é isso o que esperam das sereias. *Zale me causa arrepios*, eu diria à minha mãe caso ela ainda estivesse aqui. *Ele me olha como se quisesse me devorar.* Às vezes eu queria conseguir odiar minha mãe e ser capaz de me ressentir por ela ter nos abandonado. Mas a única coisa que consigo fazer é sentir saudade dela.

A escuridão desaba para um tom cinza lúgubre, me perseguindo rumo à viagem para a superfície. Saio nadando da torre aberta, olhando para o palácio lá embaixo. Milhares de peixes cercam suas paredes, um círculo de escamas fosforescentes, se amontoando em busca de abrigo. Eles também pressentem a tempestade, também sentem a areia se espalhando. Hoje o medo deles é maior do que o receio habitual em relação às redes que os humanos lançam para capturá-los. É difícil de entender, mas dizem que lá em cima eles comem peixe do jeito que as Rusalka comem homens, dentes rasgando a carne, sugando o sumo dos ossos.

Nós, sereias, não nos deixamos capturar tão facilmente. Somos raras, o que nos torna preciosas. Os humanos que acreditam em nossa existência querem nos capturar e exibir nossos corpos, pois é o único jeito de provar aos seus camaradas céticos que somos reais. A maioria dos humanos não é capaz de acreditar em nada que não possa ser visto, tocado. Mas somos mais inteligentes do que meros peixes; sabemos como evitar tais armadilhas.

Acompanho a luz do amanhecer, lutando em meio a emaranhados de algas marinhas, evitando os arrecifes de coral irregulares que rasgariam minha cauda, prendendo nacos de escamas esfarrapadas como enfeites. Desvencilho-me das correntes de sucção que anseiam por consumir corpos, jogando-os para lá e para cá, como se fosse um jogo de pega-pega igual àquele das crianças sirênicas. E então um tubarão passa por mim, olhos astutos e a boca fechada para esconder seus dentes afiados. Eu fico muito quieta, esperando que ele passe sem incidentes, prendendo a respiração até a criatura sumir. Então prossigo, ignorando as pontadas nos braços, cansada de nadar uma distância tão grande. A luz vai ficando mais amigável, salpicando a água de um jeito que nunca vi, e agora já sei como devo estar perto. Ofegando assim que rompo a superfície, minhas brânquias se expandem com o oxigênio extra que bombeia através delas. Afasto meus cabelos rebeldes para que eu possa ver este novo mundo sem qualquer obstáculo, abro meus olhos e enrugo a testa quando o brilho estranho atinge meus globos oculares. É intenso demais, o sol no céu claro esfola minha pele com o calor. Eu nunca experimentei tal calor. Minha avó tentou explicar como era a sensação — mas como eu poderia compreendê-la? Eu nasci na água e nasci da água. Só conheci o frio nessa vida.

É opressivo — o brilho deslumbrante do sol, seu calor lambendo minha pele, o *grasnar* dos peixes alados (*pássaros, são pássaros, Gaia*) arrebatando os céus. Há uma pedra se projetando da superfície do mar e eu nado até ela, enxotando as focas que se banham ali em cima para que eu possa me esconder atrás dela. Dou um rápido mergulho em busca de alívio, acalmando meu rosto queimado de sol. O pânico está me dando um frio muito forte na barriga, mas não posso desistir agora. Afinal, o que minhas irmãs pensariam caso eu voltasse tão cedo? Eu sempre fui a mais ávida para ver o mundo humano, aquela que mais desejava essa aventura. *Que previsível, Muirgen*, diria Cosima, *eu não senti medo quando saí na superfície, eu fui corajosa. Zale não vai permitir que você fique agindo como uma bebezona depois que estiverem casados.* Como se a coragem fosse uma qualidade que Zale fosse desejar em sua noiva.

Trinco os dentes e abraço a rocha para me firmar. Vou ficar aqui até o sol se pôr e então retornarei ao reino, levando belas histórias, do tipo que minhas irmãs jamais ouviram. Não vou passar vergonha.

"Lá. Olha lá." Uma voz masculina, falando alto. Não sei dizer de onde vem; o sol me cega. A voz é severa, o ar se recusa a abrandar seu tom tal como a água faz. "Eu vi alguma coisa, estou dizendo."

Apavorada, levo a mão à boca. São vozes humanas, e elas parecem estar pertinho de mim. *Perto até demais, Gaia, eles são perigosos. Cuidado.* Eu deveria me esconder no mar, retornar imediatamente ao reino de meu pai, mas não faço nada disso. De algum modo, estou curiosíssima. Estas são as criaturas que minha mãe amava, pelas quais arriscara tanta coisa só para garantir aproximação. E assim, apesar da tensão, eu permaneço quietinha atrás da minha rocha, minha respiração ofegante. *Os humanos vão te ver*, tento me convencer, *eles vão cortar sua cauda e te empalhar; exibir seu corpo acima de suas lareiras. Vão cortar sua garganta sem pensar duas vezes, só para ver a cor do seu sangue.* Eu deveria nadar para longe o mais rápido possível. Mas me flagro incapaz de me mexer. Eu quero vê-los, percebo. Vai que eles sabem o que aconteceu à minha mãe.

"Ah, Oli", mais outra voz. Desta vez, é de uma garota. "Provavelmente era só uma foca."

"Eu poderia jurar que..." A primeira voz se cala. Há perplexidade em seu tom. Onde eles estão? As vozes estão próximas, mas não tem como estarem nadando, não tão longe da costa.

"Jurar o quê?" Um outro garoto, rindo. "Você viu um monstro? Uma sereia?"

"Qual é a diferença?", pergunta a garota. Respiro fundo e, com muito cuidado, espio ao redor da rocha.

Encontro um barco grande ali, pintado de branco, com três sacadas na parte de trás e uma superfície plana e aberta na parte da frente. Varetas grossas brotam da madeira, uma lona bege no topo de cada uma, como um enorme linguado. Há cerca de uma dezena de seres humanos no barco, de diferentes tipos físicos e tamanhos, seus corpos exibindo uma variedade de tons, do branco mais lívido ao negro mais escuro. A maioria deles está deitada em camas feitas do mesmo material bege dos toldos, cochilando com uma indolência que parece fora do comum, dada a fama de ferozes que eles carregam.

"Hora de mais uma bebida, companheiro", diz o segundo garoto, e ouço um barulho esmagador, vidro contra madeira, o sol refletindo como fogo nos cacos ofuscantes.

"Geoffrey Gupta, por que você é tão idiota?"

"Cala a boca, Viola."

"Cala você, ou vou dizer à mamãe que você estava enchendo a cara *de novo*. E chame Mabel para limpar esta bagunça. Alguém vai cortar os pés."

Pés. É assim que os humanos chamam os tocos sobre os quais eles caminham. Os humanos vão cortar seus pés no vidro quebrado, e isto os machucaria, assim como o coral machuca nossas caudas no reino se não tivermos cuidado. Pelo visto essas criaturas não são imunes a ferimentos.

"Vamos ancorar aqui?", pergunta Viola. "Parece tão bom quanto qualquer outro lugar, não é, Oli? Oliver? Você está me ouvindo?"

Um garoto caminha até a lateral do barco e olha para a rocha em que estou me escondendo. E aí eu o vejo.

Oh.

Um arquejo que soa tão ruidoso, quase um arfar, na verdade, e percebo que fui eu mesma quem o soltei. Olho para ele, esse garoto. Ele é alto, cabelos e pele escuros, e ele é mais bonito do que eu jamais sonhei que um garoto poderia ser. *Quem é ele?* Eu quero saber, e ficaria feliz em passar o restante da minha vida descobrindo tudo o que for possível a respeito dele.

"Uma garota", diz ele, a mão em concha acima dos olhos. Um calor estranho me invade, um calor que não tem nada a ver com o sol. "Achei que tivesse visto uma garota."

4

Permaneço atrás daquela pedra pelo restante do dia. Não quero mais fugir; só quero ficar observando os humanos. Observando *aquele garoto.*

Vivem nos dizendo o quanto os humanos são maus e depravados. Estas são as pessoas responsáveis pela minha infância, pelas várias noites tateando em meio à escuridão em busca da mão reconfortante que nunca viria.

Mas eles parecem inocentes agora que estão diante de mim. Eu conto quantos são, sete garotas e oito garotos, prestes a chegar na idade adulta, com seus membros desajeitados e tecido envolvendo seus quadris e torsos para que não fiquem desnudos. "Adorei seu maiô, Lizzie", disse uma garota, metendo um dedo na garganta para simular ânsia de vômito quando a humana chamada Lizzie se afastou. Eles parecem estranhamente envergonhados de seus corpos, especialmente as meninas. Puxam o tecido acima da barriga e esfregam as coxas, esticando as bordas das vestes para esconder mais da pele e recusando ofertas de comida porque "Comi tanto hoje, sou *nojenta*". Aparentemente, os humanos, meninos e meninas, vieram ao mar para comemorar um aniversário. O aniversário *dele.*

"Um brinde a Oliver e a seus vinte e um anos!", gritam eles, exigindo que Mabel traga mais champanhe, seja lá o que for isso. Oliver toda hora vai até a lateral do barco e fica olhando para o mar. Ele está procurando por mim.

"Oli", Viola abraça a cintura dele, apoiando a cabeça em suas costas. Os cabelos dela são na altura do queixo e ela tem pernas marrons muito, muito longas. "Você está perdendo toda a diversão." Oliver a beija, e sinto como se minha garganta tivesse um monte de espinhos enquanto os observo. Será que eles estão prometidos um ao outro, Oliver e essa tal Viola? *Continue procurando por mim.*

O sol vai se esgotando à medida que a tarde se estende para encontrar a noite, murchando no céu lilás. As vozes se embolam e se tornam indistintas, pingando nas beiradas como se mergulhadas em líquido. As varetas — *guarda-sóis*, foi como chamaram — foram retiradas dali para que os humanos pudessem dançar. Um deles trouxe um instrumento e está extraindo música dele, os outros berrando os nomes de canções que desejam ouvir a seguir. Oliver e Viola no centro do barco, seus corpos coladinhos, requebrando ao som da melodia. Tenho que ir embora, digo a mim mesma, listando as maneiras como os humanos são ruins, listando as vezes em que meu pai alertou sobre suas promessas de destruição e ruína. *Eles mataram sua mãe, Gaia.* Eu deveria ir embora, mas também sei que preferiria morrer a fazê-lo — que preferiria me desintegrar agora mesmo com a visão do meio-sorriso de Viola enquanto Oliver sussurra ao ouvido dela .

"Você está pronto para o *grand finale*?", berra o garoto chamado Geoffrey, apontando para o céu. Todos olham para o alto, e eu faço o mesmo. Por um momento, é como se fôssemos um só. Mesmo aqui, os humanos olham para cima, procurando por algo mais.

Um assobio, um estrondo e uma explosão de pó dourado. As estrelas mergulham, fazendo chover luz sobre o barco, e meu coração se encolhe no peito, com medo. Minha pele certamente vai queimar, imagino, aquelas estrelas explodindo vão estraçalhar nossos rostos — mas nada acontece. As luzes ressurgem, brilhando no ar, salpicando vermelho, prateado e dourado no mundo, formando círculos e disparando foguetes. Os humanos sorriem, o brilho refletido em seus olhos. Eles estão deslumbrados pela exibição, hipnotizados. Apenas Oliver ainda está olhando ao redor, franzindo a testa. Um bando de pássaros está girando no ar, voando em círculos caóticos, as aves colidindo umas nas outras com grasnares desesperados. O céu está roxo, como se tivesse levado uma surra delas.

"Esperem", diz Oliver, e todos se voltam para ele imediatamente, do mesmo jeito que fazem no reino quando meu pai fala. É uma espécie de influência que não consigo imaginar. "Sentiram isso?"

"Sentimos o quê?", pergunta Viola, esfregando o braço dele. "Está gostando dos fogos de artifício? Demorei uma eternidade para preparar tudo."

"Claro que estou, minha querida", diz Oliver, mas ele está olhando para o mar, e eu não creio que esteja procurando por mim. "Eu só... Tem alguma coisa errada."

Mergulho, sentindo o gosto da água quando ela desperta ao meu redor, esticando seus braços, prontinha para brincar. *Olá*, diz ela, e começa a acariciar lentamente o lado esquerdo do barco, depois o direito, apenas o suficiente para informar aos humanos sobre sua presença. A água não presta muita atenção aos barcos que passam lhe rasgando, mas vez ou outra os humanos devem ser lembrados de sua generosidade ao permitir que façam isso. Subo novamente para observar os humanos. Um copo escorrega da mesa, espatifando-se quando atinge o chão. Ninguém chama Mabel desta vez.

"Rupert falou que o tempo estaria meio imprevisível", murmura Viola.

"Não ligue para o que Rupert diz. Você falou que verificou a previsão esta manhã, não foi, Gupta?", diz Oliver.

"Sim", responde Geoffrey, agarrando a paliçada do barco para se firmar. "Não tinha nenhuma previsão de tempestade."

Um raio repentino se bifurca, a língua de uma serpente separando os céus. Um grito feminino.

"Ok, precisamos manter a calma", diz Oliver quando o mar começa a resmungar. *Estou com fome*, é o que o mar me diz. "Coloquem seus coletes salva-vidas, todos vocês. Vai ficar tudo bem." Ele se vira para Geoffrey. "Onde está Teddy? Ele é o único que sabe pilotar um iate deste tamanho."

"Teddy está dormindo."

"Então vá lá acordá-lo, pelo amor de Deus. Precisamos voltar ao porto imediatamente."

"Oli, Teddy está bebendo desde o meio-dia. Duvido muito que ele vá ficar de pé, quanto mais pilotar este barco."

Oliver solta um palavrão. O céu é dividido por um raio de novo, reluzente, e outro humano grita, mais desesperado desta vez. Eles saem atabalhoados para pegar os tais coletes salva-vidas que Oliver mencionou, rostos pálidos contrastando com o amarelo luminoso. O vento ergue sua cabeçorra pesada, fungando profundamente, inalando a fúria do mar. Ele quer participar. Também quer colocar os humanos em seus devidos lugares.

"Oli", chama Viola. Ela não está chorando, como algumas das outras garotas, mas seu rosto está contraído. "Oli, o que vamos fazer?"

Algo desliza por mim, uma substância semelhante a algas roçando em minha pele. Uma cabeça sai da água, depois outra, e mais outra. Bem na hora, como sempre. Elas passaram o dia todo ansiando por este momento desde que farejaram a tempestade, sem dúvida. Cabelos verde-claros descortinando em suas costas, o branco dos olhos lampejando na escuridão. Elas cercam o barco, de mãos dadas, a música se acumulando no fundo de suas gargantas. *Ah, venham, homens humanos. Venham até nós. Vamos lhes dar uma lição inesquecível.*

"O que foi isso?", pergunta Viola, olhando para a água quando as Salka avançam. "Vocês viram aquilo?"

Eles só acreditam na nossa existência quando já é tarde demais. A maré começa a subir, empilhando onda após onda, um gigante com uma bocarra aberta, procurando algo para poder se banquetear. Os humanos oferecem suas orações inúteis a seus deuses, como se alguma coisa pudesse salvá-los agora. A pressão começa a crescer detrás de meus olhos, como se eu fosse chorar. Chorar por aquelas criaturas que me veriam como uma aberração caso soubessem da minha existência? Chorar por aqueles que tiraram minha mãe de mim? *Qual é o seu problema, Gaia?* Mas se eles morrerem, *se ele morrer*, então eu nunca mais vou sentir o que senti agora? Nunca mais vou sentir o calor se acumulando em meu estômago, aquela ânsia de segurar a mão dele e nunca mais soltar? Não consigo suportar nem pensar nisso. A chicotada de uma onda maligna, um som de estalo, a madeira amassando entre os dedos mortais da água. O barco tomba desesperadamente para o lado, a água invade enquanto os humanos gritam. Eles gritam sem parar. E só me resta assistir.

As Rusalka começam a cantar, a melodia reverberando bruscamente em meus dentes como se eu mastigasse areia.

Venham até nós. (Sua música é tão linda.) E os humanos param de resistir. *Aceitem seu destino*. (Sua música é tão terrível.) E os humanos fecham os olhos. Imploram por misericórdia.

E as Salka avançam.

Membros e tábuas são dilacerados pelo vento e pelo mar, jogados de uma onda a outra, e, por algum motivo que ainda não consigo identificar, me flagro nadando, seguindo para o naufrágio, me safando por pouco de ser esmagada por uma viga estraçalhada. Ignoro o sal ardendo em minhas veias, me avisando da morte certa caso eu continue. Recuso-me a ter medo; não agora. A água se retorce e devora o barco. Braços e pernas, bocas gritando e olhos arregalados, açoitados até a submissão. Os corpos que costumavam descer ao reino pareciam tão pacíficos; eu não tinha percebido até agora que a morte deles poderia ser tão violenta. As garotas são deixadas para engolir a morte enquanto as Salka reivindicam os homens para si.

Esquerda, direita, buscando na água agitada, procurando apenas uma pessoa. *Onde ele está?*

Então eu o vejo. A Salka pousou a mão no peito dele, caçando seu coração. "Não!", exclamo. E então: "Ele não!".

A cabeça dela gira completamente sobre os ombros, em um movimento fluido. "E por que não?", pergunta ela, sua língua abanando sobre os dentes. "Por que eu deveria poupar este homem?"

"Eu..."

"Não seja tola, pequena sereia", murmura ela. "Os homens humanos não lhe trarão nada além de dor."

"Não. Você não pode ficar com ele", insisto, aquele calor formigando pelo meu corpo mais uma vez. Eu não entendo o que é isso, mas quero me agarrar a esse sentimento para sempre. "Você pode levá-la em vez disso", aponto para Viola, lutando na água, os dedos arranhando a madeira quando ela alcança uma viga para se segurar, suas feições retorcidas no que parece mais uma expressão de fúria do que de medo. Uma guerreira, ela é. Essa moça seria uma boa Salka se tivesse uma morte trágica.

"Você trocaria a vida de uma garota com tanta facilidade, queridinha? Por um homem que você nem mesmo conhece? E que utilidade eu teria para uma *garota*?", diz a Salka. "Não são as mulheres que devem expiar seus pecados."

"Você não pode ficar com ele", repito. "Estou avisando, Salka. Eu sou a princesa Muirgen, a sexta filha do Rei dos Mares. Estou prometida a Zale, líder das tropas de nosso reino. E ordeno que você solte este humano."

Arranco o corpo de Oliver das garras da Salka, ignorando seu grito de guerra e destruição para mim.

"Ceto!", berra ela. "Ceto vai ficar sabendo. Você vai se arrepender disso."

Eu a ignoro. Neste momento, não me preocupo com minha segurança ou com a retaliação que as Rusalka vão buscar por esta transgressão flagrante de nossas leis. Não ligo se minha decisão desfizer a trégua inquietante que intermediamos entre o nosso reino e o Mar de Sombras. A única coisa que me importa é esta pessoa e seu maravilhoso peso em meus braços enquanto o arrasto para um lugar seguro. *Oliver.*

Ele deve viver.

5

"Muirgen."

Os homens humanos não lhe trarão nada além de dor.

"Muirgen."

Os homens humanos não lhe trarão nada além de dor.

"Muirgen! Não vou tolerar esse tipo de insolência de sua parte, mocinha."

Uma cotovelada nas minhas costelas. "*O quê?*", sibilo para Arianna, esfregando a lateral do meu corpo. Ela meneia a cabeça para o nosso pai. Ele está sentado à cabeceira da mesa de jantar de madrepérola, olhando feio para mim.

"O que foi, pai?" Minha voz sai estrangulada, mesmo aos meus ouvidos.

"Eu lhe fiz uma pergunta, Muirgen", ralha ele. "E, quando eu faço uma pergunta, minha expectativa é que você me responda imediatamente."

"Desculpe, pai." Ele olha para mim de um jeito estranho, e minha pele se arrepia de pavor. *Será que ele sabe o que aconteceu? Será que ele sabe o que eu fiz?* "Eu estava distraída."

Eu tenho me distraído bastante nessas duas últimas semanas, sempre à espera da retaliação das Salka por eu ter salvado o garoto humano.

Cada dia traz um silêncio cada vez mais inquietante. A paz entre meu pai e a Bruxa do Mar é sensível, frágil; obtida com esforço e facilmente quebrável. Eu coloquei a todos em um grande perigo.

"E você não tocou no seu jantar", continua ele. "A comida não está boa?"

"Está tudo ótimo, pai. Eu só não estou com fome."

"Muirgen tem estado sem fome ultimamente, pai", diz Cosima, sem paciência. "Faz semanas que ela praticamente não come nada. Isso não está certo, não é? Não quando você faz tanto esforço para nos sustentar."

"Talvez uma perda de apetite não seja tão ruim assim", diz meu pai, olhando diretamente para o prato vazio de Cosima. "Não queremos que nenhum pretendente mude de ideia... ou prefira outra irmã de novo, não é?"

"Não, pai", diz ela, comprimindo os lábios. Ela não vai chorar, não importa o quão chateada esteja. Não na frente dele.

"Bem, eu acho uma vergonha", diz Arianna, botando na boca uma colherada caprichada de verduras. "Esse desperdício de comida é muito ingrato da sua parte, Muirgen. E pense em todos os sirênicos em Longemar, praticamente morrendo de inanição. Como se já não fosse ruim o suficiente eles viverem sob o medo constante de um ataque das Salka." Ela estremece com a ideia. "Você não tem noção do quanto eles agradeceriam por este jantar."

"Irmã", Sophia está incomumente fria, "não fale bobagens. As Salka nunca vão invadir Longemar sem o aval da Bruxa do Mar — elas temem demais os poderes de sua líder —, e a Bruxa do Mar tem tanto interesse na trégua quanto nós, se não mais." Estremeço. Eles mal fazem ideia de como eu talvez tenha estragado essa trégua para além de seu possível restabelecimento.

Vovó pousa a mão sobre a de Sophia, colocando minha irmã em seu lugar. Nenhum de nós fala mais nada depois disso; a sala fica tão silenciosa que a única coisa que continuamos a ouvir é o bater de água contra a janela de vidro do mar.

"Não, não", diz nosso pai. "Deixe as meninas falarem. Esse debate acalorado é bem... interessante." Ele tamborila lentamente na mesa, um dedo de cada vez. Reprimo um arrepio. "Você estava falando dos sirênicos famintos em Longemar, Arianna. Espero que não esteja insinuando que há pessoas no meu reino inadequadamente abastecidas."

"É claro que não, pai", diz com cautela. "Aqueles em Longemar são muito afortunados por ter seu apoio."

O Rei dos Mares parece esperar que ela diga algo mais; todas nós prendemos a respiração.

"T-t-tal como deveriam estar", apressa-se Sophia para quebrar o silêncio.

"E quanto a você, Sophia..." Ele sorri, e é um sorriso sinistro; ele está adorando tudo isso. Será que ele sorriria para mim desse mesmo jeito se descobrisse que salvei uma vida humana, arriscando a paz do reino com meu gesto? Arriscando todas as nossas vidas? Ou seria pior? Será que ele mandaria cortar minha cauda e penduraria meu tronco nas paredes do palácio, me acusando de traição à Coroa? Ou me baniria para Longemar, condenando-me a uma vida de fome e penúria junto aos outros indesejáveis? Não faço ideia. A única pessoa que um dia desobedeceu ao Rei dos Mares foi minha mãe, e ele não precisou castigá-la. Os humanos fizeram isso por ele.

Os homens humanos não lhe trarão nada além de dor.

"Sinto muito, papai", diz Sophia. O restante de nós fica encarando os próprios pratos, como se para fingir que nada disso está acontecendo. Sempre somos bem covardes em momentos como este; temos medo demais de que nosso pai direcione sua atenção a nós.

"Você lamenta?"

"Sim, pai."

"E lamenta *pelo que* exatamente, filha número três?"

Os olhos de Sophia disparam para vovó, como se ela estivesse esperando por uma intervenção em seu favor, mas nossa avó não faz nada, o olhar voltado para baixo também.

"Lamento muito por...", recomeça ela, e mal consigo ouvi-la, "lamento muito por ter mencionado a Bruxa do Mar durante nosso jantar."

"Ah, eu acho que você fez mais do que apenas *mencionar* a Bruxa do Mar, não foi?"

"Sim, papai."

"Acho que você pode ter sugerido que ela possui... Qual foi a palavra que você usou mesmo?" Sophia não responde. "Sophia", insiste ele, o nome dela pesado entre seus lábios. "Qual foi a palavra que você usou?"

"Poderes." A palavra salta dela.

"Ah, sim. *Poderes*. Certamente você não estava sugerindo que a feiticeira caquética possui habilidades semelhantes às minhas?"

"Não, pai." A voz dela sai vacilante, como uma lua acometida pelas sombras. "Sinto muito."

"Ninguém neste reino possui poderes comparáveis aos do Rei dos Mares", diz Cosima em uma urgência obscena.

"Precisamente", concorda meu pai, passando o tridente de uma mão para a outra. Meus olhos dançam para acompanhar o movimento, o metal brilhando com a promessa de destruição. "Tudo o que tenho feito é para manter vocês a salvo. Espero que não esteja se tornando uma ingrata, Sophia. Tenho certeza de que você se lembra do destino que recaiu sobre as mulheres ingratas nesta família."

"Sim, pai", aquiesce ela, engolindo em seco. "Desculpe, pai."

"Sob meu reinado, os sirênicos estão sob a maior prosperidade que já testemunhamos", diz ele. "Os sirênicos *legítimos*, isto é; aqueles a quem são permitidos os privilégios da vida nos domínios do palácio. Ninguém pode negar que tornei o reino poderoso novamente, não é?"

"Somos abençoados por estar vivendo na época de vossa soberania, Rei dos Mares", diz vovó Thalassa. Ela pega sua faca e garfo, cortando algumas ervas em pedaços menores. Somos os únicos que usufruem de tais utensílios humanos, coletados das ruínas de naufrágios. Minha mãe insistiu nisso, aparentemente, e, mesmo assim, ninguém pensou em questionar como ela sabia usá-los, como era familiarizada com os nomes deles. Minha mãe dizia que os talheres eram glamourosos e refinados, e meu pai, sempre disposto a tornar sua família mais "especial", concordara. Naquela época, ele não desconfiava de qualquer ameaça na obsessão de sua esposa para com os humanos. A tradição dos jantares formais nunca foi quebrada, apesar do ódio que o Rei dos Mares nutria pelo mundo acima da superfície. "Agora coma, Muirgen", ordena nossa avó. "Saco vazio não para em pé."

Encaro a tigela de folhagens à minha frente. Os humanos no barco bebericavam bolhas espumantes em taças de cristal reluzente, desembrulhavam bolinhos quebradiços de papel colorido. Eles jamais comeriam isto. Eles dariam risada, nos chamariam de animais. Talvez eles estivessem certos. Meto a mão sob a mesa e passo as unhas no meu rabo de peixe. Talvez sejamos metade-monstro, afinal.

"Você certamente precisará de energia, jovem Muirgen", meu pai me oferece uma piscadela. "Com Zale tendo solicitado visitá-la depois do jantar." Um nó de náusea lateja na minha garganta à menção do nome de Zale, se alojando bem no fundo. Ele se vira para Nia. "Não se preocupe, filha. Marlin virá acompanhá-lo. Você não será deixada de fora." Ele põe outra garfada de verduras na boca. "Pelo menos *algumas* de minhas filhas estão prometidas, não é, Talia?"

"Somos sortudas", murmura Nia, enquanto Talia encara o próprio colo. Eu não quero ser como Talia, com vinte e um anos e sem ser amada por ninguém, no entanto também não quero me casar com Zale. Mas que outra opção eu tenho?

"Obrigada, papai", diz Nia. Ela se volta para a janela. Se passei minha vida inteira olhando para cima, Nia passou a dela olhando lá para fora, encarando as profundezas do mar. Para além de Longemar, para além do reino do Mar de Sombras da Bruxa do Mar. É como se ela achasse que poderia haver algum lugar a salvo diferente desses que já conhecemos. *O que é que você tanto busca, Nia?*

É claro que Zale viria esta noite; é sábado. Ele tem nos visitado todo sábado à noite desde o meu décimo segundo aniversário. Eu ainda era metade-criança, metade-sereia; só me interessava por tritões da minha idade. Minhas expectativas se limitavam ao desejo de segurar a mão dos meninos, de sentir seus lábios roçando nos meus de maneira muito inocente. Eu não tinha qualquer noção do que rolava quando via meu pai e seu velho amigo encolhidos no canto, com as testas franzidas. Eu não sabia que, enquanto eu arrumava meus brinquedos no quarto, meu corpo estava sendo vendido pelo maior lance.

Eu quero te conhecer melhor, disse Zale naquela noite do meu aniversário, suas mãos nos meus ombros enquanto ele se inclinava para me dar um beijo na bochecha. Seus lábios se demoraram por tempo demais, meu estômago se revirou numa sensação entre vergonha e medo. *Linda*, disse ele, e eu teria preferido arrancar meu próprio rosto a tê-lo olhando para mim com todo aquele prazer outra vez. Mas eu apenas sorri e agradeci. Eu era uma garota muito educada, mesmo sendo tão novinha.

"Muirgen? Você me ouviu? Zale está vindo para ver você."

"Que maravilha", respondo, tentando sorrir, mas é uma luta, todos os músculos do meu corpo tensos de ansiedade. E se eu trouxesse a guerra de volta ao reino? Vovó Thalassa nos contou como foi a última, falou das crianças morrendo de fome, de seus ossos despontando na carne ao mesmo tempo que suas caudas mirravam. Ela nos contou sobre os pais e maridos e filhos e irmãos enviados para combater a Bruxa do Mar e as Salka, mulheres ávidas por tomar o reino. Ela nos contou que pouquíssimos dos tritões retornaram, e que aqueles que conseguiram voltar para casa estavam totalmente alterados; eles estavam mais calados, mais vulneráveis a sustos, seu sono interrompido por pesadelos e apelos chorosos. Então o irmão de minha mãe foi levado pelas Salka, acabou devorado e sobraram só os ossinhos, os quais foram enviados de volta à corte como prova do massacre. Foi nessa época que minha mãe procurou meu pai e se prometeu a ele para que não houvesse mais derramamento de sangue.

Ela se sacrificou por uma paz apreensiva.

Uma paz que, há duas semanas, coloquei em risco. Sinto um aperto no peito. E em troca de quê? De um garoto humano que pensou que eu fosse uma garota porque ele só me viu da cintura para cima, um redemoinho de pele clara e cabelos embaraçados?

(Os homens humanos não lhe trarão nada além de dor.)

Eu não estava pensando no reino naquele dia, quando a tempestade se alastrou. Levei Oliver até a praia mais próxima. Estava deserta, só uma pequena construção nos arredores; uma igreja ou um convento, talvez. A baía era cercada por um semicírculo de árvores com frutos em tons de amarelo e alaranjado, aromatizando o ar com um perfume cítrico. Até então nenhuma sereia havia se aventurado em terras humanas e voltado viva.

E, no entanto, não senti medo nenhum. Só me interessava salvar Oliver. Eu o deitei na areia, afastando seus cabelos molhados do rosto, torcendo para que ele acordasse. Fiquei sentadinha ali, observando-o, esperando que abrisse os olhos. Até que ele finalmente despertou.

“Viola”, gemeu ele, tentando se sentar. “Viola.”

Ele estendeu a mão para tocar meu rosto, o rosto que ele pensava ser de Viola, mas eu me afastei, arrastando minha cauda pela areia áspera até a água me carregar de volta. Claro que ele chamaria por ela, Viola, a garota da risada encantadora e olhos escuros. Ele era apaixonado por ela. Ela não era um monstro ou uma sereia. Ela era só uma garota.

"Muirgen", chama meu pai novamente, de forma brusca, e eu me sobressalto, colidindo meu pulso contra a mesa. Ele ri, o restante da minha família acompanhando seu gesto enquanto esfrego a pele dolorida. Toda vez que ele diz meu nome, fico achando que ele sabe, *ele sabe*, e me pergunto o que ele fará comigo. "Coma", ordena ele. "Você tem agido de maneira estranha ultimamente, Muirgen. Existe algo que deseja compartilhar conosco?"

"Não", afirmo, e meu coração está palpitando tão alto que temo que seja possível ouvi-lo. "Não tenho nada a dizer, pai."

6

Coma, ficam dizendo para mim. *Você está tão magra, Muirgen. Você está tão pálida. Qual é o problema, Muirgen? Diga-nos o que há de errado.*

Sorrio e falo que estou bem. Sento-me à mesa de jantar e finjo comer. (E a única coisa na qual consigo pensar é *nele*, seus cachinhos e aqueles olhos escuros. O jeito como ele me fez sentir, como derreti por dentro. Eu preciso me sentir daquele jeito de novo.) Mas aí me lembro do meu pai, e das Salka, e que o ataque da Bruxa do Mar é apenas questão de tempo. *O que elas estarão planejando?* O medo me agarra com tanta força que mal consigo respirar.

É difícil se sentir desse jeito quando se é parte de uma corte como a do meu pai, sempre fazendo jus às exigências para que suas filhas sejam encantadoras o tempo todo. *Entretenham-me*, diz ele. (*Façam por merecer seu sustento*, é o que ele quer dizer. *Provem que são diferentes da mãe de vocês.*) Precisamos contar histórias ou piadas, ficar nadando em círculos e fazendo acrobacias, erguer nossas vozes aos deuses e esperar que ele se dê por satisfeito. Eu faço todas essas coisas. E, sob toda essa bobajada, eu rezo. Eu rezo para que as Salka não ataquem.

"Muito bem, Cosima", elogia meu pai depois que ela canta uma composição própria.

"Fico satisfeita que você tenha gostado, pai", responde ela, suas bochechas coradas.

"Mas a voz da irmã caçula de vocês ainda é a mais doce", diz ele. "Esforce-se para ouvir da próxima vez que Muirgen cantar. Você pode aprender alguma coisa."

Então ele insiste para que eu cante, e eu obedeço, é claro. Mas já perdi toda a alegria nisso. Cantar era a única coisa que me deixava contente, e até mesmo isso foi arruinado; como se o medo tivesse arranhado minhas cordas vocais com suas unhas, fazendo-as sangrar e ficar em carne viva.

Zale e Marlin continuam a fazer suas visitas, Marlin senta-se em silêncio ao lado de Nia enquanto Zale nos conta histórias de sua juventude. "Há muito tempo", recomeça ele para mim depois de um relato particularmente dramático sobre uma batalha contra as Salka durante a guerra, "anos antes mesmo de você nascer, pequenina." Ele beija minha bochecha, muito perto da minha boca. É como se ele quisesse arrancar minha pele do corpo e prová-la em sua língua. *Paciência, Gaia*, digo a mim mesma. *Pode ser que o nojo diminua depois de estarmos casados.* Pode ser que eu aprenda a gostar dele em seu devido tempo.

"Está ficando tarde", disse o Rei dos Mares certa noite, quando veio para avisar aos homens que estava na hora de irem para casa. Zale parou no meio da história, sabendo instintivamente que esse tipo de arrogância não seria estimado pelo meu pai. Nossos noivos se foram e meu pai enviou a mim e a Nia um olhar demorado. *Será que ele sabe? Ele sabe o que eu fiz?* "Você ficou muito calada esta noite", foi só o que ele disse.

Nia e eu sempre ficamos muito caladas quando eles vão embora. "Eu espero que vocês duas tenham noção do tamanho da sorte que possuem", diz meu pai. "Particularmente você, Muirgen. Zale poderia ter escolhido qualquer uma de minhas filhas."

"Obrigada, pai", respondi, desejando que Zale tivesse escolhido outra, *qualquer outra*. Por que tinha de ser eu? "Obrigada por me conceder tal privilégio."

Não consigo parar de pensar em Oliver. Quando acordo, a primeira coisa que vem à minha cabeça é o rosto dele. Eu me pergunto se ele está a salvo. E me lembro da Salka, de suas garras afiadas e de sua boca guinchando, e imagino os horrores que a Bruxa do Mar possa estar confabulando para se vingar de nós. Não consigo dormir de tanta preocupação, nadando em círculos no meu quarto, girando sem parar.

Os homens humanos não lhe trarão nada além de dor, disse-me a Salka. Será que ela sabe o que eles fizeram à minha mãe? Minha mãe, que foi levada quando eu era tão novinha. Minha mãe, que está morta.

Minha mãe está morta.

Não é?

Mais uma longa noite de sonhos interrompidos e preocupação. Aperto os olhos com as mãos, piscando para conter as lágrimas. A água é nossa força vital, corre em nossas veias, transformando nosso interior em um sal abençoado. Não devemos desperdiçá-la chorando.

"Já está na cama?", levo um susto, mas é só vovó falando.

"Você tem se assustado muito ultimamente, Muirgen", observa ela, pairando junto à minha cama. Seus cabelos grisalhos presos num coque baixo, um colar de conchas pendurado entre os seios. *Há quanto tempo ela está ali?*

"Eu estou bem, vovó."

"Suas irmãs vão sair para nadar amanhã. Não vão longe, até a região dos charcos, creio, então não vai ser tão cansativo", diz ela. "Imaginei que você gostaria de ir com elas."

"Não."

"Tem certeza?"

"Eu disse que não, não disse?"

"Que pena. Você costumava adorar sair pra nadar."

Nossas expedições pelo mar eram as únicas ocasiões em que eu me sentia livre. Minhas irmãs e eu, criancinhas ainda, agarrando a nadadeira de um golfinho, gritando diante da velocidade com que éramos rebocadas ao longo da água. A alegria do ato, a empolgação. Naquela época, Cosima e eu éramos melhores amigas. Uma bela dupla. Éramos nós contra tudo e todos. Cosima tinha sido prometida a Zale desde que nascera, e ela vivia falando do casamento, do que usaria em seus cabelos, de como eles teriam bebês adoráveis. Isso foi antes de eu me tornar linda, antes de me transformar em algo que Zale queria ter para si. Isso foi antes de eu perdê-la também. Parece que estou eternamente destinada a perder as pessoas que amo.

"Estou muito cansada, vovó."

"Você tem andado sempre cansada", diz enquanto acaricia meus cabelos. Fecho os olhos e finjo que é a mão de Oliver me acariciando, a voz dele sussurrando para mim. Finjo que sou só uma garota, não uma sereia ou um monstro. "Está com insônia, Muirgen?"

Tenho dormido um pouco, mas não descanso. Como vou conseguir descansar? Agora vivo na expectativa de ouvir o grito de guerra das Salka, o choque do metal das lâminas sendo afiadas diante da promessa de dilacerar gargantas tenras. Meus sonhos se despedaçando todas as noites, me dilacerando de dentro para fora. Sonho com os olhos castanhos e a pele escura, com as pernas longas e com um perfume feito de uma flor cujo nome desconheço.

Sonho com a minha mãe, com as correntes enroladas na cauda dela, prendendo seus pulsos. *Venham, venham, vejam a sereia! Vejam a aberração! É genuína, ou garantimos seu dinheiro de volta!* Em alguns sonhos, tudo o que vejo é o coração de minha mãe, arrancado do peito e posicionado sob uma lupa para inspeção, ainda batendo. Em outros, ela está confinada em um grande tanque, presa, gritando para que alguém a salve. *Estou indo, mãe*, digo sem emitir som. *Espere por mim.*

Sonho que estou caminhando sobre duas pernas, caminhando em direção a Oliver, meus passos seguros. *Você é linda*, diz ele, e ele não está olhando para o meu rosto, mas para as pernas que brotaram do meu corpo. *Você é tão linda*. Acordo ofegante, tateando meu corpo loucamente para ver se é verdade, se estou livre, mas não. Só o que sinto sob meus dedos são escamas oleosas, e não pele humana. Então me lembro do que fiz para salvar o garoto. Fico deitada na cama durante horas, aguardando meu destino.

"Devo chamar a curandeira?", pergunta minha avó agora. "Ela pode preparar um tônico para você."

"Eu estou bem." Dizem que a curandeira sabe ler mentes, e morro de medo do que ela pode enxergar em mim, nas profundezas turvas do meu subconsciente. Não temos permissão para descrever as habilidades dela como "poderes", não quando o Rei dos Mares está nos arredores. Ele despreza a curandeira, mas é obrigado a tolerá-la. Os serviços dela são necessários demais para que ela seja banida para Longemar, para se juntar ao restante dos desajustados.

"Eu não acho que você esteja *bem* de verdade", diz vovó. "Por favor, converse comigo."

O que posso dizer? Eu não posso contar a ela sobre Oliver, sobre o que fiz. Eu me viro para o outro lado na cama, uma terra inóspita de solidão se expandindo infinitamente no meu peito, esperançosa de que minha avó capte a dica e vá embora. *Uma garota*, disse ele. *Achei que tivesse visto uma garota...* E muito embora estejamos nas profundezas do reino, o mesmo calor me atravessa, começando no estômago e irradiando pelos meus braços e cauda. Nunca senti nada assim. Eu não entendo o que é.

Olho para além da minha torre assim que vovó deixa meu quarto. As águas estão calmas esta noite, tão límpidas que uma imitação de lua paira perto da superfície. Quando eu era criança, teria achado o efeito notável. Teria presumido que o reflexo fraco era tudo que o mundo tinha a oferecer. Mas agora eu sei da verdade. Agora eu sei que existe muito mais para conhecer lá fora, mais do que tudo aquilo com que sempre me disseram para me contentar.

Não consigo resistir e saio da torre novamente esta noite, mirando a lua de verdade. *Eu não deveria fazer isso*. Vou subindo e subindo até chegar ao mesmo lugar que tenho ido todos os dias. Uma enseada. Flores amarelas frescas nas árvores bem aparadas. Uma construção branca, um campanário, um sino informando as horas. Mas nada de Oliver. Tento vir em horários diferentes do dia, e às vezes à noite, na esperança de ter um vislumbre dele. Vejo outros humanos, mas nunca ele; nunca é ele. Mantenho distância enquanto fico vigiando-os, tentando estudá-los através da observação. As meninas que saem daquele prédio toda vez que o sino toca, elas discutem e riem e ficam amuadas; elas cochicham segredos entre si, prometendo nunca os revelar, *juro pela minha mãe mortinha*. Elas suspiram, se queixando sobre a beleza das outras, se autoproclamando feias em comparação. Fico impressionada com as semelhanças entre elas e minhas irmãs; partilhamos as mesmas brincadeiras, apesar de tudo o que nos foi dito sobre os humanos e de como eles são cruéis. Está frio aqui esta noite, o ar hermético com a baixa temperatura. *O inverno está chegando*, sussurram as águas para mim, as estrelas formando constelações de gelo no horizonte. Não ouço vozes e não vejo ninguém, mas fico à espera até que a última luz tenha sido apagada na construção branca (será que ele ainda está lá dentro? Aqueles lábios fartos e olhos sorridentes, um homem mais perfeito do que eu jamais imaginei ser possível? Será que ele chama o nome dela em seu sono? *Viola, Viola*), antes de eu me obrigar a mergulhar de volta ao reino.

Toda vez que volto, fico impressionada com a pequenez do nosso mundo. Com o quanto ele parece insignificante, e, por extensão, com o quanto somos insignificantes. Mordo o lábio ao pensar no que meu pai faria caso ouvisse pensamentos tão desleais. E mordo com tanta força que sinto o gosto metálico do sangue.

No meu quarto, acaricio a estátua, fingindo que é Oliver e que ele veio à minha torre; que ele de algum modo achou um jeito de respirar debaixo d'água, suas orelhas se metamorfoseando em brânquias. Imagino nós dois e uma vida tranquila, sempre tentando manter uma certa distância do meu pai, mas felizes porque temos um ao outro, e esta é a única coisa da qual precisamos. Eu me sento diante do meu espelho, enrolando meu cabelo perto da nuca até ficar parecido com o penteado Chanel arrumadinho dela, imaginando minha pele tão parda quanto a dela. *Viola*.

"Esse cabelo não fica bem em você."

Levo um susto, permitindo que meu cabelo caia ao redor dos ombros. E então eu o vejo, sob as sombras, ao lado da minha porta, os olhos ávidos. Ele sempre parece estar me observando, desde que eu era criancinha.

"Há quanto tempo você está aí?", pergunto.

"Eu estava esperando por você. Por onde andou?"

"Zale, você não devia estar no meu quarto", repreendo, minha boca seca. "O Rei dos Mares ficaria furioso se soubesse que você esteve aqui."

"O Rei dos Mares me aprova, pequenina. Já somos íntimos há décadas", diz Zale, se posicionando atrás de mim e botando as mãos nos meus ombros, me obrigando a encarar o espelho outra vez. Eu pareço tão jovem ao lado dele, como se estivesse posando para um retrato com meu avô. "E nós estamos noivos, não é?"

"Estamos prometidos um para o outro, Zale, mas ainda não estamos casados." Eu não quero que ele bote as mãos em mim. Desde que ele concluiu que queria a sexta filha do Rei dos Mares, e não a quinta, passei a sentir seus dedos na minha pele. Só um leve toque na cintura ou na bochecha, uma roçadinha na minha lombar. Nada que eu pudesse repreender. Apenas o suficiente para me lembrar a quem eu pertenço.

"Estaremos casados no seu décimo sexto aniversário", diz ele, e eu desvio o olhar. Não quero que ele perceba meu temor. "Em breve, pequenina." É tradição no reino que as donzelas não se casem antes de seu vigésimo aniversário, mas aparentemente as regras sempre podem ser quebradas por homens poderosos. Afinal de contas, eles mesmos criaram as leis, e são responsáveis por honrá-las, portanto podem moldá-las aos seus próprios desejos.

"Independentemente disso", recomeço. "É uma invasão de privacidade entrar no meu quarto desse jeito. E a essa hora da noite."

"Oh, peço desculpas, jovem Muirgen."

"Zale, eu estou falando sério. Meu pai..."

"Seu pai? Tenho certeza de que seu pai estaria interessado em saber quantas vezes sua filha caçula tem ido para a superfície."

Como ele sabe disso? "Eu já tenho quinze anos", digo, tentando ignorar meu desconforto. "Devo lembrá-lo disso."

"Sim", aquiesce Zale, e seus olhos vão passeando pelo meu corpo, descendo. Meu coração acelera até demais, como uma música composta toda com arpejos. "Sim, com certeza já tem."

Observe o peixe, dissera minha avó quando cheguei a uma certa idade e comecei a fazer perguntas de natureza íntima. *Observe o peixe e você entenderá*. E assim eu fiz. O peixe macho perseguindo a peixe fêmea sem parar, mordiscando suas barbatanas, beliscando sua cauda, esperando que ela caísse em exaustão para enfim reivindicá-la como sua. Eu não sabia dizer se eles estavam brigando ou fazendo amor. Talvez no final seja tudo a mesma coisa.

"Quinze", diz ele. "E eu tenho sido tão paciente nos últimos três anos. Sinto que mereço uma pequena recompensa, você não concorda?"

Saio nadando para longe de Zale, flutuando em direção à superfície. Minha respiração está pesada, como se quisesse estilhaçar minhas costelas. Eu queria que Oliver estivesse aqui para me resgatar, para me levar embora. Queria que minha mãe ainda estivesse viva. Eu queria que alguém me perguntasse o que *eu* quero, ao menos uma vez na vida. Tem tantas coisas que eu queria, e sei que nenhuma delas é possível para garotas como eu.

"Sempre olhando para cima", diz Zale, flutuando com facilidade para o meu lado. "Diga-me, o que há lá em cima que tanto te fascina, Muirgen? Tem alguma coisa que você gostaria de me contar?"

"O que você quer dizer com isso?" (*Será que ele sabe? Como poderia saber?*)

"Nada", diz ele. "Eu só estava me perguntando."

Zale nunca foi à superfície; é ponto de honra para ele. *Por que eu deveria?*, diz ele. *Por que eu iria ao menos querer chegar perto daquelas criaturas repugnantes?*

"E toda essa baboseira", diz ele agora, apontando para a estátua e para as preciosidades na minha mesa. "Esta lixaiada humana. Não sei por que seu pai se rende a essa sua obsessão."

"Não é uma obsessão." *E meu pai não sabe nada a meu respeito.* "Eu apenas acho que são objetos bonitos."

"Você é a típica menininha", repreende Zale. "Distraída por bugigangas brilhantes, independentemente da proveniência delas. As coisas vão mudar quando estivermos casados. Essas visitas à superfície vão cessar, por exemplo. É perigoso demais, o risco de ser capturada aumenta a cada retorno. Talvez você devesse prestar mais atenção ao que aconteceu à sua mãe. Tem uma lição nisso tudo aí, não é? Uma lição que certamente seria bom você não esquecer, especialmente quando você pertencer a mim."

O que ele diz é verdade; eu um dia vou pertencer a ele. Eu pertenço ao meu pai, e meu pai escolheu Zale para mim. Serei transferida de um homem para o outro, minha posse transmitida com a facilidade de um aperto de mãos, e é esperado que eu mantenha o sorriso quando o acordo estiver concluído.

"Você acha ruim ter sido prometida a Marlin?", perguntei a Nia alguns meses antes do meu aniversário mais recente. As outras tinham ido a uma rara viagem à superfície para assistir a uma tempestade de raios (*Não conte a papai*, alertou Talia. *Você sabe como ele ficaria se soubesse que subimos.*) e eu tive que ficar assistindo, cheia de inveja, enquanto elas nadavam para longe do palácio. Depois de morrer de tédio, sentada na torre, esperando que elas voltassem, encontrei Nia no quarto, olhando pela janela.

"Você acha ruim?", voltei a perguntar quando ela não me respondeu. Eu não conseguia parar de pensar naquela conversa entre ela e nossa avó, a qual ouvi por acaso; o desespero de Nia, seus apelos para que nossa avó fizesse alguma coisa para ajudá-la. Naquele momento, nós duas continuamos quietinhas, ouvindo nossas respirações. Uma esperava que a outra ousasse ser sincera primeiro. "Você ama o Marlin?"

Nia ficou calada por um bom tempo. "Muirgen", disse ela por fim, "não dá pra conseguir o que deseja todas as vezes. Já devíamos saber disso melhor do que ninguém."

"Zale?", pergunto agora. "Você..." Não sei direito como verbalizar isso. Ele se movimenta pela água até flutuar na minha frente, estendendo a mão para acariciar meus cabelos. Algo pesado pulsa na minha garganta.

"Deliciosa", murmura ele, examinando cada centímetro nu de pele e escama. E então ele vai me pedir para lhe mostrar meus dentes, para que ele possa verificar possíveis cáries. "O que você quer saber? Se eu o quê?"

"Você me ama?" Eu preciso perguntar a ele. Se Zale for capaz de sentir o mesmo que eu sinto por Oliver, se ele for capaz de sonhar comigo, se for capaz de passar horas pensando em segurar minha mão, talvez tudo fique bem. Ele vai me tratar bem quando estivermos casados. Eu poderia aprender a me contentar se fosse bem tratada.

"Se *amo* você?", desdenha ele. "E o que o amor tem a ver com qualquer coisa? Não estamos em um daqueles contos de fadas que sua avó enfiava na sua cachola, Muirgen."

"Não creio que essa tenha sido a pergunta mais absurda do reino", falo, a raiva crescendo dentro de mim. "Considerando que vamos estar casados no meu próximo aniversário."

"Não seja tão infantil", diz ele. "Você é a filha favorita do Rei dos Mares. Sua beleza é inigualável e, portanto, você é a escolha certa para um homem como eu. Seu pai não tem filhos homens, então uma vez que estivermos casados, o Rei dos Mares terá de me honrar como herdeiro legítimo ao trono. Vou fazer certas *melhorias* que precisam ser executadas por aqui."

Ele nunca havia falado tão livremente sobre suas ambições até então. Sempre tivemos uma dama de companhia por perto, um ancião a fim de salvaguardar minha pureza. Mas dentro de poucos meses não haverá ninguém para me proteger deste homem. Vou ficar a sós com ele, para sempre.

"Mas eu sou a caçula", digo, ignorando a dor em meu peito, a sensação de que meus pulmões são grandes demais para ficarem contidos em meu corpo. "Se é isso o que você quer, certamente Talia seria uma parceira melhor. Ela é a primogênita. Ou Cosima, tal como deveria ser. Zale, ela ainda é louca por você, ela seria..."

"Você está sendo ridícula", ralha ele, contraindo a boca à menção do nome de Cosima. "Vocês são meras garotas. A aparência de vocês é a única coisa que as distingue, e eu quero a melhor." Ele toca no meu rosto como se estivesse comprovando minha beleza, para garantir que é digna de aquisição. "Você me lembra a sua mãe", diz ele. "Eu também desejei Muireann, sabe... Todos os tritões a desejaram naquela época... Mas o Rei dos Mares teve prioridade." Ele sorri para mim. "Mas você é quase tão boa quanto ela, pequena Muirgen. Com você ao meu lado e o tridente do Rei dos Mares na minha mão", ele fecha os olhos como se imaginasse o poder inundando-o, "o reino vai ser meu. O reino *todo*. Eu vou me certificar disso."

"Você não quer dizer..."

"Sim, quero", diz ele, abrindo os olhos novamente. "É hora de se livrar das Salka para sempre. Chegamos tão perto da vitória da última vez. Se seu pai tivesse permanecido resoluto em vez de permitir que uma sereia o persuadisse a abrir trégua... Nós estávamos quase acabando com elas quando ele concordou com aquela idiotice de armistício."

O armistício que minha mãe tanto ansiava alcançar. Uma coroa de lírios brancos em seus cabelos, a mão do meu pai segurando a dela. Paz, era só isso que Muireann do Mar Verde desejava, dizem as histórias. Ela desejava tanto a paz que entregou seu corpo a um homem com idade suficiente para ser seu pai. Eu não veria esse legado ser desmantelado tão incautamente.

"Aquela 'idiotice de armistício', como você diz, funcionou por muito tempo", digo. "Ninguém quer voltar à época de guerra, Zale. O povo quase morreu de fome naquele período. Por que você quer que isso tudo aconteça de novo?"

"Esse tipo de coisa não vai acontecer desta vez. Desta vez, nós seremos os vencedores."

Não há vencedores na guerra. "Mas por que você correria tal risco? Sendo que as coisas estão em paz agora..." Ouvimos as histórias sobre a Bruxa do Mar e as atrocidades das quais ela é capaz. Se provocada, ela vai devorar nossas crianças, vai mandar as Salka escalpelarem nossas mulheres, rasparem nossos cabelos e usarem como peruca. E elas vão matar até o último tritão que encontrarem no reino. Não há garantia de vitória para nós, não importa o que Zale ache. Ele está tão cego pelo preconceito que não consegue enxergar a própria estupidez.

"Não é um risco", rebate ele. "As Salka são uma abominação e devem ser exterminadas."

"Mas..."

"Chega de respostas malcriadas, menina. Eu sou um homem, não um peixe", atalha ele. "E os homens vão à guerra."

"Por que você as odeia tanto?", pergunto a ele. "O que elas fizeram para você?"

"Muirgen. Elas vieram do mundo lá de cima, do mundo *humano*." Fico em silêncio; isso é tudo o que ele precisa para odiá-las, acho. Um vestígio humano é suficiente para torná-lo cáustico.

"Além disso", continua ele, exibindo um sorriso divertido, "uma guerra seria do seu agrado. Você não tem medo de que elas venham atrás de você? Elas devem ter ficado muito insatisfeitas com sua pequena... *intervenção*."

"O quê?", balbucio, e de repente a água é gelo, o frio cortando meus ossos. "Do que você está falando?"

Ele inclina a cabeça para um lado, um sorriso afetado brincando em seus lábios. "Você sabe exatamente do que estou falando, não sabe? Eu vi você. Eu vi você na noite da tempestade..."

"Mas, mas você nunca vai para a..."

"...arrastando aquele *humano* das garras da Salka."

Minhas mãos estão tremendo, então junto as duas em um gesto de oração para tentar fazê-las se acalmarem. "Isso não é verdade. Eu não sei o que você acha que viu, Zale, mas..."

"Não minta para mim", vocifera ele, e eu me calo. "Eu queria ficar de olho em você, pequenina, afinal de contas o sangue de sua mãe corre em suas veias. Eu queria ter certeza de que, tal como os cabelos ruivos e as...", ele olha para os meus seios e eu resisto à vontade de estremecer, "...*curvas* dela, você também não herdou outros traços mais desagradáveis. Foi uma grande decepção descobrir a verdade, mas não se preocupe", diz ele, esfregando a língua nos dentes superiores como se estivesse amolando-os. "Eu posso purificar você. Eu posso purificar você de maneiras que você jamais imaginou. Seria um prazer."

"Zale", digo. Começo a me encolher no chão do quarto, fraca demais para ficar flutuando na água, e ele acompanha meus movimentos. "Zale, eu imploro. Por favor, não conte ao meu pai. Não temos tido nenhuma notícia da Bruxa do Mar, nenhum indício de represália. Ninguém precisa saber. Isso pode ser esquecido..."

"Ah, eu não acho que vou me esquecer disso tão depressa."

"O que você quer de mim?", pergunto, afundando na cama, o medo me deixando tonta.

"Bem", diz ele, batendo os dedos no queixo em uma pose exagerada de reflexão, "há uma coisinha que você poderia fazer."

"O quê?" Farei tudo o que ele quiser. Qualquer coisa. Contanto que meu pai não descubra.

"Você acha que eu não percebo como você se encolhe quando te olho? Como se afasta quando te toco?"

"Eu não..."

"Sim, você faz isso, sim", diz ele com despretensão. "Eu não me importo com um bocadinho de relutância. Na verdade, isso pode ser até bem divertido. Mas em público? Chegou a hora de dar um basta nisso. De vez. Não vou virar motivo de chacota." Ele coloca as mãos na minha cintura, se inclinando para sussurrar ao meu ouvido. "Você vai ser minha em breve, pequena; é melhor se acostumar a isso."

"Você vai contar ao meu pai?"

"Eu ainda não decidi. Mas como vou me divertir com você nesse meio-tempo!" Ele me aperta com mais força e reivindica meus lábios com os dele, sua língua fria invadindo minha boca como um molusco marinho melequento. "Boa noite."

Quando a porta se fecha atrás dele, sinto meu estômago se contrair, impulsionando alguma coisa pelo meu peito e minha garganta, fazendo jorrar pelos meus lábios. Uma nuvem amarela-escura, uma sombra nas ondas, flutuando para longe. Observo a névoa nojenta dançar.

Esse foi meu primeiro beijo.

7

O tempo passa, tal como sempre acontece no reino. O festival de inverno vem e se vai. O salão da corte está enfeitado com prata e dourado em toda sua distinção, e taças são erguidas em um brinde ao Rei dos Mares. "Obrigado pela sua benevolência", diz o povo sirênico. "Obrigado, Rei dos Mares, oh, abençoado Rei dos Mares." As moças do coro entoam melodias que celebram o gelo, agradecendo aos deuses invernais por mais um ano de paz.

Paz. No entanto, não sinto alívio. Aliás, não sinto muita coisa. Estou conformada com meu destino: nunca vou conhecer o amor verdadeiro. Isso é tudo que sereias como eu podem esperar, sereias que deveriam se contentar com a beleza, a riqueza e o status. Talvez seja ganancioso da minha parte querer ser feliz também. Mas tenho fome, tanta avidez por algo mais. Meu desejo é cavar um buraco no meu estômago, me deixando oca.

"Cante", ordena meu pai quando as celebrações do festival ficam mais intensas, seus olhos turvos por causa da bebida. "Cante, minha querida." (Foi assim que Oliver chamou Viola, *minha querida*.) Pensando naquela noite, entoo uma canção do fundo do coração; algo estranho, cheio de saudade. Canto uma música para *ele*. Quando termino, a multidão está quieta, alguns enxugando as lágrimas. "Foi muito bom", elogia meu pai. "Embora um bocadinho melancólico para o meu gosto. Lembre-se, Muirgen, o festival de inverno é uma comemoração."

Ainda sou a favorita de meu pai; Zale tem mantido sua promessa e não lhe contou sobre meu delito. E eu também tenho honrado meu lado do trato. Ele tem continuado a me fazer visitas, tarde da noite, quando todo mundo já está dormindo. Eu os invejo por isso. Eles ainda carregam a inocência que eu nunca mais vou conhecer. Ele não violou minha pureza — sabe que seria um passo ousado demais sem a bênção do meu pai. Mas ele é rude. Puxa meus cabelos, seus dedos brutos deixam marcas na minha pele que preciso me esforçar para justificar para vovó e minhas irmãs nos dias subsequentes. "Você está me machucando", queixo-me para ele, que apenas ri. "É melhor se acostumar com isso, pequenina", responde Zale.

A primavera chegou irrompendo lentamente, derramando luz pelas águas. Os ovos chocam, a próxima geração de sirênicos se ergue em um novo mundo. Neste ano, nasceram mais meninas do que nunca. Eu quero dizer a elas para terem cuidado. Quero mandar que nadem para longe à primeira luz. Quero segurar um travesseiro sobre seus rostinhos chorosos e enterrar seu último suspiro dentro de suas bocas. Assim elas estariam a salvo, a salvo de homens que as vigiam o tempo todo. Homens que vão aos seus quartos todas as noites, exigindo algo em troca de seu silêncio.

Quando Zale vai embora, eu me encolho numa bolinha, aninhando meu desgosto como se estivesse amamentando uma criança no peito. *O verão vai chegar logo.* E verão significa meu décimo sexto aniversário. Significa também uma cerimônia de casamento com Zale. Este verão trará o aniversário daquele naufrágio, do menino nos meus braços naquela praia. Observando-o acordar do afogamento e ser socorrido pelos humanos, ajudando-o a ficar de pé, ajudando-o a se afastar de mim. Ele não olhou para trás. Eu parei de ir à superfície para tentar encontrá-lo. Passo meus dias deitada na cama, extenuada, olhando para o céu suavemente borrado pela água, levando um susto a cada som pouco familiar, temendo que seja Zale.

Ele continua a fazer suas visitas em caráter oficial, sorrindo quando apareço para recepcioná-lo como se ele não estivesse me visitando todas as noites. Assim que ele chega ao palácio, Cosima corre para o seu lado com perguntas: "Como vai você, Zale?"; "Você parece tão bem, não é, irmãs?"; "Você está à vontade, Zale? Posso pegar outra almofada se você quiser". Ela se alvoroça incessantemente, até que nosso pai a manda para o quarto, queixando-se de dor nos ouvidos.

"Por que você não pode ser mais parecida com sua irmã?", pergunta. "Muirgen está sempre quietinha. É muito mais atraente para uma sereia ser discreta."

Eu sempre fico calada porque não tenho nada a dizer. Todos os sábados, Nia e eu nos sentamos na recepção do palácio junto a Zale e Marlin, enquanto nossa avó paira em um cantinho, vigiando-nos atentamente para garantir que não haja nenhum comportamento inadequado. *Onde você fica durante a noite?*, quero perguntar a ela. *Por que você não me protege nessas horas?*

"Você de fato está um tanto calada", me diz Zale depois de contar uma piada e seu arremate morrer no silêncio.

"Desculpe", digo automaticamente. Eu não posso me dar ao luxo de deixar Zale irritado, não agora. "Achei uma piada difícil de entender. Você pode explicá-la para mim? Você é tão inteligente, Zale." Vejo vovó erguer a cabeça como se estivesse surpresa com minha resposta, mas então ela assente. *É mais fácil para as meninas se elas se mostrarem bem-dispostas*, ela sempre me disse. *Você não quer uma vida fácil, minha criança?*

"Muirgen."

Estou contando os peixes enquanto eles nadam diante da minha torre. *Um peixe, dois peixes, mais três peixes.*

"Mamãe costumava dizer que contar os peixes ajudava a pegar no sono", disse Talia uma vez quando eu era pequena. "Olhe pela janela e me diga quantos você consegue ver, Muirgen." Eu adormecia logo em seguida, sonhando com peixes e com uma mulher com cabelos tão ruivos quanto os meus. Talia tinha sete anos quando nossa mãe foi embora, de modo que ainda se lembra dela. Tais lembranças podem ser remendadas com historinhas para dormir meio esquecidas, beijos na testa e alguns *Eu te amo* sussurrados, mas é muito mais do que o restante de nós tem. E nos ressentimos dela por isso.

"Muirgen", chama minha avó de novo.

Gaia. Minha mãe me chamava de Gaia.

"Muirgen, eu sei que você está acordada." Vovó vem nadando para mais perto da cama, se sentando ao meu lado. "Muirgen, olhe para mim", diz ela, e há uma urgência em sua voz que me faz rolar para encará-la. "Minha criança, você não deve se preocupar. Você não deve se preocupar com as Salka."

"O que..." Preciso encontrar as palavras. Palavras seguras. Palavras que não me coloquem numa encrenca. "Mas por que eu estaria preocupada com as Salka, vovó Thalassa?"

Ela não está usando nenhum enfeite a essa hora da noite; o cabelo solto livremente em torno do rosto é do mesmo cinza-prateado de sua cauda. Há pequenas feridas abertas nas escamas por causa das pérolas, a carne demorando mais para cicatrizar ultimamente.

"Eu sei o que você fez, minha Muirgen. E informo que não vai haver nenhuma retaliação das Salka por suas atitudes. Falei com Ceto e está tudo sob controle."

Eu tomo impulso para me sentar na cama. "O quê? Você falou com a Bruxa do Mar?" Ela assente e eu continuo, perplexa. "Depois do que as Salka fizeram ao tio Manannán?"

"Não." Minha avó levanta a mão, como se quisesse empurrar as palavras de volta à minha garganta. "Não diga o nome dele." Sua voz falha. "Não fale de coisas que não entende, Muirgen."

"Desculpe, vovó", digo. "Mas como você descobriu o que eu fiz? O que a Bruxa do Mar lhe contou?

"Tantas perguntas", suspira ela. "A única coisa que importa é que você está em segurança."

"Ela não vai nos atacar? Ela odeia o Rei dos Mares, então..."

"Ah, seu pai e Ceto vivem brigando desde que eram crianças", diz minha avó, reprimindo um sorrisinho. "São dois lados da mesma moeda. Eles precisam um do outro, por mais que odeiem admitir isso."

"Precisam um do outro? Mas papai e a Bruxa do Mar são inimigos mortais."

"Tem muitas coisas sobre o reino que você não entende, minha criança. Sobre a história deste lugar", diz ela. *Então me conte, vovó. Explique o que eu não entendo. Deixe-me aprender.* "Você só precisa saber que seu pai nunca vai descobrir", continua ela. "Isso é o mais importante, não é?"

A esperança arde em mim brevemente — *estou a salvo* — e aí esmorece depressa. Isso não muda muita coisa. Zale ainda vai fazer suas visitas, e eu ainda não posso dizer não a ele. Eu o odeio, e me odeio ainda mais. E continuo sentindo aquela ânsia, e eu nunca mais vou ver Oliver de novo, e que diferença faz? Afinal, ele acordou com o nome dela em seus lábios. *Viola*.

"É uma boa notícia", comento. "E agradeço muito, vovó Thalassa."

"Tem mais coisa aí, não tem?", pergunta ela. "Muirgen? Eu sei que tem mais coisas que você quer me contar."

Faço uma pausa, sem saber se posso confiar nela, mas preciso conversar com alguém, *qualquer pessoa*, e depois...

"Eu o amo", confesso, as palavras rasgando minha garganta em seu desespero para serem ouvidas. Minha avó permanece em silêncio por um momento, mas sua expressão não é hostil.

"Ama? Aquele tal humano?", pergunta ela. Faço que sim com a cabeça. "Depois de tudo o que eles tiraram de nós?" Ela corre as mãos pelos cabelos, fios prateados como anéis em seus dedos magros. "Você não pode revelar nem um tiquinho disso, Muirgen. Essa coisa que você acha que 'sente'. Entendeu?" Capto a pontinha de pânico na voz dela. "Seu pai vai... Eu não posso perder você também. Simplesmente *não vou* aguentar isso."

"Mas talvez minha mãe não esteja perdida." Noto minha avó fechando os olhos, como se estivesse com dor, mas continuo, independentemente de qualquer coisa. "Nós nunca achamos um corpo para enterrar. Talvez se eu for para a superfície, eu possa descobrir o que aconteceu, finalmente descobrir a verdade sobre a coisa toda. E se ela ainda estiver lá, esperando ser encontrada?"

"Chega, Muirgen." A voz dela vacila. "Sua mãe foi nadar perto demais da praia. Ela era impetuosa e cabeça-dura. Ela foi levada pelos humanos e morreu em cativeiro. Fim da história."

"Isso não faz sentido. Meu pai disse que ela escolheu ir, que ela nos deixou espontaneamente... Mas ele também disse que ela foi capturada. Qual dos dois aconteceu? E você sempre disse que as sereias são astutas demais para as redes dos humanos, então como eles pegaram minha mãe se..."

"Muirgen. Eu disse *chega*. O Rei dos Mares nos contou o que aconteceu. A palavra dele é lei."

Não posso negar a verdade disso. Nenhum de nós pode. "Ele ficou chateado quando ela foi levada?", pergunto em vez disso.

"O quê?"

"O Rei dos Mares. Ele ficou chateado quando minha mãe foi capturada?"

Ela hesita, mas só por um segundo. "Claro que ele ficou chateado. Ele ficou indignado. Tal como deveria ficar, afinal, tinha perdido a esposa, a mãe de seus filhos. Ele ficou..." Ela se cala, engolindo em seco. "Eu não quero mais falar disso. Foi uma época difícil para todos nós. Eu ainda não sei por que sua mãe fez o que fez. Achei que a tivesse criado direito."

"Eu não acho que ela amava meu pai", digo. "Deve ser muito difícil ter que se casar com alguém que você não ama."

"Ah, Muirgen." Ela abranda a voz. "Sinto muito. Zale não é um homem mau, tenho certeza disso."

Você está equivocada nisso, vovó.

"Ele é tão velho", queixo-me. "E geralmente nos casamos com vinte anos aqui no reino. Não posso ter mais alguns anos de folga, pelo menos?"

"Seu pai tinha sessenta e três anos quando se casou com a sua mãe, e ela, apenas dezesseis. Exceções são abertas de tempos em tempos."

E eu também terei dezesseis anos. Em breve. Muito em breve. "Mas eu quero..."

"Eu já disse, *querer* nunca trouxe sorte a ninguém desta família", alerta ela. "Uma mulher que quer mais do que pode ter só encontra dor e perda, e criancinhas chorando por alguém que nunca mais vai voltar. O querer trouxe..." Ela se interrompe. "Muirgen", recomeça, com mais tranquilidade. "Tudo o que você precisa saber é que os humanos são diferentes de nós. Eles nem mesmo acreditam na nossa existência, não de verdade. Eles contam histórias sobre sereias, histórias que acreditam serem mitos, lendas. Eles são fascinados pelo nosso povo, e também morrem de medo de nós. Não subestime esse medo e o que os humanos podem fazer com ele. Alguns homens têm muito medo de mulheres, minha criança. E esses homens são os que mais nos desejam, e são os mais perigosos quando não conseguem o que almejam."

"Mas por que eles teriam medo de nós? Nem ao menos temos poderes."

"Claro que não temos", diz ela, olhando para longe. "Mas os humanos não entendem isso. Eles temem que seus homens acabem sucumbindo à loucura e mergulhem nas profundezas dos mares para se enamorar de uma de nós, encontrando apenas a morte em vez disso. E então eles nos culpam, do jeito que os homens sempre culparam as mulheres, por lhes incitar a luxúria, por alimentar sua ganância insaciável por algo que não podem possuir."

"Mas..." Eu sei que estou prestes a dizer o inominável. "Por que eles *não podem* nos ter? Se isso é algo que uma sereia quer. O que há para ser evitado aí?"

Minha avó passa os dedos pela minha cauda. "Você se esqueceu de um detalhe", diz ela. "Os humanos acham nossas caudas repugnantes." Eu olho para as escamas verde-escuro salpicadas de prateado, captando o luar e fazendo parecer como se eu estivesse incandescente.

Acredito nisso. Acredito facilmente.

Uma sereia ou um monstro? Qual é a diferença?

"Sim", continua ela, confundindo meu silêncio com choque. "Eles preferem as pernas que têm, aqueles tocos desajeitados que lhes permitem andar na vertical. Isso é o mais intrigante."

"Mas será que eles poderiam..."

"Eles poderiam o quê, criança?"

"Será que um humano poderia aprender a amar alguém com rabo de peixe?" Prendo minha respiração.

"Não", responde ela, mas sem ser descortês, e eu sinto algo se rachar dentro do meu peito. "Um homem necessitaria de uma mulher com pernas. Apesar de toda a nossa beleza, para os humanos, somos aberrações, mero objeto de curiosidade." Ela esfrega os olhos, e noto como está cansada.

"Se ao menos...", sussurro. "Se eu pudesse achar um jeito de..."

"Achar um jeito de quê?"

"Um jeito de..." Vovó se inclina para me ouvir direito. "Achar um jeito de desenvolver pernas humanas. Papai é dotado de poderes... Talvez ele pudesse..."

Ela recua. "Você enlouqueceu, criança? O Rei dos Mares despreza os humanos, principalmente depois do que aconteceu à sua mãe. Ele preferiria ver você morta do que acatar o que você está sugerindo."

Ela tem razão. Meu pai preferiria me enterrar nas areias movediças a me ver feliz com um humano lá acima da superfície, e parte de mim sempre soube disso. Devo obedecer às regras dele, ser uma boa menina e viver a vida que ele escolheu para mim. Vou aguardar meu fim aqui neste reino de ilusões, o dia em que minha alma vai se dispersar nas ondas e alimentar os peixes.

"Você é cria do mar, minha menina", diz minha avó. "Aqui é o seu lugar."

Mas eu não quero que este seja o meu lugar.

"Vou deixar você sozinha agora", encerra ela. "Muirgen, você é jovem e bela. Você tem a voz mais pura jamais ouvida neste reino, um dom capaz de fazer os guerreiros marinhos mais viris verterem muitas lágrimas. Você tem suas irmãs. Você está prometida ao homem mais respeitado do reino depois do Rei dos Mares. Você é abençoada, criança."

"Não posso, vovó", estou arfando agora, as palavras se desfazendo. Não consigo controlá-las. "Eu não posso me casar com Zale. Eu preferiria morrer."

"Não precisa ser tão dramática."

"Eu não estou sendo dramática", digo, ofendida com a acusação. "Não é amor verdadeiro com Zale."

"Amor verdadeiro? Minha querida, aquilo eram só contos de fadas. Não é vida real."

Mas poderia ser. Oliver provou isso para mim. Ele representa a possibilidade de amor, de algo mais do que uma vida no mar tem a oferecer. "Vovó", arrisco, "Zale me assusta. E às vezes", reúno coragem, "às vezes, ele vem ao meu quarto à noite e..."

"Pare com isso", censura minha avó. "Isso não é verdade. Zale é um membro respeitado do reino, não acredito que isso seja do feitio dele."

E então percebo. Percebo que não tem jeito. Minha avó era minha última esperança.

Há um tilintar estridente lá fora, metal batendo nos degraus de pérolas, e nós duas nos sobressaltamos.

"O que foi isso?", pergunto enquanto vovó nada até a porta do meu quarto para verificar. "Tem alguém aí?"

"Não tem ninguém aqui", diz ela, examinando a escuridão. "Deve ter sido um peixe."

"O som foi pesado demais para ser um peixe."

"Não tem ninguém aqui", repete ela. "Estamos cansadas e no meio da noite. Não foi nada." Nossos olhares se encontram, inseguros.

"Boa noite, vovó", digo.

"Boa noite, Muirgen", responde, e vovó Thalassa não volta à minha cama para me dar um beijo na testa ou para me ajeitar sob as cobertas, nem para dizer que me ama ou para recomendar que eu reze aos deuses dos mares para que velem meu sono, daquele jeito que ela costuma fazer todas as noites.

Eu fico deitada, imaginando as pernas-fantasma que sei que devem estar presas dentro de mim. Eu as imaginando se esticando, empurrando, rasgando minha cauda. Ávida por sentir a terra debaixo delas, sólida.

Antigamente, havia rumores de que algumas sereias concluíram que duzentos anos era tempo demais para se passar no reino. Sereias que amarraram algas firmemente ao redor de seus pescoços e que passaram conchas afiadas em seus pulsos, orando aos deuses do mar para que fundissem seus ossos à espuma do oceano quando a dor delas era um fardo grande demais para suportar. *Fracas*, eram os sussurros no quarto infantil. *Doentes*. Estavam mais para Rusalka do que para sereias, e eram sempre as sereias que escolhiam tal destino. Nenhum tritão jamais iria se sentir tão completamente sem esperança.

Estou desesperada agora, mais desesperada do que jamais imaginei ser possível. Mas ainda tenho esperança. Deve ter um jeito de escapar disso. *Deve ter.*

8

Está escuro na noite em que saio do palácio, o tipo de escuridão que sugere que a lua, lá acima da superfície, está sufocada pelas nuvens. Aguardei até que o palácio entrasse em completo silêncio, e só saí do meu quarto quando tive certeza de que todos estavam mesmo dormindo. Deslizo os dedos por meu pente e espelho, me despedindo da minha estátua de mármore. Para onde vou, não vou precisar deles.

Desço as escadas da minha torre e passo pelo quarto de minhas irmãs. Paro diante da porta, desejando poder me despedir. Mas elas me estimulariam a ficar. *Fique aqui e se case com Zale.* E assim fariam eu passar o restante da minha vida sonhando com Oliver. Sonhando com minha mãe. Sonhando até não poder sonhar mais. Não posso fazer isso, mas, ainda assim, eu gostaria de dizer a elas o quanto as amo. Que, assim como minha mãe antes de mim, eu preciso deixá-las.

Entro furtivamente pela sala de estar, o chão liso em padronagens em formato de diamante, nas cores dourado e pérola. Prendo a respiração sob o temor de acordar os empregados, um medo terrível paralisando meus pensamentos, fazendo-os gaguejarem em vez de formar frases.

E se... Pai... Zale... Oliver...

Minha mãe. Minha mãe. Minha mãe.

Serpenteio pelas ruas estreitas de areia, margaridas em vermelho e roxo cercando os caminhos, casas de conchas amontoadas. Estão todas fechadas a essa hora da noite, os lábios das amêijoas se encontrando, cerrados. Imagino os sirênicos aninhados ali dentro, e me pergunto de que são feitos seus sonhos. Será que alguma vez sonharam com a fuga a céu aberto como eu?

Conforme nado para longe do reino e para Longemar, a escuridão vai ficando mais densa, e embora o trajeto adiante esteja nítido, tenho a sensação de estar atravessando entre algas emaranhadas. A água está mais árida aqui, uma vastidão do deserto na minha língua, a grama e as flores marinhas murchando, como se estivessem doentes. As casas improvisadas, feitas de conchas cinzentas quebradas e uma oração, parecem chacoalhar com a força da maré. Eu nunca estive aqui. Sempre me recusei a acompanhar Sophia em suas visitas beneficentes, certa de que eu iria dizer a coisa errada ou que seria flagrada encarando embasbacada o povo de Longemar.

Eles são diferentes, aqueles que moram aqui. Não são diferentes como os humanos ou as Salka; eles ainda são sirênicos, só que o Rei dos Mares não os quer nos arredores do palácio. Aqueles que rezam para os deuses proibidos, aqueles cujos corpos nasceram com deformidades, sereias que não se sujeitaram aos padrões de beleza que meu pai prefere, aqueles pobres ou estéreis. "Eu não vou *exterminá-los*", disse meu pai quando perguntei por que Longemar sequer existia, já que ele considerava seus habitantes tão desprezíveis. "É melhor que vivam entre os seus. Eles ficarão mais confortáveis assim."

Ninguém se mexe quando vou passando por entre os barracos, mas paro mesmo assim quando chego aos redemoinhos que separam o mundo da Bruxa do Mar do nosso; uma parede de água pulsante, fazendo a água redemoinhar do leito do mar à superfície. Eu olho para trás, minha respiração ofegante. Meio que esperando ver um exército de homens liderados por Zale vindo em minha direção. Nunca me afastei tanto do palácio antes, nem uma única vez em meus quase dezesseis anos. E ultrapassar os redemoinhos, nadar pelas correntes atordoantes e me deixar ser cuspida para o outro lado é estritamente proibido pela Lei dos Mares. Seu povo não tem permissão para viajar além de Longemar, principalmente para o Mar de Sombras. Se eu fizer isso, lembro a mim mesma, não há mais volta.

"Se eu fizer o que você está sugerindo, não há como voltar atrás", eu disse a Cosima na última noite.

Uma batida à porta. Nossa avó tinha acabado de sair e eu presumia que fosse ela de volta. Eu sabia que não era Zale; ele nunca bate.

"Entre", dissera eu. Era Cosima.

"Chorando, irmãzinha?", perguntou ela.

"O que você está fazendo aqui, Cosima?"

Ela se acomodou ao meu lado, ajeitando sua cauda para que se alinhasse à minha, e eu percebi que ela as comparava, meu verde-escuro em contraste ao seu azul cobalto, buscando algum defeito em minhas escamas que lhe garantiria a vitória pelo menos desta vez.

"Eu ouvi você", disse ela de um jeito esquisito, meio cantarolado. "Eu ouvi você conversando com vovó." Senti meu peito apertar, espremendo todo o ar dos meus pulmões. O que ela ouvira, afinal? E, se tivesse ouvido a pior parte de todas, o que ela faria?

"Então era você mais cedo", comentei com a maior indiferença que consegui. "Eu sabia que não era só um peixe, mesmo que vovó discordasse."

Cosima pegou um espelho do móvel de madeira ao lado da minha cama. Uma relíquia de uma tempestade de sete anos atrás. Ventos violentos, um mar esfomeado, as Salka gritando por vingança com uma lamúria selvagem e desenfreada. Berrando os nomes de homens que estavam mortos há muito tempo, homens que dilaceraram seus corações ou seus corpos, e algumas vezes ambos. Cadáver após cadáver após cadáver. Ficou chovendo humanos por meses a fio depois disso.

Cosima olhou para seu reflexo no espelho, desembaraçando seus cabelos dourados. "Não tente negar", alertou. "Eu ouvi tudo o que você disse pra vovó. Você o ama. Você ama um homem humano." Pensei em Oliver, regurgitando a água do mar como se fosse algo venenoso. Como era lindo o rosto dele, mesmo estando pálido e frio. E então pensei nele chamando o nome dela, *Viola? Viola?*

Eu não falei nada. Era algo muito perigoso de se admitir, principalmente para Cosima. Então apenas me concentrei em recuperar o fôlego. *Inspira* (Você vai ficar bem, Gaia), *expira* (Fique calma, Gaia).

"Qual é o seu *problema*, Muirgen?", vociferou ela quando permaneci em silêncio. "Não é justo com Zale. Você vai se casar dentro de dois meses, e é assim que você o recompensa por essa honraria? Ele deveria estar com alguém que o ama, que o compreende. Alguém mais adequado aos rigores que envolvem o governo deste reino. Alguém que...", ela se calou. "Enfim", disse. "Outra pessoa."

"Eu nunca quis que nada disso acontecesse." Fiz menção de pegar a mão dela, mas ela rejeitou meu gesto. "Cosima, por favor. Você sabe que isso não é minha culpa."

"O que não é sua culpa? Você ter roubado Zale de mim?"

"Eu não roubei ele. Você e eu éramos amigas... Nos amávamos, não é?" Senti um nó na garganta. "Eu sinto sua falta."

"Zale era *meu*", rugiu ela. "Tudo era perfeito antes. Talvez se você não tivesse nascido, nossa mãe não teria perdido a cabeça e nos abandonado." Recuei como se tivesse tomado uma bofetada dela, mas Cosima não parou por aí. "E você nem dá o devido valor a Zale. Você é tão ingrata que se apaixonou pelo primeiro homem humano no qual botou os olhos. Nem acreditei quando ouvi você confessando isso pra vovó hoje à noite. Os humanos raptaram nossa mãe, Muirgen."

"Você sempre fica dizendo que ela nos abandonou, agora está dizendo que é culpa dos humanos. Decida-se, Cosima."

"Não banque a espertinha. Essas criaturas *assassinaram* nossa mãe por esporte. Você se esqueceu disso?"

Nesse momento eu respirara fundo. "Não temos certeza disso, não é?"

"Como é?" Ela se mostrou um tanto chocada com minha afirmação. Obviamente não tinha ouvido minha conversa inteira com vovó. "Do que você está falando?"

"Bem, nós não sabemos o que aconteceu a ela depois que foi capturada. Nós só sabemos o que papai nos contou."

"E isso é o suficiente. A palavra dele é lei, sua idiota. Você perdeu o juízo completamente?"

"Eu só quero a verdade. É tudo o que eu sempre quis."

"E você está disposta a fazer qualquer coisa para conseguir 'essa verdade'?", rosnou, o rosto impetuoso.

"Bem." *Eu não sei. Eu não sei.* "Acho que sim."

"Vai ser preciso mais do que um 'acho que sim' para fazer o que precisa ser feito, Muirgen. Não seja patética."

Ela não me considerava corajosa o suficiente, eu percebia, e senti algo se acendendo lentamente dentro de mim. "Não fale comigo como se eu fosse uma criança, Cosima. Sim, estou disposta a fazer qualquer coisa para descobrir o que aconteceu com nossa mãe."

"Muito bem", disse ela, e suas feições ficaram puras, como se ela nunca tivesse conhecido a raiva na vida. "Muito bem, Muirgen." Um breve sorriso. "Eu compreendo."

"É mesmo?" Agarrei a mão dela de novo, o alívio por finalmente ser levada a sério quase me esmagando. Dessa vez ela não rejeitou minha mão.

"Você sempre foi uma sereia tão curiosa, não é, Gaia?" Cosima foi a única a um dia me chamar assim. "Mesmo quando éramos crianças." Ela se aproximou mais um tiquinho de mim, abraçando a lateral do meu corpo. "Você se lembra?"

Cosima e eu, explorando restos de naufrágios. *Estou cansada*, ela viria a reclamar ao final do dia, *vamos voltar para o palácio*. Eu então acenaria para dispensá-la, feliz por finalmente poder ficar sozinha. "Nós duas costumávamos ser tão amigas antes de Zale entrar no meio", continuou Cosima, enrolando uma mecha de cabelo em volta do dedo. "Eu sinto sua falta, Muirgen. E eu quero que você seja feliz. E você não está feliz aqui embaixo, está?"

Pensei no meu pai, organizando as filhas em fila pela ordem de beleza, em seu contentamento por causa do meu rosto e do meu corpo. E em seu desgosto inevitável que virá quando eu começar a envelhecer, perdendo assim meu viço juvenil. Zale, suas mãos e sua língua, e minha vontade de me limpar depois, de escavar meus ossos para voltar a ser pura. E então em Oliver, e naquele calor percorrendo meu corpo quando me recordo de seus olhos escuros, e eu queria me sentir daquele jeito de novo e de novo e de novo. E aí pensei na minha mãe. Nunca vou parar de pensar na minha mãe.

"Não", sussurrei para Cosima. "Eu não estou feliz. Eu nunca vou ser feliz aqui no fundo do mar."

"Tem um jeito", sussurrou ela de volta. "Um jeito de fugir. De ter suas perguntas respondidas. De até mesmo caminhar em terra firme. Mas você precisa ir ao Mar de Sombras. Você precisa ir até *ela*."

"Não, *não*", falei quando me dei conta do que minha irmã estava propondo. "A Bruxa do Mar? Você ficou doida? Ela vai me matar se eu ao menos cruzar os redemoinhos."

"Você precisa de pernas, não é? Se quiser que esse homem corresponda aos seus sentimentos?"

"Sim, mas..."

"Seu aniversário está cada vez mais próximo, irmãzinha, e até lá vai ser tarde demais. O quanto você ama esse tal humano?", perguntou ela, e eu não consegui responder. Não havia palavras. Talvez nunca vá haver palavras suficientes para encapsular o que eu sinto por

Oliver. "Tanto assim?", perguntou ela. "Um homem com quem você sequer teve a oportunidade de conversar?"

"Você não entende", protestei, e ela sorriu de novo.

"Pois bem", continuou. "A Bruxa do Mar tem o poder para lhe ajudar. Você precisa procurá-la."

"Mas nosso pai é a única pessoa no reino guarnecida de poderes", retruquei, confusa.

"Muirgen", insistiu ela, me dando um beijo na testa como se estivesse me ungindo. "Você é mesmo muito ingênua às vezes." Ela ergueu o espelho, captando nossas expressões. Seus cabelos loiros em contraste aos meus fios ruivos, os olhos azuis idênticos e os lábios corados. Mas, quando olhei para o meu reflexo, tudo o que consegui enxergar foi o que Zale fez comigo, o que eu permiti que ele fizesse, então afastei o espelho.

"Você é linda, Muirgen", disse minha irmã. "Mesmo depois de chorar, isso é bem surpreendente." Ela inclinou o espelho de forma que apenas seu rosto ficasse à mostra no reflexo. "Mas você não passou anos chorando, do mesmo jeito que eu tenho feito."

Então Cosima me deixou a sós, para esperar que o palácio adormecesse. Para esperar pela minha chance de escapar.

Agora o redemoinho que me separa do Mar de Sombras se agita à minha frente. Depois de tudo o que ouvi sobre a Bruxa do Mar, de tudo o que nos tem sido relatado desde que nascemos, a ideia de estar na presença dela é quase insuportável. Essa é a mulher que comanda as guerreiras Salka que mataram meu tio, que deixou uma sombra tão profunda no coração da minha mãe que ela o entregou como dote a um homem que jamais seria capaz de amar. E agora cá estou eu, vindo implorar por um favor dela. Mas que outra escolha eu tenho?

Penso na minha mãe e peço aos deuses por um pouquinho da coragem dela. *Mãe, mãe*, rezo enquanto abro caminho no redemoinho. Por um momento fico suspensa naquele espaço intermediário, momentaneamente a salvo naquele vazio ensurdecedor. (Eu gostaria de poder ficar ali para sempre, em segurança naquela não-existência.) No entanto, me obrigo a continuar nadando até chegar ao Mar de

Sombras — *o Mar de Sombras!* — e parece tanto impossível quanto meio inevitável que eu esteja neste lugar. Aqui, o cenário dos meus pesadelos de infância, o lugar sobre o qual nós, crianças, cochichávamos quando os adultos não estavam por perto.

Minha mãe diz que as Salka levam os meninos e meninas sirênicos muito peraltas para o Mar de Sombras, e que quebram seu crânio como castigo.

Minha mãe diz que o ar de lá é puro veneno, que só a Bruxa do Mar e suas Salka conseguem respirar no Mar de Sombras, pois seus pulmões são feitos de raios elétricos e capazes de resistir à morte em si.

Não, não! Meu pai diz que lá existem armadilhas feitas de areia movediça, então se você cruzar os redemoinhos, acaba sugado para o leito do mar e termina enterrado vivo, e nunca mais vê sua família de novo e é tudo culpa sua porque você desobedeceu.

Desde sei-lá-quando as crianças já inventavam brincadeiras em que alguns de nós éramos as Salka e outros eram os sirênicos, se emaranhando em longas batalhas pelo controle do reino. O sirênicos sempre venciam, é claro, devido à bravura e genialidade do Rei dos Mares. *Benditos somos os nascidos na mesma época do Rei dos Mares. Vida longa ao Rei dos Mares*, dizíamos quando terminávamos. *O reino retorna à sua grandiosidade.*

Mas, agora que estou aqui, o Mar de Sombras parece diferente daquilo que imaginei quando criança, embora não menos macabro. A água é sólida, de algum modo, enredando nós em minha garganta, e a areia se fundiu numa espécie de lama borbulhante. Diante de mim há um emaranhado de árvores e arbustos, diferente de qualquer vegetação que eu já tenha visto, acima ou abaixo da superfície. Caules de espinhos engordurados desabrocham em cabeças de serpentes, os olhos fechados no sono, a respiração ruidosa através das fendas das narinas. Elas possuem braços feitos de folhas de urtiga congelada, cada uma delas segurando um tesouro com muito afinco. Um garfo de prata, pedaços de porcelana quebrada, chumaços de cabelo humano arrancados a partir das raízes, um crânio minúsculo que só poderia pertencer a um bebê humano. Rezo aos deuses dos mares enquanto passo por elas, rezo para que elas não acordem e me reivindiquem como seu troféu mais recente.

Escondido atrás delas há um chalé, construído com ossos humanos e nacos de lodo. Muitas Salka o cercam, flutuando na água, as mãos entrelaçadas. Os longos cabelos verde-claros estão murchos ao redor de seus rostos. As Salka carregam suas dores em seus cabelos; ela é entremeada aos fios como fitas feitas das anêmonas mais finas. E aí há as pernas delas. Tenho vontade de tocá-las, de contar os dedos dos pés e de correr meus dedos pelas coxas, mas sei que não devo fazê-lo.

As pálpebras delas tremulam, devagar, depois rápido demais, e tento não gritar de susto. Um clarão branco, um grito baixo e lamentoso.

"Quem é você?", pergunta a Salka.

"Eu não sou uma ameaça", digo, tentando acalmá-la. "Estou aqui para ver a Bruxa do Mar", mas ela já está gritando e as outras Salka estão despertando. Ela leva os dedos à própria barriga reta. "Você levou meu bebê? Onde está meu bebê? Quem é você? O que fez com o meu bebê?"

"Sadhbh." Uma voz vem de dentro da cabana de ossadas. Parece o crepitar da madeira em uma fogueira na praia, é como óleo escorregando na água, um céu tão negro que você se esquece da existência das estrelas. Um arrepio percorre minha espinha. "Sossegue."

A Salka chamada Sadhbh cai num silêncio, as lágrimas escorrendo pelas bochechas, as mãos ainda na barriga, se retorcendo.

"As garotas irlandesas acham essa nova vida delas a mais desafiadora", diz a tal voz. "Sempre buscando as mãozinhas que foram arrancadas de seus seios logo depois de darem seu primeiro chorinho."

A porta da cabana é aberta, e tem algo parado ali, esperando por mim. Meus olhos lutam para enxergar na penumbra até ser possível distinguir a silhueta de uma sereia, mas uma sereia diferente de qualquer uma que já vi. Uma cauda tão negra que se dissolve no mar sombrio, fazendo com que ela se assemelhe a um torso flutuante. A pele pálida, e boa parte dela... formando golas de gordura ao redor de seu pescoço, se enrolando em torno de sua cintura. Eu nunca vi uma mulher deste tamanho. Toda sereia na corte ouve que devemos manter um certo peso devido à preferência estética do Rei dos Mares e de seus tritões. Eu nem sabia que era permitido que tal forma física ao menos existisse. Sinto-me fraca, como se todo o sal em minhas veias tivesse subido à minha cabeça.

"Você está tensa", observa a Bruxa do Mar. Seu rosto é lindo, algo que eu não esperava. Quando éramos crianças, nos diziam que a pele dela era verde, que seus dentes estavam apodrecendo, que sua pele era coberta de feridas e cicatrizes de pústulas. Diziam que ela nutria inveja dos poderes do Rei dos Mares, amarga por não ser páreo para os poderes dele. Diziam-nos que ela não queria ter filhos e que, se pusesse ovos, devorava todos antes de chocarem. Contaram-nos muitas coisas, muitas das quais são difíceis de conciliar com a sereia diante de mim agora.

"Não", minto. "Não estou."

"Hum." Ela inclina a cabeça para um lado, me examinando. "Infelizmente, pequena sereia, eu não acredito em você." Ela nada de volta à cabana, indicando que eu devo segui-la.

"Estive esperando por você", diz ela enquanto se acomoda na única peça de mobiliário da sala, uma enorme cadeira de madeira que balança para a frente e para trás. Sua cauda é imensa, a pele negra perfurada com (faço uma contagem breve) treze pérolas negras como petróleo. *Treze?* Não, não pode ser. Isso significaria que...

"Minha Salka me contou o que você fez na noite da tempestade", começa a Bruxa do Mar, conjurando um tubo de batom vermelho do nada e passando-o nos lábios com cuidado. Meu pai não nos deixa usar maquiagem; ele diz que é um artifício usado para enganar homens desavisados. Devemos ser *naturais*, diz ele, naturais a todo custo. "Imagino que você esteja se perguntando por que eu não busquei vingança por seu comportamento", pergunta ela.

"S-s-im", gaguejo.

"Eu estava esperando você vir até mim", diz ela. "Sereias como você sempre vêm até mim, no fim das contas. Mas devo admitir, me soou um gesto um tanto tolo... Arriscar o reino do seu pai por causa de um homem humano."

"Ele teria morrido se eu não tivesse intervindo", protesto, e fico chocada ante a minha própria coragem. "As Salka são assassinas."

"Não fale assim das minhas garotas."

"Desculpe", falo rapidamente, muito embora eu tenha dito a mais pura verdade. A carcaça do meu tio Manannán foi prova suficiente disso. Mas não posso me arriscar a irritá-la. "Eu não pretendia insultá-las, ou a você." Estou curiosa, no entanto; meu pecado mais persistente. "Você defende o ataque delas, então?"

"Vou defendê-las", diz a Bruxa. "Vou defendê-las até meu último suspiro. Afinal, quem mais irá fazê-lo? Não o seu pai. Ele visava nosso extermínio em uma guerra inútil, não importando seu custo. Não importando a quantidade de baixas de seus próprios jovens tritões." Ela bufa com escárnio. "O Rei dos Mares teria permanecido a salvo, no entanto. Ele nunca gostou de se colocar em perigo. Muireann era aventureira demais para ficar com um velho feito ele."

"O quê?" A água parece ter sido drenada do cômodo à menção do nome dela. "Você conhecia minha mãe?"

"Eu sei tudo o que acontece nestes mares."

"Você pode me dizer o que aconteceu com ela? Meu pai diz que minha mãe foi capturada e assassinada, mas nós nunca vimos nenhu..."

"Shhhh." A Bruxa do Mar põe um dedo sobre os lábios. "Você vai chatear minhas meninas com esse papo de assassinato. Isso lhes traz à tona umas lembranças muito infelizes, sabe. Elas podem ser um pouco egocêntricas. Mas, até aí, os jovens sempre se acham os pioneiros em qualquer coisa. Corações partidos. Traição. Luxúria." Ela apaga a palavra de sua língua. "Desejo. Não é por isso que você está aqui, afinal de contas?"

Eu nunca ouvi uma sereia falar *disso* antes. Sereias não têm permissão para se sentir desse jeito; não pode ser o desejo que me fez buscar este lugar. É amor. Deve ser amor. O amor é *puro*, e quero voltar a ser pura. Quero que Oliver me ajude a esquecer tudo o que Zale fez comigo.

"Estou te deixando desconfortável?", pergunta ela. "Tem alguma coisa em mim que te perturba?" Ela percorre as mãos pelo corpo, acariciando-o com um toque infinitamente delicado. "Eu estou confortável." Ela pronuncia cada sílaba claramente. "Você sabe o que é se sentir confortável na própria pele? Sabe como é isso?"

Não, acho. Não, eu não sei como seria algo assim. Eu me pergunto se alguma vez chegarei a saber.

"Não é por isso que estou aqui, Bruxa do Mar", digo em vez disso.

"Meu nome é Ceto", rebate ela, se levantando da cadeira até se assomar diante de mim. "É o seu pai que tem insistido em me chamar de 'bruxa'. Este é simplesmente um termo que os homens dão às mulheres que não têm medo deles, às mulheres que se recusam à submissão."

"Desculpe." Minha voz fica fraquinha. O que a Bruxa do Mar faz para as pessoas que a irritam? Será que alguém já sobreviveu para contar a história? "Não era minha intenção chatear você. Por favor", imploro a ela, "por favor, me perdoe."

"Não peça desculpas", diz ela, voltando a se sentar como se nada tivesse acontecido e eu estivesse exagerando. "Eu não estou chateada."

"Me desculpe", volto a dizer, olhando de relance para a porta da cabana. Se ela resolver me destruir, com que velocidade eu seria capaz de nadar em fuga? Mas para onde eu iria agora? Eu preciso da ajuda da Bruxa do Mar. Ela é minha única esperança. "Lamento muito, de verdade, muito mesmo."

"*Pelas deusas!*", diz ela, soando divertida. "Você sabe que não precisa ficar pedindo desculpas por sua própria existência, não é? Não importa o tipo de coisa em que seu pai tenha levado você a acreditar."

"A palavra do Rei dos Mares é lei", digo, como se preocupada que ele tivesse me seguido e estivesse nos arredores da cabana. É difícil dizer qual deles é o maior; o medo do meu pai ou o medo da Bruxa do Mar. Disseram-me que um dos dois é todo-poderoso, e que o outro é o maligno. Qual é qual? Qual é a verdade?

"E aqui está você, no Mar de Sombras, desobedecendo-o. Eu não imaginava que uma sereia tão jovem pudesse ser tão ousada."

"Eu tenho quase dezesseis anos", devolvo, a irritação me espicaçando apesar do meu pavor. "Eu não sou mais uma criança. Eu viajei por Longemar durante a noite e depois cruzei os redemoinhos até o seu reino, muito embora isso seja expressamente proibido."

"Estou bastante ciente da rota que você tomou, querida", responde ela, bocejando. "Não precisa me dar as atualizações do trânsito."

"Tá, muito bem." A frustração me dá coragem. "Eu estou no Mar de Sombras, não estou? Onde nenhum outro tritão, sereia ou homem alguma vez ousou se aventurar. Eu sou a primeira a desbravar estas regiões e estou aqui porque preciso da sua ajuda para..."

"A primeira?", provoca a Bruxa do Mar, a zombaria em sua voz. "Pequena sereia, não seja ridícula. Muitas sereias passam por aqui, mais do que você seria capaz de imaginar." *Minha mãe veio aqui antes de ser capturada? Ela precisou da sua ajuda também?* "Alguns procuram Ceto para buscar vingança. Às vezes precisam de ajuda com ferimentos profundos demais para o entendimento da curandeira de vocês, as feridas que o Rei dos Mares se recusa a pelo menos reconhecer. Ele nunca foi fã de emoções, especialmente no caso das mulheres. *Histeria*, é como ele chamava." Ela cerra a mandíbula toda vez que menciona meu pai, é inquietante. "Alguns vêm até mim porque temem ser jogados em Longemar por não conseguirem se reproduzir", continua ela. "Também ajudo com questões de virilidade. Há tantos tritões com medo de serem gentis. Eles temem seu verdadeiro eu, é uma tragédia. Pois o que acontece a homens que não têm permissão para sentir medo? Eles ficam com raiva. Rancorosos. *Primitivos*. Acredito que você deva ter alguma experiência com esses homens, não é?"

(Meu pai, erguendo a voz ou seu tridente ou sua mão; golpes chovendo em cima de nós, mas merecemos isso; ou estávamos sendo muito escandalosas ou exigentes demais. O excesso. Nosso comportamento seria mais adequado da próxima vez. Da próxima vez, ele não encontraria motivo para nos punir. Teríamos de ser perfeitas.)

"Isso não pode ser verdade", digo.

"E, ainda assim, é, pequena sereia. Mas a maioria daqueles que vêm ao Mar de Sombras estão buscando algo um pouco mais..." Ela dá seu sorriso branquíssimo. "Primitivo?"

Primitivo. Ela não pode estar querendo dizer... "Mas nossa entrada no Mar de Sombras é proibida", digo. "Se os sirênicos já vieram aqui, então..."

Algo frio se enrosca em minha cauda, então olho para baixo e flagro duas cobras d'água gordas, que me olham. Solto um grito, e a Bruxa do Mar as chama para que fiquem ao seu lado.

"Minha querida", diz Ceto enquanto uma das serpentes envolve a cintura dela, "e meu bebê", ela arrulha enquanto a outra se acomoda ao redor de seu pescoço. "Ah, pequena sereia. Você ficaria surpresa com a quantidade de sirênicos que vieram ao Mar de Sombras, e também com a frequência com que fizeram isso."

"Mas por que eles viriam?"

"Tantas perguntas. Estou surpresa que seu pai não tenha lhe dado uma surra; ele nunca gostou de mulheres tagarelas."

Minha mãe era tagarela? Sinto uma dor no peito ao pensar nela, e me pergunto como posso sentir tanta saudade de alguém que nem sequer conheci. "Eles me desejam. Uma mulher com poderes. Você acredita nisso?"

"Mas por que os homens viriam até você por *isso*?", pergunto. "Você é gorda." Arrependo-me das palavras no minuto em que elas jorram da minha boca. "Desculpe", peço, em pânico. "Eu não quis dizer isso. Eu não quis ofender você."

"Por que eu ficaria ofendida? Ser chamada de gorda não é um insulto, pequena sereia. É tão sem sentido quanto ser chamada de magra. São meras descrições. Foi seu pai quem considerou esta uma palavra negativa e um jeito negativo de ser." Ela olha para si com um prazer nítido. "Eu gosto do meu corpo. E, ao mesmo tempo que valorizo minha opinião pessoal sobre aqueles homens, você pode se surpreender ao descobrir que algumas pessoas preferem carnes mais abundantes. Não há nada para se envergonhar — todos temos nossas preferências —, mas eles foram obrigados a sentir vergonha disso mesmo assim." Ela suspira. "E eu sou uma mulher indecente por causa dessa vergonha. É o desejo *deles*, e como resultado sou expulsa."

Sinto o início de uma dor de cabeça, como se meu cérebro estivesse lutando para absorver toda essa informação nova. Desde que éramos crianças, nos diziam que o peso extra é revoltante. Havia tritões que ganhavam estatura à medida que amadureciam, mas os homens não nasceram para servir de deleite aos olhos, diferente de nós. As sereias já internalizavam o aparente absurdo de que ser magra era tão importante quanto ser bonita, tão necessário quanto ser obediente, tão desejável quanto permanecer discreta. Devemos ser magras ou morreremos tristes e sozinhas, párias do reino, jogadas em Longemar porque somos um dreno dos recursos do palácio. Tais mulheres não são nem mães nem sereias e, sendo assim, não têm utilidade para ninguém.

Ceto arqueja quando a serpente em volta de seu pescoço intensifica o aperto. "Ah, minha lindinha", diz ela, acariciando a cabeça calejada do bicho até senti-lo afrouxando. "Não é um castigo estar aqui com você. Estou contente com meu destino. Que é mais do que pode ser dito de você, pequena sereia. Quantas mulheres insatisfeitas o Rei dos Mares produz... Você não é a primeira de suas irmãs a vir me visitar."

Eu a encaro, em choque. Quem poderia ter vindo aqui? Talia, para achar um marido? Cosima? Ela certamente não teria pedido à Bruxa do Mar para jogar algum tipo de maldição em mim, não é? Penso nela entrando no meu quarto, em sua insistência sobre Ceto ser a única capaz de me ajudar, e o pavor me faz trincar os dentes. Então isto era só uma armadilha, afinal?

"Qual delas?", pergunto.

"Nomes, nomes", ela me dispensa com um aceno. "A garota estava um tanto angustiada. Tinha amadurecido e percebera que suas paqueras de infância não ficaram limitadas à infância. *Desejos anormais*, como o Rei dos Mares colocaria. Francamente, ele é o ser mais intolerante, sempre foi. Eu a mandei embora, a pobrezinha. Já ouvi falar de bruxas que realizam tais rituais, desses que ela me pediu para fazer, mas eu não sou uma delas. As garotas sentirão uma dor implacável depois — de queimar, de cortar —, mas também não serão mais oprimidas pelo desejo." Ela ri da minha expressão. "Sim, pequenina, as mulheres podem gostar das duas coisas. Você vai aprender isso, na hora certa." Ela ajeita seus cabelos e eu recuo com o movimento súbito. "Era uma sereia bonita", continua. "Uma cauda do azul mais claro. Mais ou menos na idade de se casar, eu apostaria. As garotas Sapphic sempre recorrem a mim quando é hora de fazer seus votos."

"Nia", digo em um tom de lamúria. "Mas isso é impossível; ela está prometida a Marlin. Vai se casar do jeito tradicional." Já ouvi falar de garotas com anseios diferentes, todas curadas, é claro, por meio do casamento e da geração natural de rebentos. Mas nunca uma princesa. Nunca uma filha do Rei dos Mares.

"Tradicional? E o que é tradicional? Seu pai julga que minhas Salka também são 'anormais', e o que elas são senão garotas afogadas? Ele crê ser tudo o que é tradicional e correto, e qualquer um com inclinações diferentes é julgado como pervertido só para ele provar que está certo."

"Mas Nia é uma princesa." Uma princesa que nunca se juntava a mim e a minhas irmãs quando ficávamos discutindo qual tritão achávamos o mais bonito, percebo agora. Uma princesa que está sempre olhando pela janela, buscando alguma coisa que não consegue definir.

"E você acha que tais coisas não podem existir dentre os limites do palácio?"

"Mas..." Não consigo continuar, temendo cair no choro. *Nia*. O que meu pai vai fazer com ela se descobrir?

"Não fique preocupada", diz a Bruxa do Mar, como se pudesse ouvir meus pensamentos. "Nia vai aceitar seu destino, vai se casar com o homem que seu pai escolheu para ela. Ela vai ser... Ora, ela vai ficar bem. Nia não tem a mesma *inquietação* que você." Ela sorri. "Falando nisso, não é hora de chegarmos ao cerne da questão?"

"O quê?"

"Você está aqui para abrir mão de sua cauda, sim? Você quer se adequar aos desejos de um humano?" *Não qualquer humano. Oliver.*

"Você deseja dois toquinhos de carne para andar, tocos que conseguem se abrir de um modo que nenhuma cauda marinha jamais permitirá." Ela baixa a cabeça para sussurrar para a serpente em torno de sua cintura. "Tudo isso para satisfazer um humano que sequer está ciente de sua existência."

"Como você sabe de tudo isso?"

"Eu soube que este seria o seu destino no momento em que minha Salka me contou o ocorrido na noite da tempestade. Dava para sentir o gosto da sua avidez."

"Não tem a ver só com Oliver", digo. "Sim, é verdade que eu o amo." A Bruxa do Mar ri do comentário, e eu a ignoro. "Mas isso tem a ver com a minha mãe também... Ela foi lá para cima, foi capturada e não sabemos o que aconteceu a ela, não de verdade. Meu pai diz que ela nos abandonou..."

"Os desejos da mãe por uma vida própria não são equivalentes a abandonar seus filhos. Seria bom você se lembrar disso."

"E", continuo, "ele disse que era culpa da minha mãe, e que não devíamos dar a mínima pra ela, mas..."

"Seu pai diz um monte de coisas." A expressão dela é ilegível.

"Eu preciso saber a verdade." Agora estou implorando a ela. "Eu sempre precisei."

"Você não vai encontrar nenhuma resposta lá em cima, pequena sereia." Ceto encolhe os ombros. "Nenhuma que você queira ouvir, de qualquer forma."

"Você não entende", insisto, lutando contra o impulso de gritar com ela.

"Você parece estar sob a ilusão de que eu compreendo muito pouco", diz ela. Então pesca um ossinho do chão e alimenta a serpente em seu colo com ele. "Isso é um erro, posso garantir."

"Desculpe", digo, nadando para trás, de modo que fico fora do alcance dela. "Mas não posso permanecer lá, não posso me casar com Zale, eu simplesmente não posso. Ele, ele..." Engasgo na bile das palavras que explicam o que ele faz comigo à noite, nas coisas que ele prometeu fazer uma vez que eu completasse dezesseis anos. *Só faltam dois meses.* "Eu imploro", sussurro. "Por favor, me ajude. Eu não sei o que vou ser obrigada a fazer se você não me ajudar."

A Bruxa do Mar fica mais gentil. "Lamento que tenha chegado a esse ponto para você." Seu olhar pousa entre nós, como se ela estivesse decidindo alguma coisa. Ceto suspira. "Mas muito bem. Vou preparar uma poção que dividirá sua cauda, envolvendo cada metade com pele humana." Ela fala como se fosse fácil, corriqueiro. "Eu vou te dar pernas. É isso mesmo que você deseja, não é?"

"Obrigada, Ceto." O alívio vem rápido e certeiro, como se eu não tivesse percebido minha tensão até ela dizer tais palavras. *Você vai ganhar pernas.* "Muitíssimo obrigada."

"Não há necessidade de me agradecer ainda. Suas pernas serão admiradas por todos que as virem, assim como seus gestos extraordinariamente graciosos, mas vai haver um preço. Sempre há. Um sacrifício, e um do qual você vai se lembrar pelo restante da sua vida." Ela franze os lábios. "Você não vai ser capaz de esquecer, infelizmente."

"Por que não?", pergunto, minhas mãos começando a ficar pegajosas. De algum modo, sei que não vou gostar da resposta dela.

"Cada passo que você der será uma tortura", explica ela. "Como se uma lâmina do metal mais afiado estivesse rasgando suas solas e estilhaçando os ossos de suas coxas, se enredando em seu estômago e puindo seus órgãos. Eu gostaria de poder fazer diferente, mas é uma penalidade exigida pelas leis da magia e, como tal, está além do meu controle. Você está preparada?"

Não respondo. Estou com muito medo, ou talvez eu simplesmente não saiba o que dizer ante algo tão apavorante.

"E, é claro, uma vez que você tiver tomado a poção, não tem volta", diz ela, um eco sinistro das palavras de Cosima para mim na noite passada. "O reino estará perdido para você, para sempre; suas irmãs, sua amada avó. Você nunca mais vai vê-las."

"Já imaginava algo assim", digo, determinada a não pensar em minha avó, no jeito como ela vai se sentir quando descobrir que perdeu mais uma de suas meninas para o mundo humano. "Eu não sou idiota."

"Minhas mais sinceras desculpas, princesa Muirgen; eu odiaria fazer você se sentir uma *idiota*. Você também tinha noção de que a poção vai durar apenas um mês? Tem consciência de que se esse tal Oliver não professar seu amor eterno por você assim que o sol começar a nascer na manhã depois da próxima lua cheia... Bem..."

"O quê?", pergunto. "O que vai acontecer?"

"Você não vai ver seu décimo sexto aniversário chegar", diz ela, olhando para mim com algo semelhante a compaixão. "Seu coração vai se partir em pedacinhos, estraçalhando seus pulmões, destruindo seu cérebro. E seu corpo vai se desintegrar, as ondas engolfando o que restar. É a Lei dos Mares. Não tem volta."

A Bruxa do Mar não entende que se eu não vir Oliver de novo, meu coração vai se quebrar de qualquer maneira. Eu vou viver minha vida partida com meu coração partido, sem jamais saber o que aconteceu com a minha mãe; terei que sorrir enquanto canto a pedido de meu pai; serei obrigada a me tornar uma esposa respeitável para Zale. Qualquer destino é melhor do que esse.

"E se Oliver se apaixonar por mim?", quero saber, fingindo não estar preocupada com qualquer outra contingência.

"Você vai viver feliz para sempre", diz ela.

"E a dor?", pergunto. "Ela vai embora?"

"Ah, não", responde ela. "Mas as mulheres são destinadas a sofrer. E você vai ter um marido, um filho e uma cozinha para chamar de seus. Não é isso que toda sereiazinha deseja?"

"Sim. Isso é o que eu quero", retruco, e a Bruxa do Mar desvia o olhar de mim, como se estivesse um tanto decepcionada. "Estou preparada para assumir o risco", acrescento. Oliver vai me amar; sei que vai.

Ele tem que me amar.

"Muito bem", ela suspira. "Tem mais uma coisa, no entanto. Esse é o preço que deve ser pago de acordo com a Lei dos Mares. Mas eu preciso extrair o meu preço dessa negociação."

"O quê?"

A Bruxa do Mar semicerra os olhos. "Você pensou que a poção seria de graça? Isso é magia das mais poderosas", diz ela. "E não uma coisinha que pode ser realizada corriqueiramente. Vou ter que usar meu próprio sangue para criar a poção. Veja você o tamanho do sacrifício que preciso fazer."

"Que tipo de sacrifício?"

A Bruxa do Mar se levanta da cadeira, as serpentes a abandonam e se contorcem pelos buracos das tábuas irregulares. Ela vem na minha direção, sua pele tão luminosa quanto uma pérola. Aí toca minha bochecha, seus dedos macios como seda descendo pelo meu pescoço.

"Ouvimos falar do seu dom aqui no Mar de Sombras", começa ela. "Minhas Salka me informaram que a sua voz é a mais adorável de todo o reino." Ela aperta meu pescoço com força, e eu tusso. "Para fazer a mágica funcionar, eu precisaria do seu ativo mais valioso em troca."

"Você quer a minha *voz*?"

"Por que a surpresa?", pergunta ela. "Você havia presumido que eu fosse pedir seu rosto ou esta cabeleira magnífica? Não, é a sua voz que eu valorizo. Você não deve subestimar o valor dela, pequena sereia." Ela sai nadando, se afastando de mim. "Eu lhe darei pernas e você me dará sua língua."

"Como?", pergunto, apertando os lábios, como se temesse que ela fosse meter a mão na minha boca e arrancá-la com os dedos.

"Eu vou cortá-la, minha querida. Não se preocupe." A Bruxa do Mar sorri quando me encolho. "Não vai demorar muito."

"Mas, mas...", imagino a dor de tal ato, a *violência*. "Isso não vai doer?"

"O amor é doloroso. Achei que a essa altura você já teria percebido isso", diz ela. Ela se refere à minha mãe, é claro. Àquele vazio no meu cerne, deixado pelo sumiço dela, que se amplia em um abismo a cada novo dia.

"Mas sem a minha voz, o que me resta?", quero saber. "Como vou fazer Oliver se apaixonar por mim antes da próxima lua cheia?"

A Bruxa do Mar dá de ombros, seus cabelos flutuando na água e expondo seus seios avantajados. "Você ainda terá suas formas, não é? Os homens sempre ouviram que a magreza é o atributo mais importante que uma mulher pode ter; mais importante do que inteligência, sagacidade ou ambição, aparentemente. Embora nem de perto seja tão útil, se você me perguntar."

"Mas se eu não puder falar..."

"O que seu pai sempre lhe disse, desde que você era um filhotinho?", provoca ela. "Os homens não gostam de mulheres tagarelas, não é? É melhor ficar caladinha."

Viola não era calada. Viola era ruidosa e exigente, dispensando seu irmão com um gesto de cabeça imperioso, e Oliver olhava para ela como se ela fosse hipnotizante, como se ele pudesse passar o resto da vida ouvindo a voz dela e jamais se cansar disso.

"Então", fala ela para mim. "Uma decisão deve ser tomada, pequena sereia. O que vai ser?"

"Sim?", digo, a dúvida transformando a palavra em uma pergunta, mas o que mais eu posso dizer? Ou fico em silêncio acima da superfície, ou passo o restante da minha vida gritando por clemência aqui embaixo, com a água abafando meus apelos. "Minha resposta é sim. Estou pronta, Ceto."

"Imaginei que estaria", diz ela, balançando a cabeça. "Mas que assim seja."

A Bruxa do Mar coloca a mão sobre a boca, fazendo um barulhinho de ânsia de vômito, como se estivesse tentando desalojar algo preso em sua garganta. Então um caroço brota dali, pulsando enquanto dança pelo esôfago dela, até que uma chama jorra por entre seus lábios pintados e dança na palma de suas mãos. Eu encaro, fascinada. Nenhum tritão é capaz de conjurar chamas, não no fundo do mar. A mágica é diferente de qualquer coisa que eu já tenha visto, algo com o qual meu pai só poderia sonhar.

Ela se agacha ao lado de um imenso caldeirão de cobre no cantinho do cômodo, derramando o fogo nele como se fosse líquido. Aí pega do chão um punhal incrustado de pedras preciosas e o utiliza para mexer a poção misteriosa que começou a borbulhar dentro do caldeirão. Então ergue o punhal de novo — murmura umas palavras, palavras que não reconheço — e leva a lâmina ao próprio peito, do vão entre os seios ao mamilo escuro, pingando sangue de alcatrão na mistura. O sangue chia quando bate no líquido, o vapor se transformando em uma nuvem tão indescritivelmente sinistra que eu estremeço. *O que foi que eu fiz?* Todos os músculos do meu corpo se retesam num estado de choque. *O que foi que eu fiz, o que foi que eu fiz?*

"Você fez o que precisava ser feito", Ceto me diz, mais uma vez parecendo ler minha mente. "Não é isso o que qualquer um de nós pode fazer?"

"Espere", interrompo. "Eu tenho uma última pergunta para você."

"Tique-taque." Ela balança um dedo de um lado para o outro. "O tempo está se esgotando."

"Você sabe se minha mãe está viva?", quero saber, desejando não ter soado tão desesperada. "É possível que ela ainda esteja viva?"

"O Rei dos Mares disse que Muireann estava morta, não foi?"

"Sim, mas..."

"Sim, mas o quê? Você duvida da palavra dele?"

"Não", respondo automaticamente. "O Rei dos Mares diz apenas a verdade. Ele quer o melhor para nós. Temos sorte por termos nascido filhas dele."

"Então por que você pergunta?"

"Eu..." *Eu não sei.* "Espere. Minha mãe veio até você querendo pernas também?"

A Bruxa do Mar desliza as pontas dos dedos pelo lado liso de sua lâmina. "Sua mãe não precisava da minha ajuda em tal assunto."

"Mas ela veio aqui em busca de ajuda? Ceto, minha mãe veio aqui?"

"Não havia ninguém capaz de ajudar Muireann do Mar Verde", diz ela. "Não no final." Antes que eu possa perguntar o que ela quer dizer com isso, Ceto estende o punhal para mim. "Agora, mostre-me sua língua."

Eu obedeço.

A lâmina afunda na carne, dividindo-a, e eu tento gritar ante a brutalidade do gesto, ante a rapidez com que aconteceu, minha cabeça lançando-se para trás em uma agonia abrasadora. Ela serra minha língua, cortando os tendões, a carne obstinada se recusando a se deixar separar. Eu engulo em seco, minhas mãos estendidas em desespero, como se dissessem *Volte, cometi um erro. Eu mudei de ideia.* Mas não consigo dizer isso. Não tenho palavras.

Está feito e eu estou em silêncio.

Está feito e não tem volta.

9

O sol ainda não apareceu no momento em que emerjo da água, ofegando no ar lustrado pela luz da lua. *O que foi que eu fiz?*, grito, em silêncio, para os deuses marinhos.

Depois que a Bruxa do Mar arrancou minha língua, tentei falar, ficando cada vez mais agitada diante da inutilidade de minhas tentativas. *O que você fez com você mesma, Gaia?* Ela me entregou a poção. "Vá à moradia de Oliver", instruiu, "e beba isto assim que chegar aos degraus da casa dele, nem um minuto antes."

Olhei ao meu redor em um gesto teatral, esperando conseguir transmitir que não sabia onde ele morava, e Ceto soltou um gemido. "Gaia, Gaia, Gaia", disse ela, e eu queria perguntar como ela sabia meu nome verdadeiro. "Do quanto você está preparada para abrir mão em função de alguém que conhece tão pouco?"

Eu tive que atravessar a mata feita de serpentes lá fora ("Sacoleje a poção diante delas se ameaçarem você", avisou a Bruxa do Mar, meu pavor por causa daquelas criaturas um tanto óbvio. "Elas não vão encostar em você uma vez que avistarem o frasco, elas sabem o poder que tem aí.") e também o pântano, abrindo caminho pelos redemoinhos, para além de Longemar, e ainda passar pelos terrenos do palácio. As luzes ainda estavam apagadas lá, toda a minha família e empregados dormindo, e eu tentei berrar para dizer às minhas irmãs que eu as amava. Mas não consegui. Me recusei a me render à tristeza, no entanto. Seria simplesmente um desperdício de energia. Essa foi a minha decisão e eu a tomei de bom grado. Mesmo assim, soprei um beijo e orei pelo perdão delas.

E agora estou aqui, olhando para a casa onde Oliver mora. É grande, feita de pedras cinzentas e janelas com imagens coloridas, uma grande porta de madeira com o dobro da altura de qualquer humano que eu consiga imaginar. Vou me arrastando até a praia, caindo nos degraus da propriedade, o mármore duro em minhas costas. Seguro o frasco na altura dos olhos, observando enquanto reluz ao luar. *Não tem volta*, dizia a voz da Bruxa do Mar na minha cabeça. *Não tem volta.*

Mas não tem volta mesmo, não desde que abri mão da minha voz. Abro a boca, tento falar mais uma vez, porém o que sai é um silêncio ensurdecedor. É como um membro fantasma, minha língua perdida buscando palavras que estão fora do seu alcance. Tiro a rolha da garrafinha e o cheiro acre me dá ânsia. Ao levá-la à boca, ela pinica a pele e meus lábios empolam instantaneamente. Bebo de um só gole.

Um halo de chamas atravessa meu crânio e derrete meu rosto, incendeia meus cabelos e dissolve minha pele. A carne descasca em tiras, flutuando ao meu redor como flocos de neve, até o céu ficar empoeirado de pele. Uma lâmina se enfia no meu torso, retorcendo e rasgando, me cortando. Estou louca para gritar, qualquer coisa para me livrar da tortura, para afastá-la do meu corpo e para longe de mim, mas não me resta nada, nada além da minha dor. *Ai, a dor.* É tudo o que existe e tudo o que sempre vai existir.

Lâminas se enveredam em minhas pupilas até o negrume formar buracos em meus olhos e tudo mergulhar na escuridão. Um pontinho de luz, expandindo, treinado como um holofote sobre meu pai, exigindo minha atenção. O Rei dos Mares está batendo no chão do palácio com seu tridente, como um batimento cardíaco. *Onde ela está, meninas?*, questiona ele. *Uma de vocês deve saber!* Ele contesta a ignorância delas, Cosima uma fração de segundo lenta demais para soar convincente. *Cosima*, diz meu pai. *Eu não sei*, responde ela. *Eu não sei.* Ele se aproxima dela. *Diga-me, filha. Você pode confiar em mim.* Ele a empurra até que ela deite estatelada na cama, seus cabelos se espalhando no travesseiro. *Eu não sei*, repete ela, e ele sorri. Recua o punho, golpeando o rosto dela até eu ouvir seu nariz se quebrar com um ruído nauseante. *Eu não gosto de garotas mentirosas*, diz meu pai.

Eu pisco, e estou de volta à praia perto da casa de Oliver, e o céu ainda é noturno, e devo ficar acordada, *preciso*, mas estou tomada pela faca ardente cortando meu corpo, minha cauda se partindo, e fico observando minhas escamas se despedaçando. Eu nunca soube que era tão frágil. O sangue jorrando escoa na areia abaixo de mim, e eu...

E então estou caindo numa escuridão implacável. Zale está pintando listras em seu torso e em sua cabeça raspada. *Chegou a hora!*, grita ele. Ele está de pé na sacada do salão da corte, uma quantidade de incontável de tritões olhando para ele, os rostos também pintados com listras para a guerra. *Nós não podemos permitir a liberdade que tem sido concedida à Bruxa do Mar e às Salka até então. Aquelas "mulheres" devem ser controladas, e logo. Eu exijo vingança pela perda de minha sereia. Eu vou me vingar. Terei minha vingança. E terei minha...*

Gaia, diz uma voz, tão suave. Uma mulher suspensa no ar, ondas de cabelos ruivos flutuando acima dela. Seu corpo pálido, duas pernas em vez de uma cauda, e ainda assim, de algum modo, sei que ela é uma sereia em vez de uma Salka; que nasceu do mar como eu. *Gaia*, diz ela outra vez. *Gaia, minha querida. Eu tentei salvar você. Eu tentei levar vocês todas comigo, mas eu não tinha como vencer, não contra ele. Me perdoe, Gaia. Eu lamento muitíssimo.*

"Lá. Ali!", grita uma voz. Um homem. "Eu definitivamente vi alguma coisa."

"O quê?", diz outro homem, rindo. "Eu não consigo ver nada."

"É, eu também não consigo ver nada", comenta uma terceira voz. "Você bebeu demais, camarada. Vamos voltar para casa."

"Não", teima o primeiro, e há uma expectativa de que seus companheiros o escutem e façam o que ele diz. Só homens falam assim, eu descobri com o tempo. "Vejam. Lá nos degraus para a praia. Vocês não estão vendo?"

Passos e palavrões até que: "Meu Deus, o que é *aquilo*?".

"É uma garota", constata o homem.

10

Os três homens me cercam, cada um deles usando tecidos semelhantes para cobrir seus corpos. Casacos azul-marinho incrustados de areia, com grandes círculos dourados descendo pelo centro, as camisas brancas abertas e exibindo os pelos do peito. "Porra", exclama um homem. "*Porra*." Seus rostos estão se dissolvendo diante de mim, mas permaneço acordada. Luto contra a escuridão.

"Ela está bem?", pergunta um dos sujeitos, roendo as unhas do mesmo jeito que Talia faz quando está preocupada.

"Não sei."

"Como ela chegou até aqui? E por que ela está..."

"George, já falei que não sei." Aquela voz de novo. A voz *dele*. Minhas pálpebras tremem quando alguém se agacha ao meu lado. "Meu nome é Oliver", diz ele. "Qual o seu nome?"

Oliver. Estou tão aliviada por tê-lo encontrado que estico as mãos para ele. *Sou eu. Aquela que salvou sua vida*, quero contar a ele. Mas não sai palavra nenhuma. Só me resta ficar olhando para o rosto dele e me perguntar como um dia pensei que seria digna de seu amor.

"O gato comeu sua língua?", pergunta o mais alto, afastando uma mecha de cabelo ruivo escuro do rosto. Ele se recosta nos degraus ao mesmo tempo que sorve um pauzinho de algum tipo, soprando fumaça pelo nariz como se fosse um demônio.

"Aqui", o homem com as unhas roídas se ajoelha também. "Tome um pouco disto", diz ele, me oferecendo uma garrafa de vidro. "Vai ajudar."

"George", Oliver franze a testa. "Não sei se é uma boa ideia."

"É medicinal, não é?"

Afasto meu cabelo e bebo, estremecendo quando o líquido queima minha garganta, ainda escaldada devido à poção da bruxa. O sujeito alto cujo nome ainda desconheço começa a rir.

"Ora, ora, ora, vejam só o que estava escondido debaixo de toda aquela cabeleira", comenta ele, aplaudindo devagar. "Eu não estava esperando um showzinho íntimo. Não que eu esteja reclamando." Eu olho para baixo, apavorada, e não vejo uma cauda monstruosa, mas duas pernas. Passo minhas mãos ao longo da pele macia. *O feitiço funcionou.*

"Aqui", diz George, tirando o tecido azul-marinho do corpo e entregando-o para mim. "Use meu casaco."

Então não são minhas pernas que o homem alto achou engraçadas, mas minha nudez. Todos viviam nus no fundo do mar, tanto tritões quanto sereias. Eu não tinha entendido que meu corpo era algo digno de vergonha até agora. Os olhos do ruivo estão gulosos, iguais aos de Zale, e eu me encolho de susto, me escondendo atrás das pernas de Oliver em busca de proteção.

"Oli, parece que você tem um novo bichinho de estimação", comenta o sujeito. "Que nome você vai dar a ela? Bolachinha de Morango?"

"Olha quem fala, Rupert", retruca George, bagunçando o cabelo do homem alto.

"Vai se foder, George."

"Caras, calem a boca", diz Oliver. Ele tira o seu... *casaco*, é assim que eles chamam, e o coloca em volta dos meus ombros. É quentinho e tem cheiro de areia, sal e almíscar, o cheiro dele, e eu quero sentir isso para sempre. "Vamos levantar?", sugere, e nossos olhares se encontram. Sinto uma pontada no estômago, aquele frio, e aí a sensação vai relaxando lentamente. *Como ele está fazendo isso comigo?* Dou um sorriso e coloco meu peso nos meus novos pés pela primeira vez. A dor me atravessa, rápida e certeira, como se pudesse me estraçalhar.

"Merda", xinga ele quando meus joelhos vacilam. "Vamos levá-la para dentro. Minha mãe vai saber o que fazer."

Damos um passo, depois outro, meus olhos lacrimejando com a provação. Eu olho para as pernas, certa de que devem estar sangrando. Como Makara e Ondina, as crianças do conto, que foram largadas nos mares estrangeiros por seu pai e pela madrasta malvada e que deixaram conchas pelo caminho para que pudessem encontrar o rumo de casa. Mas tudo o que vejo é carne, dez dedos. Pés. Meus pés.

Oliver dispara acelerado pelas portas em arco da mansão, com George e Rupert em seu encalço, berrando por ajuda. Eu praticamente desmoronei nos degraus de mármore lá fora, então Oliver me carregou como se eu fosse uma criança. Ele corre até o centro da sala, me colocando em uma poltrona feita da almofada mais macia. Quero puxá-lo para mim, me aninhar no colo dele e me enroscar em sua pele, quero nos transformar em um só. Mas ele recua, olhando para mim com uma expressão insegura. *Oliver. Oliver, venha cá. Eu preciso que você me toque*. Fico vermelha. Estes não são pensamentos que uma jovem sereia boazinha deveria ter a respeito de um homem.

"Meu Deus", diz uma mulher, se levantando. Ela é mais velha, e seu cabelo preto está preso num coque baixo feito com tranças grossas. "Oli, o que aconteceu? Quem é essa garota?"

O cômodo no qual me encontro é de um tamanho considerável, o teto decorado com pinturas de bebês alados e rechonchudos, as janelas estreitas cobertas com aquele mesmo vidro pintado que vi do lado de fora. Estou fascinada pelo sol que brilha através dele e dança em redemoinhos vívidos em vermelho e azul, espectros de cor em nossa pele. Há outros humanos presentes, homens e mulheres vestidos de preto assim como a mulher mais velha; redes escuras sombreiam os rostos das mulheres, tiras de tecido branco limpam os olhos vermelhos. Estão todos olhando para mim, horrorizados.

"Eu a encontrei na praia, mãe", explica Oliver. "Ela estava... Bem, ela não estava usando roupa."

A mãe dele dá um passo para trás. "Você a encontrou na praia?" Ela está cochichando, mas consigo sentir a apreensão aguçada nela. "Nua? E você a carregou?"

“Ela não estava conseguindo andar, mãe. Estava fraca demais, por causa do choque, sem dúvida.”

A mulher se vira para mim. “Quem é você?”, pergunta ela, e recua visivelmente quando vê meu rosto. “Quem é você?”, repete, algo mais na voz dela agora, a mão cobrindo a boca, como se ela não quisesse respirar o mesmo ar que eu. “Responda imediatamente.” Ela agarra meus ombros e me sacode com brusquidão, minha cabeça martelando as costas da cadeira.

“*Mãe!*”, censura Oliver, se colocando entre nós dois. “Qual é o seu problema?”

“Por que ela não me responde?” Ela está fazendo uma careta, mas não de raiva. Ela mal consegue conter o medo, percebi. *Por que ela teria medo de mim?* Ela serpenteia ao redor do filho, tentando me agarrar. “Responda, menina!”, berra. “De onde você é? Quem te mandou aqui?”

“Qual é o seu problema, mãe?”, insiste Oliver. “Você está agindo como uma lunática completa.”

“Não me desrespeite. Não se atreva.”

“Ou o quê? O que você vai fazer? Me expulsar? Assim você acabaria praticamente sozinha, não é, mãe?”

“Ok”, intercede George, a mão no ombro de Oliver, sorrindo de maneira constrangida para a mulher, que o ignora, seus olhos vidrados. “Eleanor, Oli... vamos ficar calmos. A pobre garota está exausta.” Ele se agacha na minha frente. “Você não consegue falar? É isso?”

Relaxando de alívio, eu faço que sim com a cabeça. Folhas finas de algo que eles chamaram de *papel* são colocadas diante de mim, um utensílio (um *lápis*) metido na minha mão. Já vi esses itens nos restos de navios naufragados, mas nunca tinha entendido o uso deles até então.

“Qual é o seu nome?”, pergunta Oliver. “Escreva seu nome para sabermos como chamar você.” Eu olho para ele e em seguida para o lápis, sem saber o que fazer. “Ela também não sabe escrever”, murmura alguém. “Pobre criança, deve ser analfabeta.”

Os outros são dispensados (*Desculpe*, diz a mãe de Oli — Eleanor — aos seus amigos que estão de saída. *Por favor, diga aos Gupta... Diga a eles que mandei minhas condolências*. O corpo de Oliver fica tenso com a palavra *Gupta*, e tento me lembrar de onde ouvi esse nome), até que só restamos eu, Oliver e Eleanor. Um *médico* é chamado, um homem mais velho de barba grisalha, que dirige toda a atenção a Eleanor. Ele proclama que estou sofrendo de "choque" e "possivelmente amnésia".

"Você bateu a cabeça?", quer saber o médico, segurando um círculo de metal no meu peito, e eu estremeço com o toque frio do objeto. "Houve um acidente? Seu barco afundou?"

"Barcos, barcos", sussurra Eleanor. "Esta família nunca teve sorte com barcos."

"Nunca pensei que ouviria um Carlisle reclamar de um barco", brinca o médico, seu sorriso escorrendo diante das expressões chocadas de Eleanor e Oliver. "Oh", diz ele. "Eu sinto muito, isso foi totalmente imperdoável. Eu me esqueci. Por favor, aceitem minhas desculpas."

"E ela é muda?", pergunta Eleanor ignorando o pedido de desculpas.

"Eu não tenho certeza", responde ele antes de me pedir para mostrar minha língua. Eu não me mexo. Não quero fazer isso na frente de Oliver. Não quero que ele pense que sou insatisfatória de algum modo.

"Você também é surda?", pergunta o médico. "Mostre-me sua língua."

E então abro minha boca, desviando o olhar de modo que eu não precise testemunhar o desgosto dele.

Há suspiros horrorizados e "Minha nossa!" e "Que tipo de bárbaro faria uma coisa dessas?" e "Temos que cuidar dela, não é, mãe?".

"Mãe?", repete Oliver quando a mulher não responde. Seus lábios são uma linha fina, pálidos de tão contraídos. "Temos que cuidar dela. É nosso dever moral."

"Dever moral?", questiona Eleanor. "Ah, Oliver... Você ainda está se recuperando do acidente. Provavelmente vai ser melhor se conseguirmos o melhor auxílio e permitirmos que profissionais cuidem disso."

"Eu vi o que acontece com as pessoas quando você providencia o 'melhor auxílio' para elas", zomba ele. "Eu não me esqueci. Eu nunca vou esquecer."

"Oliver, nós..."

"Nós *o quê*? Nós não temos espaço? Nós não temos empregados o suficiente? Que outros pretextos você vai inventar, mãe?" Ele se volta para mim e eu tento esconder meu choque por ele estar falando com um genitor desse jeito, mesmo que seja meramente uma mulher. "Você não precisa ficar com medo. Você está a salvo agora."

Eleanor chama uma empregada, uma jovem chamada Daisy, que recebe ordens para cuidar de mim. "Fique de olho nela", murmura para a mocinha.

Um empregado do sexo masculino recebe ordens para me levar a um quarto, pois ainda estou frágil demais para andar, e, enquanto ele me carrega porta afora, sinto o olhar de Eleanor me acompanhando. O quarto para o qual fui levada é lindo, e fico sabendo que será meu pelo tempo que for necessário. Uma cama envolta em seda dourada, uma cômoda antiga com entalhes ornamentados, uma caixa grande (um *guarda-roupa*, diz Daisy) cheia de tecidos (*vestidos*, esclarece Daisy) tão macios que eu estremeço ao tocá-los.

"Os vestidos são todos pretos porque estamos de luto", explica Daisy ao me mostrar uma alcova adjacente feita de azulejos frios ao tato. Quero tocar *tudo*, compreender este mundo através das pontas dos meus dedos, mas estou ciente de que não posso me comportar de um jeito muito esquisito na frente da garota.

"Você precisa usar o banheiro?", pergunta ela, apontando para um assento de argila no canto, me ajudando a sentar nele. Um líquido escorre entre minhas pernas, uma liberação morna daquele aperto esquisito no meu abdômen que eu tinha sido incapaz de explicar até agora, e fico olhando para ele em estado de choque. *O que é isso?*

"Venha", chama Daisy enquanto enche um recipiente no centro do cômodo com água. A água vem descendo dos botões prateados que ela chamou de *torneiras*, e Daisy me ajuda a entrar na *banheira*. O alívio quando me deito é inebriante, e eu enfio a cabeça debaixo d'água. Por um momento consigo fingir que estou deitada no meu quarto no palácio, olhando para o céu noturno e nebuloso acima da superfície. Por um momento, consigo fingir que nada mudou. Então tenho que subir para respirar, ofegar, meus pulmões humanos queimando de necessidade.

Quando fico sozinha, pego um espelho de mão na mesinha de cabeceira e o seguro diante do rosto, abrindo a boca para ver o que Ceto fez em mim. Vejo uma ferida brutal, nem mesmo um meio toco remanescente, apenas uma lesão irregular em carne viva. Afasto o espelho, minha mão tremendo quando a grandiosidade do meu ato começa a ficar evidente. *Lembre-se, Gaia. Lembre-se porquê você está aqui.* Eu estico meus pés diante do corpo, levantando a camisola para ver melhor. Toco uma coxa, depois a outra, passando as mãos pelas entranhas até chegar ao centro, o lugar onde Daisy me disse que era para o "banheiro", e sinto um prazer inexplicável. Eis aqui algo que a Bruxa do Mar se esqueceu de mencionar quando disse que os homens humanos preferiam pernas que se abriam com facilidade.

"Olá?" Há alguém à porta. "Sou eu", diz ele. "Oliver. Oli, quero dizer. Eu queria falar com você antes do seu descanso."

Bato minhas palmas. *Oliver.* A empolgação percorre meu corpo, efervescendo loucamente no meu estômago.

"Isso é um sinal de que eu posso entrar?", pergunta ele do outro lado.

Bato palmas novamente e a porta se abre. Os cachos dele estão úmidos, e ele cheira àquelas árvores que pendiam maduras com suas frutas amarelas cheirosas na praia onde o deixei. Ele está usando um paletó de tecido macio e preto, o mesmo tipo de tecido que envolve seus pés.

"Espero que você não se importe", diz enquanto se senta na cama, e eu fico tontinha por estar tão perto dele. Por que ninguém nunca me disse que era possível se sentir assim? "Eu queria dar um olá." Há silêncio, um silêncio que tento preencher com minha beleza. Afinal, o que mais me resta agora? "Seus olhos são tão azuis", observa ele. "Eu não acho que já tenha visto uma garota com olhos dessa tonalidade antes."

É estranho ser elogiada por algo que era tão comum no fundo do mar. Os sirênicos comentariam sobre o vermelho-fogo dos meus cabelos, ou a doçura da minha melodia. Ninguém pensaria em dizer que meus olhos eram azuis, pois de que outra cor eles seriam? Há outra pausa constrangedora. A Bruxa do Mar me disse que os homens gostam do som da própria voz, que Oliver daria suas opiniões para mim como se fossem um presente; ela disse que tudo que eu teria de fazer seria sorrir e concordar. Por que Oliver está tão calado? Será que já fiz alguma besteira?

Ele olha para as próprias mãos, a energia vertendo dele até Oliver arquear as costas, como um velho. "Eu não sei por que vim aqui", diz ele, sua voz lúgubre. "Ultimamente eu não sei qual tem sido a motivação de nada do que eu faço." Ele se levanta, seus dedos roçando nos meus assim que o faz. Um arrepio de calor me atinge e eu fico dividida entre me afastar e avançar para pegar a mão dele, colocando-a onde eu preciso que esteja, nesse novo lugarzinho que acabei de descobrir. Era disso que a Bruxa do Mar estava falando quando mencionou o desejo?

"Boa noite", diz Oliver com um aceno.

Volte. É o que eu quero dizer. *Estou ardente. Estou ardente por sua causa.*

Apago a luz do jeito que vi a empregada fazer mais cedo. Fico deitada ali, na escuridão, na minha cama macia, e não penso na minha mãe. Não penso no meu pai e nos castigos que ele planejou a fim de garantir que o restante de suas filhas não se atrevesse a se comportar mal igual a mim. Só consigo pensar em Oliver.

Em Oliver e em como ele poderia me tocar.

11

"Hora de acordar, senhorita", anuncia Daisy, abrindo as persianas ripadas, o sol espantando as sombras. Olho pela janela. É tão esquisito ver o céu em vez de água, bordas nítidas em vez de borrões suaves. Vou me acostumar a isso?, pergunto-me. *Será que minha mãe estaria olhando para o mesmo céu hoje?*

"Você apagou por tanto tempo", comenta ela. Daisy é pequena, mais baixa do que eu, com cabelos loiros escuros amarrados num rabo de cavalo bem arrumadinho, seu rosto com mais sardas do que pele. Ninguém tinha a pele assim no fundo do mar; era sempre branco como alabastro desde o momento em que éramos gerados até o momento em que nos dissolvíamos na espuma do mar.

Eu me flagro atraída pela aparência diferenciada de todo mundo aqui, por quão única ela é. É bem mais interessante que a conformidade que meu pai tanto preza. Daisy está usando a mesma roupa que as outras empregadas, um vestido preto com uma faixa branca em volta do pescoço, e aquelas coisas esquisitas nos pés que todos os humanos usam.

"Dormiu bem?", pergunta ela.

Eu sonhei com a mulher de cabelos ruivos de novo. Minha mãe, deve ser, pois olhar para ela é como olhar um espelho rachado; quase igual a mim, mas não exatamente. *Você cometeu um erro, Gaia*, alertou ela, e tive a impressão de ter ouvido minhas irmãs gritando ao longe. A mulher tomou minhas mãos nas dela, seus olhos cheios de lágrimas. Eu queria limpá-las, apará-las com meus lábios. Eu queria saber se as lágrimas tinham gosto de sal. *Você cometeu um erro terrível, assim como eu.*

"Que bom", diz Daisy, como se eu tivesse respondido. "Mas agora é hora de se levantar. A sra. Carlisle e Oliver estão esperando por você no laranjal." Coloco meus pés no chão duro e frio, me apoiando no poste da cama para me erguer, bufando. Parece que estou dançando sobre pregos.

"Eu escolhi este vestido aqui", diz Daisy enquanto vasculha o guarda-roupa, alheia ao meu sofrimento. Ela segura uma peça à espera da minha aprovação. "Não que tivesse muita escolha", resmunga enquanto gesticula para eu levantar os braços. Ela tira minha camisola pela cabeça, substituindo-a pelo vestido novo. "Roupas pretas, roupas pretas e mais roupas pretas", diz, me contornando para poder amarrar o vestido nas costas. "Teve uma tempestade, sabe, e o barco afundou", continua ela, fazendo-me sentar numa cadeira em frente ao espelho. "Foi horroroso... Morreu todo mundo, exceto Oliver. É um milagre, não acha? Claro, o que mais explicaria um negócio desses?" Daisy se abaixa para enfiar os pés (meus pés — *meus*) naquelas mesmas engenhocas que ela usa. "Você não usa sapatos no lugar de onde veio?", pergunta ela; eu estou inclinada para a frente, uma das mãos nas costas dela, firmando com força, meus pés dilacerados pelos tais *sapatos*. "Agora, onde eu estava? Ah, sim, o desastre do barco. Para ser sincera, milagres sempre parecem favorecer os ricos, não concorda? E Deus sabe que os Carlisle são muito ricos. Ganharam muito dinheiro com transporte — eles são donos de metade dos barcos do mundo e estão planejando arrancar a outra metade dos gregos o quanto antes. Não que eu entenda muito de negócios; só sei que eu ganho o dobro do que qualquer um dos meus amigos que trabalham nesses casarões, e eles sempre recebem direitinho." Ela amarra com força as cordinhas que seguram os sapatos nos meus pés. "Os Carlisle são a família mais importante neste condado, sabe; minha mãe ficou bem orgulhosa quando consegui o emprego aqui."

Daisy é tagarela, noto, aparentemente sem muito senso de propriedade. Ela solta meus cabelos, bagunçando-os de modo que os cachos ruivos emoldurem meu rosto, suspirando a palavra *linda* para mim.

"Pronta?", pergunta ela.

"Oliver, por favor."

"Eu disse que não, mãe, e não quero mais saber."

"Seu pai não iria gostar que você..."

"Não se atreva a falar do meu pai. Não depois do que você fez com ele."

Hesito à porta do salão de café da manhã quando ouço as vozes erguidas. Daisy está ao meu lado e dá de ombros, nenhuma de nós sabendo direito o que fazer.

"Oliver." A voz de Eleanor é tão nítida que perfura a madeira grossa. "Independentemente do que você pense de mim, isso é importante. É sua *responsabilidade*. O conselho tem sido paciente, mas eles precisam ver que você está envolvido no futuro da empresa. A essa altura, eles se contentariam com um sinal de que você está meramente interessado."

"E quanto a mim, mãe?", pergunta Oliver. "Já não sofri o suficiente? Você não vai permitir que eu tenha um pouco de paz?"

"Ah, Oli." Ela abaixa o tom. "Eu lamento muito pelo que aconteceu; foi uma tragédia, e você presenciou tragédias demais na sua vida tão tenra. Mas..."

Não consigo mais ouvir o que Eleanor está dizendo. "Venha", sussurra Daisy. "Ele parece ter se acalmado. Seus estouros nunca duram muito tempo, graças a Deus." Ela empurra as portas duplas e adentramos uma sala arredondada feita de vidro, o chão dividido em formas geométricas em verde e branco. Oliver e sua mãe estão sentados à uma mesa pequenina, o metal branco esculpido em formatos circulares, com pratos de estampa azul tão refinados que minhas irmãs arquejariam ao vê-los.

"Entre, entre", convida Oliver, acenando para eu me juntar a eles, muito embora Eleanor esteja me encarando daquele jeito estranho dela. Daisy toca em minhas costas, me empurrando para a frente. Esses sapatos que ela insistiu que eu usasse deixam a sensação de que meus pés estão cobertos com bolhas d'água, o couro como ácido encharcando cada poro aberto. Mas levanto a cabeça com altivez, oscilando como se eu estivesse flutuando na água.

"Ela acordou tarde", comenta Daisy enquanto me sento ao lado de Oliver. "Eu tentei acordá-la mais cedo, sra. Carlisle, mas ela tava mortinha pro mundo."

"Tudo bem, Daisy." Eleanor beberica um gole de uma bebida verde-clara. "Tenho certeza de que você fez o melhor que pôde."

"Ah, eu fiz, eu sei que a senhora e o senhor Oliver gostam de tomar o café no mesmo horário todos os dias, e eu tenho certeza de que a senhora gostaria que ela estivesse aqui, mas quando eu tentei..."

"Já entendemos, Daisy", intervém Oliver. "Você tentou acordá-la. Ela estava dormindo. Mais alguma coisa que gostaria de acrescentar?"

"Não, senhor."

"Obrigada, Daisy", diz Eleanor. "Agradecemos pelo seu esforço. Eu sei que você vem desempenhando seus deveres com o maior cuidado. *Todos* os seus deveres." Eleanor levanta uma sobrancelha, e Daisy assente silenciosamente em resposta. "Pode ir agora, querida."

Ela deixa o cômodo rapidamente. Esses humanos têm um jeito bem esquisito de andar, não há leveza em seus movimentos, nenhuma elegância. *Pavoroso*, teria dito meu pai. *Fico perplexo ao pensar que sua mãe ficava tão encantada com esses espécimes.*

"Você é tão linda", elogia Oliver, e então cora como se estivesse pensando alto.

"Você é linda mesmo", concorda Eleanor pensativamente. "Não creio que eu já tenha visto uma garota tão perfeita, não na vida real, de qualquer modo. É quase como se..."

"Quase o quê, mãe?", quer saber Oliver, contraindo a mandíbula. "Se você tem algo a dizer, então diga."

"Eu só estava comentando o quanto nossa nova amiga é adorável. É quase *inexplicável* essa perfeição do rosto dela. Parece uma pintura." Ela dá uma risadinha, como se tivesse falado algo engraçado, embora nem Oliver nem eu tenhamos entendido a piada.

"Ah, pelo amor de Deus, mãe, será que você nunca..."

Oliver se cala quando um empregado se aproxima da mesa, colocando uma tigela à minha frente, da qual sai vapor. Eu olho para aquele troço — branco cremoso, um cheiro adocicado e leitoso.

"Espero que você goste de mingau", diz Oliver. "Ou nosso chef pode preparar arenque para você, se desejar. Ou salmão defumado?" Levo a mão à boca diante da ideia de comer um peixe, mastigando-o até o bicho morrer na minha garganta. Então é verdade; os humanos comem nossos restos. "Ah, caramba", exclama ele, alarmado. "Você é vegetariana?" *Não entendi isso.* "Você come peixe ou carne?", continua ele, e eu balanço a cabeça. *Não. Não.*

"Que interessante", comenta Eleanor, e eu não gosto do jeito como ela fala. "Bem, mingau não tem nem um nem outro. Nossos médicos aconselharam que é a opção mais saudável para o café da manhã a fim de garantir uma vida longa. Qual é a expectativa de vida do seu povo, minha menina?"

"Do povo dela? Que tipo de pergunta idiota é essa, mãe?"

"Você aceita creme e açúcar?", continua Eleanor, fingindo não ter ouvido Oliver. Ela assente para o empregado, que derrama um líquido branco e espesso sobre o mingau, polvilhando grãos de um cristal marrom por cima. Eu imito Eleanor, levantando a colher, e o tal mingau queima, mas é delicioso, docinho e gostoso. Eu tomo outra colherada e mais outra, até que percebo que Oliver está me observando. Deixo a colher. Talvez as mulheres também não tenham permissão para demonstrar sua fome neste reino. *Estou bastante satisfeita*, minhas irmãs e eu costumávamos dizer depois de duas garfadas muito delicadas à mesa de jantar. *Já chega, obrigada.* Era importante que não comêssemos nem demais e nem com parcimônia e, por isso, muitas vezes íamos para a cama ainda com fome, a negação de nossos apetites um sinal de nossa afabilidade. Era importante que fôssemos afáveis.

"Parece que você gostou do mingau", observa Eleanor. "O que vocês comem no café da manhã lá no lugar de onde você vem?" Eu permaneço quietinha. Há algo de alarmante em Eleanor, como se ela fosse um tubarão farejando a água em busca de sangue. "Nós nunca descobrimos exatamente onde fica", continua ela. "Se eu pedir a Hughes para buscar um atlas, você seria capaz de nos mostrar? Você sabe o que é um atlas, não sabe, querida?"

"Mãe, você está sendo incrivelmente grosseira agora."

"Oliver! Eu não estou sendo grosseira. Você certamente concorda que as coisas ficariam mais fáceis caso soubéssemos mais sobre nossa jovem visitante", rebate Eleanor. *O que essa mulher quer de mim?* "Como devemos chamar você? Maria Ninguém, que é como chamamos uma pessoa cuja identidade não conseguimos descobrir? Existem muitas pessoas assim, sabe. Inclusive garotas que um dia simplesmente desaparecem, para nunca mais serem vistas de novo." Ela mexe o chá com a colher, girando e girando, o metal raspando na porcelana, me deixando nervosa. "Uma burrice, na verdade; provavelmente elas somem seguindo algum homem que não quer ser seguido. Um homem com uma esposa, talvez. Com filhos. Não que garotas como *essas* se importem com tais detalhes."

"O que isso tem a ver?", diz Oliver, franzindo a testa para a mãe. "E não, não vamos chamá-la de Maria. Não combina com ela. Vou pensar em algo mais adequado." Ele termina seu mingau, colocando mais creme e açúcar na tigela.

"Eu estava pensando em sairmos para cavalgar hoje", diz ele enquanto fico encarando meu café da manhã, me obrigando a resistir à tentação. Meninas não estão autorizadas a querer mais. Há um silêncio, e eu o flagro olhando em minha direção. Aponto para mim mesma para me certificar que é comigo, e ele ri.

"Sim, você mesma, linda." *Ele me acha linda.* Queria poder dizer a ele que também o acho lindo, mais bonito do que qualquer homem que já vi, acima ou abaixo da superfície. "Você quer andar a cavalo comigo?"

Eu não sei o que é um cavalo ou como eu poderia andar com um, mas sorrio meu *sim*. Quanto mais tempo eu passar a sós com Oliver, mais fácil será fazer ele se apaixonar por mim. Eu *preciso* convencê-lo disso. Quando ele estiver apaixonado, estarei a salvo. E uma vez que eu estiver em segurança, digo a mim mesma, serei capaz de encontrar minha mãe, se ela ainda puder ser encontrada.

"Maravilha", diz ele. "Aposto que o equipamento de equitação de George vai servir em você; ele é tão esbelto quanto uma garota." Ele estala os dedos para o empregado. "Ligue para a casa dos Delaney. Peça ao mordomo para enviar a roupa de montaria de George à nossa propriedade, imediatamente."

"Oli", diz Eleanor assim que o empregado sai. "Os Galanis estão vindo de Atenas para discutir a venda. É importante que você..."

"Chega, mãe", diz ele, jogando a colher na mesa. "Você pode ir no meu lugar, não pode? Você é melhor nessas coisas do que eu, de qualquer forma."

"Sim, Oli", diz ela. "É claro que eu posso."

Não. Não. Não.

Balanço minha cabeça, me afastando dos ditos *cavalos*. São animais imensos, que babam e não param de bater os pés; ficam jogando a cabeça para trás enquanto um velho com unhas sujas e dois dentes faltantes fica repetindo para eles se acalmarem. ("Este é Billy", Oliver nos apresentou. "Ele é o melhor cavalariço do país." "Ela não tem um nome?", perguntou Billy a Oliver quando permaneci em silêncio. "É uma longa história", respondeu ele.)

"O que foi?", pergunta Oliver. "Eu pensei que você quisesse cavalgar...?"

"Você tem medo de cavalos, senhorita?", pergunta Billy, puxando as tiras de couro ao redor da cabeça dos animais. "Não precisa ter medo; Blaize e Misty são duas das criaturas mais dóceis dos nossos estábulos."

Eu me viro para Oliver, em pânico, agarrando seu cotovelo.

"Ah, pelo amor de Deus", reclama Oliver, nitidamente irritado. Eu só ganhei pernas há um dia e Oliver já está cansado de mim. (*... as ondas engolfando o que restar. É a Lei dos Mares.*) Sinto uma dor se formando por trás dos meus olhos. Eu tenho tão pouco tempo para fazê-lo me amar; não posso me dar ao luxo de irritá-lo. O que minha mãe me diria para fazer caso estivesse aqui? Como ela conseguia acalmar meu pai quando ele dava um de seus ataques? Eu me aninho junto a Oliver, apoiando minha cabeça em seu ombro até senti-lo relaxar. *Foi mais fácil do que eu esperava.*

"Vamos juntos em Misty, Billy", decide Oliver. "A mocinha aqui pode se segurar em mim." Ele dá uma piscadela. "Pode me agarrar o quanto precisar."

E eu de fato o agarro com força. O assento de couro (uma *sela*, como Billy chamara) é sólido entre minhas pernas, roçando contra aquele novo centro de uma forma que me deixa desconfortável e inquieta, tudo junto. Misty acelera, Oliver incitando o animal a atingir velocidade enquanto saltamos por buracos na terra, cercas quebradas e filetes de riachos. Meus braços estão em volta da cintura dele, meu corpo colado em suas costas, o ar viçoso rugindo pelos meus ouvidos até eu me flagrar frenética com a emoção da coisa toda. Jamais imaginei algo assim quando estava no fundo do mar.

"Opa, Misty", diz Oliver, puxando as tiras (*rédeas*), o animal desacelerando até pararmos de vez. Estamos em uma clareira no meio da mata, a luz do sol atravessando as folhas e pousando no chão em cacos de luz. Oliver desce, suas coxas musculosas com aquelas calças apertadas (*Pensamentos impuros não são para boas meninas*, diria minha avó. Por que ser uma boa menina sempre exige tanto esforço?), e ele amarra as rédeas ao redor do toco de uma árvore. Misty recua, bufando, mas desiste quando descobre que não tem como fugir. Será que todas as criaturas que se encontram em cativeiro se rendem assim tão facilmente? Oliver estende as mãos e coloca uma de cada lado da minha cintura para me ajudar a descer também.

"Pronto", diz ele quando paro a sua frente, engolindo a dor excruciante a que meus pés me sujeitam. Ele aponta para uma montanha adiante, íngreme, uma perspectiva assustadora na melhor das hipóteses, ainda mais quando se tem facas serrilhadas no lugar dos ossos. "Pronta para uma subidinha?"

Oliver insiste para que eu caminhe à frente dele. "É só seguir a trilha", indica, e eu obedeço, cada passo como se eu tivesse uma armadilha de aço se abrindo e se fechando nos meus dedos, os dentes de metal rasgando e mastigando meus ossos. Mas continuo andando, os galhos das árvores roçando em meus ombros e no alto da minha cabeça. Eu me abaixo para pegar uma das flores desabrochando do chão, levando-a ao nariz e inalando seu perfume, um aroma que eu jamais poderia ter imaginado lá no fundo do mar.

"Cristo", murmura ele quando chegamos ao topo, tufos de nuvens flutuando abaixo de nós, obscurecendo nossa visão do reino de Oliver. Sento-me numa rocha o mais rápido possível, lutando contra a vontade de me virar para os céus e implorar aos berros por esquecimento, por qualquer tipo de clemência. "Eu nunca vi ninguém se movimentar daquele jeito. Você era dançarina lá no lugar de onde veio? Você tem uma graciosidade..." Ele estala os dedos. "É isso. Já tenho um nome para você. Grace. É um nome adequado para alguém tão graciosa." Ele se senta ao meu lado, segurando minha mão, o suor gotejando em sua testa. "Está bom esse? Você gosta desse nome?"

Eu vou gostar de qualquer nome que você escolher para mim.

"Grace", repete ele. Minha mão ainda está segurando a dele, e espero que ele não solte nunca mais. "A linda Grace."

Mais tarde, à noite, quando Daisy tira minhas botas de montaria, ela vê o sangue nas solas dos meus pés, e há tanto sangue humano manchando o carpete, os lençóis e as mãos de Daisy que até as unhas dela ficam incrustadas com a minha dor. Eu encaro, fascinada, e ainda assim não sinto medo nenhum.

"O que é isso?", indaga Daisy, seus olhos arregalados. "O que você fez aqui, senhorita? Temos que ligar pro médico, senhorita, *precisamos* ligar."

Levo um dedo aos lábios.

"Mas..."

Tomo as mãos manchadas de Daisy nas minhas, num apelo para que ela guarde meu segredo.

"Tá bem, senhorita", diz ela, confusa, como se não soubesse muito bem por que está concordando com meu pedido. "Não vou contar pra ninguém." E, de alguma forma, apesar de eu ter achado Daisy muito tagarela, sinto que posso confiar nela.

E aí dou um sorriso. Oliver vai ser meu. Tudo isso vale a pena. Tudo isso vai valer a pena.

12

Na manhã seguinte, Daisy me traz uma bebida; uma "bebida especial", segundo ela.

"Vai ajudar com a dor", informa ela assim que coloca uma taça de bronze na cômoda. Ela meneia a cabeça para os meus pés que foram enfaixados tão cuidadosamente na noite anterior, a bandagem já encharcada de sangue. "Eu preciso contar isso à patroa, precisamos procurar o médico; a senhora Carlisle disse que eu deveria ficar de olho em qualquer coisa esquisita..."

Sento-me ereta, agarrando Daisy. Desde minha chegada, aprendi que médicos são cientistas, e que cientistas significam experimentos, exames e estudos médicos, tal como minha avó advertia a minhas irmãs antes de elas viajarem à superfície. *Não se aproximem demais*, dizia ela às meninas. Foi isso que aconteceu à minha mãe? Se eles a deixaram viva, será que a utilizaram para pesquisa científica, seu corpo dissecado para auxiliar com suas "curiosidades"? Eu não sei, é claro, esse é o problema.

"Está bem, está bem", diz Daisy, esfregando o braço. "Já entendi. Nada de médico." Ela pega a taça de novo e a entrega para mim. "Espero que isto ajude." Ela vacila, como se estivesse decidindo se deveria continuar ou não, corando. Os sentimentos de Daisy são tão fáceis de se decifrar, mapeando-se em escarlate por toda a pele. "E eu também não contei nada à sra. Carlisle. Não se preocupe com isso."

O líquido claro não tem cheiro, apenas o sabor residual mais sutil de algo doce além da conta. "Anis", informa Daisy quando faço uma careta. Depois de dez minutos, ela me estimula a tentar ficar de pé e eu obedeço, a névoa tomando minha garganta e meus olhos, deixando minha visão turva. Mas o latejar nas minhas pernas parou. Não consigo sentir meus pés. Não consigo sentir nada.

"Está melhor?", pergunta Daisy enquanto a encaro, maravilhada.

Você também é uma bruxa?

Começamos a estabelecer uma rotina, Daisy e eu. Ela me acorda todas as manhãs, removendo as ataduras dos meus pés, estremecendo enquanto limpa a crosta de sangue seco acumulado ali desde a hora de dormir.

"Ai, Grace", choraminga todas as vezes, limpando os pedaços de pele solta entre os dedos dos pés com um pequeno pincel. "O que vamos fazer com você?" Ela prepara um banho, me entregando a poção mágica para beber enquanto me ponho de molho, o alívio sagrado de ambas as coisas. Uma vez vestida, com o cabelo trançado e as bochechas coradas com um pó vermelho (*Isso vai te deixar com uma carinha um pouco menos apática,* explica Daisy, e eu especulo o que meu pai diria se pudesse me ver com tinta no rosto), tomo café da manhã com Oliver e a mãe dele.

Uma provadinha no mingau ou uma torrada e só; recuso ofertas para comer mais.

"Seu apetite é tão pequeno", comenta Oliver todos os dias, e eu ignoro o som do meu estômago roncando. "Igual a um passarinho."

"Sim", concorda a mãe dele, passando manteiga num pão e enfiando-o na boca como se estivesse me provocando. "Você nunca fica com fome, Grace? Isso é muito incomum para uma menina da sua idade."

Em seguida, uma variação de: "Oliver", dirá Eleanor, se virando para o outro lado, já entediada com qualquer que seja o joguinho que ela resolveu fazer comigo. "Eu esperava poder conversar com você sobre..."

"Talvez mais tarde, mãe? Grace e eu vamos sair para cavalgar de novo, está uma manhã tão agradável. Temos que aproveitar ao máximo enquanto podemos, não concorda?"

E assim vai.

"Mas, Oli", diz a mãe dele no dia seguinte, "é indispensável que nós lidemos com..."

"Eu sinto muito, mãe. Resolvi levar Grace até o vilarejo, quero que ela prove os croissants. Podemos terminar esta conversa mais tarde, sim?"

E assim continua.

"Eu te imploro", insiste Eleanor no dia subsequente, depois de Oliver limpar a boca com um guardanapo, empurrando uma tigela quase vazia. "Não tenho como ficar criando mais pretextos para você, Oliver. Petro Tsakos também vai se encontrar com os Galanis. Se a Tsakos-Co nos superar nessa fusão, eles vão controlar mais de um quarto das frotas mundiais, e será quase impossível batermos isso. Você está com vinte e um anos e..."

"Mãe, eu sei que andei me distraindo nesta semana", diz Oliver. "Mas Grace e eu temos planos hoje que não podem ser adiados. Tenho certeza de que o conselho fará qualquer coisa que você mandar. A maioria das pessoas faz."

Dou uma olhadinha para Eleanor quando saímos, e ela se afunda na cadeira. Sua vida me parece uma luta tão grande, continuamente tentando fazer com que todos esses homens a respeitem, com que lhe entreguem a chave do reino deles. Talvez eles nunca o façam. Talvez ela devesse construir o próprio reino, assim como fez a Bruxa do Mar.

Quero dizer a Oliver que ele deveria voltar e conversar com Eleanor, que o assunto em questão é claramente de grande importância. Eu gostaria de poder dizer o quão sortudo ele é por ao menos ter mãe.

"Ah, Grace", diz ele assim que passamos pelas portas da frente, os empregados nos dando passagem apressadamente. "É disso que eu mais gosto em você. Você nunca me julga."

"Nós costumávamos fazer festas aqui", informa Oliver, enlaçando o braço ao meu. A adrenalina me invade quando a pele dele encontra a minha e eu estremeço. Como um homem pode causar tal efeito em mim?

Deixamos a mansão e ele me guiou pelos degraus de mármore, mas não seguimos para o mar. Uma curva acentuada à direita, em meio a moitas de roseirais, espinhos prendendo na barra do meu vestido enquanto lutávamos para entrar no tal jardim secreto.

"Teríamos uma banda no coreto", ele aponta para uma estrutura de madeira no canto, cheia de ervas daninhas emaranhadas ao redor, "e todo mundo dançaria no meio do gramado até o sol nascer. Teríamos música, bebida e pessoas se beijando, coisa que eu achava nojenta naquela idade, é claro. Mal sabia eu o quanto minha opinião mudaria dentro de alguns anos." Ele olha para mim e eu enrubesço. "Eu não tinha permissão para ficar nas festas por muito tempo. Eles só davam uma voltinha comigo para encantar os convidados, então minha babá aparecia e me levava de volta para a sala de brinquedos. Eu era o único dos meus amigos que tinha babá morando na casa, sabe. Mamãe estava ocupada demais trabalhando. Trabalhar, trabalhar, trabalhar, ela só ligava para isso."

Me pergunto onde estava o pai de Oliver nisso tudo. Como se tivesse ouvido meu pensamento, ele me dá a resposta. "Meu pai comparecia se estivesse disposto o suficiente. Todo mundo ficava querendo saber dele", diz. "*Onde está Alex?,* eles perguntariam, e minha mãe prometeria que ele chegaria em breve. A festa não podia começar antes de papai chegar; ele era a vida e alma de todos os eventos. Mas já perto do final... Meu pai simplesmente parecia triste o tempo todo. E aí começaria a se mostrar incomodado, e minha mãe ficaria constrangida, pedindo desculpas pelo comportamento dele. *Meu marido está meio fora de si ultimamente*", imita Oliver em tom de zombaria. "Ele não estava bem; ele precisava de ajuda, e ela simplesmente..."

Ela simplesmente o quê? O que Eleanor fez?

"Estou cansado", diz ele abruptamente. "Você consegue achar o caminho de volta sozinha, certo, Grace."

Não é uma pergunta.

Toda noite, eu sonho com aquela mulher que parece — que deve ser — a minha mãe. *Gaia*, diz ela, e aí começa a chorar. *Gaia*. E, todas as manhãs, eu acordo decidida de que este será o dia em que vou descobrir o que aconteceu a ela, desmascarar os humanos que a traíram e a aprisionaram. Mesmo que ela esteja morta, preciso ter certeza.

Então Oliver faz alguma coisa para me distrair, ou simplesmente fica me encarando com aqueles olhos escuros, e eu esqueço minha mãe. Eu achava que isso fosse impossível; o nome dela latejava em minha cabeça todos os dias desde seu desaparecimento, se alojando em todas as células. Mas Oliver me faz esquecer de tudo. Eu quero que ele olhe para mim, quero que ele me toque, quero que ele me faça sentir coisas que eu nunca considerei adequadas para uma garota. Eu quero que ele me tome como dele.

Mas eu não tenho tanto tempo assim. Eu conto as luas e os alvoreceres, marcando-os em meu coração para poder acompanhar os dias que estão se esvaindo. Como faço para ele me amar? Minha avó dizia que o casamento consistia em prever as necessidades de seu marido e satisfazê-las, e eu venho tentando fazer isso, mas minha própria existência está em risco agora. O tique-taque do relógio, a luz trocando de pele no céu, e aí nasce um novo dia. É difícil admitir, mas estou começando a me perguntar como seria o gostinho da morte.

No café, todas as manhãs, Oliver me pede para acompanhá-lo na "aventura" do dia, e no começo eu presumia que iria acompanhá-lo quando ele fosse trabalhar, do jeito que Eleanor trabalha. Ela é incessantemente ocupada, sempre saindo de casa para reuniões, cada espacinho disponível em seu escritório lotado de papéis e pastas enquanto ela fala num negócio chamado telefone, despejando listas de números e gráficos de cor. "Você deu uma olhada nos relatórios que enviei, Oliver?", pergunta ela. "Você deu uma olhada na especificação daquele novo navio? Oliver, você está me ouvindo? *Oli?*"

Mas, em vez de salas de reuniões, seu filho quer saber apenas de mais expedições em cavalgadas, de mais montanhas para escalar. Críquete no gramado, pássaros caindo na terra — *pof* — quando os garotos sobem pelos campos com armas chamadas espingardas em suas mãos.

"Olhem só para Grace", diz Rupert enquanto recarrega as balas. "Ela está apavorada. Você é uma dessas aberrações em prol dos direitos dos animais?"

"Você é vegetariana, não é?", pergunta George. Ele é o único que parece prestar atenção de verdade em mim.

"Vegetariana, que bizarro", critica Rupert. "Você não precisa *sempre* vir conosco, sabe, Grace."

Mas eu tenho que ir. Preciso passar o máximo de tempo possível com Oliver. Então fico sentada nos cantinhos, vendo-o jogar tênis ou polo com os amigos. Percebo que George sempre aplaude quando Oliver marca um ponto, erguendo seu taco em um gesto de contentamento e berrando: "Muito bem!". Percebo que Rupert vira a cara quando isso acontece, o cabelo grudado para trás por causa do suor, os dentes cerrados impedindo-o de congratular Oli. Você passa a notar muitas coisas quando é obrigada a ficar quietinha.

"Porra", xinga Oliver agora, quando toco suas costas para lembrá-lo de que estou presente. Estamos no salão de jogos. George, Rupert e alguns outros homens estão num canto jogando um negócio chamado pôquer; vez ou outra, Rupert grita que George está roubando. Oliver passou um tempo sentado numa poltrona perto da janela, olhando ociosamente para o mar. Eu não gostei de vê-lo ali sozinho, então decidi lhe fazer companhia.

"Não faça isso, Grace", diz ele. "Você me assustou."

Desculpe. Eu não queria chatear você.

A respiração de Oliver está ofegante, uma das mãos no peito como se para lembrá-lo de inspirar. Ele pega o copo próximo a seu cotovelo e vira o resto do líquido num gole só. Eu não gosto desse horário da noite, quando todos nos recolhemos para o salão de jogos e um armário cheio de garrafas reluzentes é aberto para os homens caírem em cima como se estivessem morrendo de sede. A risada deles vai ficando cada vez mais escandalosa e mais despropositada, até que eles começam a achar absolutamente tudo engraçado. Eu não estou me divertindo; não que isso pareça um problema para qualquer um aqui, exceto George, que de vez em quando pergunta se estou bem, se quero uma bebida, se estou ficando cansada. A bebida mágica que Daisy me deu está começando a perder efeito, a dor recaindo em cima de mim como ondas arrematadas por lâminas novinhas.

"O que foi, Grace?", pergunta Oliver, seus olhos em mim de repente.

Eu olho para Rupert, que está perturbando a jovem empregada que teve o azar de pegar o turno da noite. Eu conheci essa mesma garota há alguns dias; ela e Daisy me encontraram no roseiral, sentada num banco talhado em pedra. Eu queria fazer parecer que estava curtindo o sol, virando meu rosto para encontrar seu calor, mas, sinceramente, era só a necessidade de ficar sentada até o latejar dos meus pés dar uma trégua.

"Aí está você", disse Daisy. "Está um tempo lindo, não é? Resolvemos almoçar aqui fora para aproveitar ao máximo, os dias bonitos assim são raros. Esta é minha amiga, Ling." A outra garota acenou timidamente para mim. "E esta é Grace", apresentou ela, os olhos de Ling dando um breve sinal de reconhecimento. Elas se acomodaram no banco comigo, Daisy me oferecendo um pedaço do sanduíche dela (*Não se preocupe*, disse ela, *só tem queijo.*) enquanto Ling me contava sobre sua família, que seu pai médico tinha morrido no ano anterior, fato que obrigou ela e sua irmã mais nova a caçarem um emprego na casa dos Carlisle para ajudar a mãe a pagar as contas. (*Está tudo bem*, disse ela, pigarreando. *Vamos ficar bem.*) "Ling é um nome tradicional na terra do meu pai", contou ela, como se isso fosse algo que ela já tivesse precisado explicar muitas vezes. "Significa astuto. Inteligente. Papai o escolheu para mim." Eu não conseguia imaginar o Rei dos Mares achando este nome apropriado para uma de suas filhas. *Só vai servir para lhes dar ideias*, teria dito ele.

Ling é tão pequenina, tão miúda que Rupert precisa se agachar para sussurrar ao ouvido dela. Ela está doida para escapar, dá para ver, mas fica sem ter para onde correr. Eu estou muito familiarizada com essa sensação.

"Rupe, vamos lá", chama George, colocando suas cartas na mesa. "Não perturbe a garota."

"Cala a boca, Georgie Porgie."[1]

"Estou falando sério, Rupert." George fica de pé. "Afaste-se dela."

"Ela não se importa, não é, coração?" Dá para ver a ponta da língua dele se enfiando no ouvido de Ling, o calafrio dela quase imperceptível. Eu deveria ir até lá e ajudar, assim como gostaria que alguém tivesse intervindo quando Zale botou as mãos em mim. Mas é da minha alçada fazer isso? Será que talvez esse tipo de comportamento simplesmente seja o que as mulheres devam suportar para poder existir no mundo? Somos treinadas para agradar e para angariar a atenção masculina, para ver o olhar deles de confirmação ao nosso valor. Será que somos autorizadas a reclamar, então, se a atenção não for do tipo que gostamos?

1 Chamar o personagem de Georgie Porgie é uma provocação por conta do seu comportamento. Georgie Porgie é personagem de uma antiga canção de ninar, mais tarde discutida como uma indicação precoce de assédio sexual. Ela diz: *Georgie Porgie, pudding and pie / Kissed the girls and made them cry / When the boys came out to play / Georgie Porgie ran away.* Em uma tradução levemente adaptada: *Georgie Porgie adora um manjar / Beijou as garotas e as fez chorar / Quando os meninos vieram brincar / Georgie Porgie não quis ficar.* [Nota do editor]

"Você está cansada?", Oliver me pergunta. "Eu entendo, está ficando tarde." Ele oscila quando se levanta, roçando em mim. Eu quero implorar a ele para fazer isso de novo e de novo. Tem algum problema comigo? Será que Zale conseguia *farejar* esse desejo? É por isso que ele fazia o que fazia?

"Para onde George foi?", pergunta Oliver, olhando para os homens à mesa de carteado.

"Saiu sem pestanejar", diz Rupert, e Ling olha para a porta aberta atrás dela. "Ele anda tão chato ultimamente."

"Deixe George pra lá", diz Oliver, perdendo o interesse. "Grace está cansada, então vamos encerrar por hoje."

"Claro, camarada", diz Rupert. "Como você quiser." Ele sorri para Ling, ajeitando uma mecha do cabelo dela atrás da orelha. "De qualquer forma, tenho umas ideias de um bom jeito para passar o resto da noite."

"Pronta, Grace?", pergunta Oliver, e eu faço que sim com a cabeça.

Deixo a sala.

Deixo Ling com Rupert.

"Peço desculpas", diz Oliver enquanto subimos pela escadaria forrada com carpete vermelho, até o meu quarto. Meus pés estão afundando no tecido, e ainda assim sua maciez não lhes garante nenhum conforto. "Sei que não foi muito divertido hoje à noite." As paredes do corredor estão repletas de imagens da família dele, *fotografias*, é assim que chamam. Oliver quando criança, sempre segurando a mão do pai, sua mãe sorrindo exageradamente. Alexander Carlisle, um homem bonito, com ombros largos, mas que vão encolhendo a cada ano que passa. "Estou cansado."

Oliver se cansa facilmente, tenho notado. Daisy me disse que um dos empregados andou comentando que Oliver não tem dormido direito desde o acidente. Talvez ele esteja com medo da escuridão, do peso de um sono eterno esmagando-o impiedosamente. Talvez ele esteja com medo de nunca mais acordar. Ou talvez ele tenha esperanças secretas de nunca acordar mesmo. *Eu poderia te fazer feliz, Oliver. Eu poderia te salvar pela segunda vez, se você permitir.*

"Você é muito bonita", diz. Então apoia a testa na minha, tão pertinho, e eu fico sem fôlego. É isso. *Por favor, Oliver. Por favor, me beije.*

"Tudo bem se eu...?", sussurra ele, aproximando os lábios dos meus. É tão diferente de quando Zale meteu a língua à força na minha boca que meus olhos se enchem de lágrimas. É assim que meu primeiro beijo deveria ter sido. *Oliver vai me curar.*

Ele se afasta, apoiando a mão na parede para se firmar. *Oli.* Tento tocá-lo. "Não", diz ele. "Eu não devia ter feito isso. Está muito tarde e eu bebi demais. E também..." Ele faz uma careta. "Está cedo demais, você não entende?"

Ele se vai. E a única coisa que entendo é que estou zumbindo, como se todas as terminações nervosas do meu corpo estivessem sendo beijadas por abelhas. *Eu estou viva.*

Eu me sento na cama, revivo o que acabou de acontecer, em detalhes bastante vívidos. A coxa dele cutucando minhas pernas para que se abrissem, seus dedos no meu pescoço. Aquele calor subindo. Ergo o vestido ao redor da cintura, minha mão deslizando para aquele lugar novo, aquela parte de mim que eu não sabia que ia existir depois que eu fizesse a barganha pelas pernas humanas com a Bruxa do Mar. Estou louca de desejo, meus dedos mergulhando no âmago úmido, imaginando o corpo de Oliver em cima do meu. Algo semelhante a felicidade, ou talvez agonia, oscilando sobre o gume de uma faca, entre calafrios que vão do meu âmago aos dedos dos pés, um alívio arrebatador me deixando sonolenta.

Eu não sabia que tal êxtase existia para as mulheres, é o meu penúltimo pensamento antes de adormecer.

O último é: *Estou ficando sem tempo.*

13

Onde está Oliver?

Na manhã seguinte, quando vou ao laranjal, ele não está lá, e minha pele ruboriza quando me lembro do que fiz em nome dele na noite passada. Eleanor está sozinha à mesa do café da manhã, com montes de pastas empilhadas ao lado do prato enquanto discute a agenda do dia com seu assistente, um jovem de cabelos louros chamado Gerald.

"E tem aquele museu inaugurando em..." Ela se cala quando entro, e Gerald faz uma pausa em seu rabiscar incessante no caderninho que carrega para todo canto. "Grace, aí está você", diz ela. "Dormiu bem? Gerald por acaso passou na frente do seu quarto ontem à noite e disse que você estava se revirando na cama. Como se estivesse possuída, foi o que ele disse. Não foram pesadelos, foram?"

Eu estava sonhando com Ceto sentada em sua poltrona no Mar de Sombras e contando as pérolas em sua cauda. *Uma, duas, três*, começava ela, tocando cada pérola por vez. *Treze*, disse, olhando para mim. *Lembre-se disso, pequena sereia.*

"Eu quero me certificar de que minha hóspede esteja feliz enquanto permanecer aqui", diz ela. "E não sabemos por quanto tempo vai ser, afinal. Não muito tempo, é claro. Tenho certeza de que você tem uma família para a qual voltar. Você tem família, Grace? Irmãos? Irmãs? Uma mãe da qual sente saudade? Aposto que sua mãe se parece com você, não é?"

Eleanor gesticula para o assento ao lado dela, indicando para que eu me sente. "Você deve estar se perguntando onde Oliver está", continua ela. "Ele está no quarto dele, acho, mas eu não o perturbaria durante seus chiliques. Tão parecido com o pai, ele. Melhor deixá-lo quieto em seu canto."

E assim vai. Dia após dia. Será que Alexander Carlisle também passava dias sumido, se transformando em um fantasma, sempre escapulindo antes que alguém fosse capaz de pegá-lo? Sempre que chego ao laranjal para o café da manhã, encontro o guardanapo amassado de Oliver sobre o prato, mesmo que eu acorde bem cedinho. Eleanor e eu, lado a lado, e ela sempre tem tantas perguntas.

De onde você é? Quem é o seu povo? Pisque uma vez para sim e duas vezes para não, Grace. Precisamos ser capazes de nos comunicar de algum modo, já que você não sabe ler ou escrever. Isso é bem incomum nessa época e idade. Se Oliver estivesse aqui, ele diria: *Pare com isso, mãe, não tem necessidade de interrogar Grace.* Mas ele não está aqui. Ele não tem estado presente há um tempo.

No almoço, ele sempre sai com "os rapazes" para caçar ou cavalgar, os empregados acompanhando-os com cestas de piquenique cheias de comida e bebida. Eu nunca sou convidada. "Garotos serão sempre garotos", diz Daisy, tentando me tranquilizar quando fico à janela do meu quarto, observando-os sair. "Não é nada pessoal, Grace."

E talvez não soasse tão pessoal se minha vida não dependesse de mãos tão negligentes. Não soaria tão pessoal se eu não tivesse feito os sacrifícios que fiz só para estar com ele. Por que ele está me punindo? Foi ele quem tomou a iniciativa do beijo, não eu.

O único momento em que tenho um vislumbre de Oliver é durante o jantar, mas ele não se senta ao meu lado agora. É sempre um grande evento, os convidados são empresários e membros do parlamento deste país, outros usam óculos escuros que se recusam a retirar, mesmo dentro de casa, como se disfarçassem seus rostos incrivelmente atraentes. Esta noite, tenho um homem de cada lado, o duque de alguma coisa à minha esquerda e um sr. Relógio de Ouro Imenso à minha direita. "Puxa, você é bonita", diz Relógio de Ouro, boquiaberto, a mulher em frente a ele franzindo a testa para mim, como se fosse minha culpa.

A cada prato servido, Oliver bebe uma taça de vinho, uma atrás da outra, sinalizando para o garçom quando a garrafa chega ao fim. "Mais uma rodada, *campeão*", diz ele, rindo de forma zombeteira, e Eleanor se inclina e toca seu braço.

"Talvez você já tenha bebido o suficiente, querido?" Dá para notá-la sussurrando enquanto olha de maneira tensa para o restante dos convidados. "Lembre-se, nós temos companhia."

Oliver repele a mão dela. "Você não pode controlar *todos* os homens desta família, mãe." Ele fala em voz alta e um silêncio recai sobre a mesa.

"Oliver, isso não é justo. Eu não tentei..."

"Ahhh", rebate ele, ignorando a expressão suplicante da mãe. "Ah, eu acho que tentou, sim."

Depois do jantar, Eleanor chamou alguns dos convidados para acompanhá-la à sala de visitas. Eu me juntei a eles porque não tenho outro lugar para ir; Oliver saiu antes que o pudim fosse servido, chamando Rupert e George para acompanhá-lo. Tentei fingir que não me importava.

A sala de visitas é o lugar favorito de Eleanor nesta casa; é onde ela passa a maior parte do tempo, além de seu escritório. O lugar tem janelas que vão do chão ao teto, com vista para o mar, cortinas e poltronas de seda na cor de prímulas e com o contorno de rosas tramadas em linha bege. O punhado de convidados remanescentes do jantar inclui Henrietta Richmond, uma mulher de pele muito esticada, e seu marido, um homem calvo chamado Charles. "Aos novos amigos", cantarolou Eleanor quando eles concordaram em ficar para uma saideira. Mais cedo eu a ouvi pedindo ao seu assistente para garantir que estes dois convidados fossem particularmente bem tratados. ("Vinho, Gerald", disse ela, "muito vinho. Eu quero que os Richmond fiquem muito alegrinhos e *muito* generosos.")

Charles é dono de uma empresa que Eleanor visa comprar, e ela está mesmo determinada a adquiri-la. Esse mundo de dinheiro e negócios no qual Eleanor prospera parece tão complexo, cheio de nós que precisam ser desatados, de problemas intermináveis a serem resolvidos. Eleanor é meio babá, meio guerreira, manipulando, bajulando e intimidando as pessoas ao seu redor a fim de conseguir as coisas do seu jeito. Em geral, é bem assombroso.

Eles tilintam as taças, me ignorando, então Eleanor se aproxima para saudarem o sujeito a quem chamam de Capitão. Ele está sentado junto à lareira, as mãos no colo, enquanto as duas mulheres estão abraçadinhas num divã. Estou numa poltrona em frente ao Capitão, com Charles de pé próximo ao carrinho de bebidas, examinando os rótulos cuidadosamente.

"Charles", diz a esposa dele. "Talvez você não devesse beber mais."

"É uma festa, Hen. Relaxe."

"Vamos lá, Capitão", estimula Eleanor rapidamente quando os lábios de Henrietta se contraem em uma linha fina. "Você deve ter umas boas histórias para contar para nós, meu bom camarada. O Capitão é um dos marujos mais renomados do país", explica ela aos outros. *Marujo?* "Bem, ele está mais para um explorador, não é, Capitão? Indo a lugares onde nenhum outro homem se atreve a ir." Olho para ele com mais atenção, esse tal Capitão, esse homem que explora os mares em busca de aventuras. Que tipo de coisa ele teria visto em suas viagens? "Ele é famoso por suas histórias", continua Eleanor. "E é muito requisitado por causa disso. Na última vez que veio jantar conosco, nos deleitou com os relatos mais maravilhosos de sua viagem à Antártica." Ela sorri para o sujeito. "Por onde você tem navegado nos últimos meses, Capitão?"

"Eu adoro mesmo uma boa história", encoraja Charles, virando sua bebida num gole. "Quanto mais chocante, melhor, por favor, nobre senhor."

"Não são histórias tão grandiosas assim", desconversa o Capitão. Sua voz é grave e tão baixa que todos precisamos nos esforçar para ouvi-lo. Eu já o vi nos jantares organizados por Eleanor, mas não tinha ouvido sua voz até agora. Ele sempre parece estar isolado, observando todos os demais. Observando a mim. "Eu só digo a verdade. As coisas que tenho visto estão além do mero exagero."

"Ah, que empolgante", diz Henrietta. O rosto dela está começando a transpirar devido ao calor da lareira, e ela enxuga o suor acima dos lábios, constrangida. "Tipo o quê, Capitão?"

"Coisas que não têm explicação", responde ele sem desviar o olhar do fogo, como se duvidasse da capacidade de compreensão dela. "Coisas que não fazem sentido para a mente racional, mas que testemunhei e sei serem verdadeiras. Coisas que jamais poderão ser provadas, de modo que os cientistas as descartam como meras ilusões fantasiosas; delírios de homens que passaram muito tempo no mar, o sal derretendo seus cérebros." Eu me remexo na cadeira, me inclinando para a frente para poder ouvir melhor. *Vá em frente*, estimulo. *Conte-nos o que você viu. Eu preciso saber.*

"Vamos lá, velho camarada", fala Charles de um jeito arrastado. "Não nos deixe no suspense. Qual foi a coisa mais estranha que você já avistou no mar?"

"Isso depende da sua definição de *estranha*, acredito."

"Talvez isso não tenha sido uma boa ideia", interrompe Eleanor, segurando sua taça de vinho com tanta força que estou surpresa que ela não tenha estourado em seus dedos. Ela está curiosamente pálida, como se tivesse começado a passar mal de repente. "Não é justo esperar que o Capitão nos entretenha. Ele provavelmente está cansado demais para isso agora. Está ficando tarde..."

"Bem, bem", diz Charles com uma piscadela. "Você começou, Eleanor. Prometeram-me histórias *extraordinárias* e agora quero ouvi-las."

"Muito bem", cede Eleanor, os lábios brancos. "Vá em frente, Capitão."

Ele resmunga. "Eu vi criaturas metade humanas e metade peixe, carne e escamas numa coisa só", diz ele, e meu coração desacelera, antevendo o que ele vai dizer a seguir. Um som estridente começa a ressoar em um de meus ouvidos, e eu esfrego o lóbulo com força para cessá-lo. "Eu as vi nadando junto ao meu navio, acenando para meus homens", continua o Capitão. "Chamando por eles. Tentando-os. Buscando atraí-los para a morte."

"Espere aí", interrompe Charles. "Você quer dizer *sereias*?" O Capitão não diz nada, e Charles soca a mesa com empolgação, fazendo Henrietta e Eleanor pularem de susto. Eleanor não parece muito bem, e eu me pergunto o que há com ela. "Você *realmente* quis dizer sereias", diz Charles, e o tempo fica lento, os relógios suavizando seu tique-taque.

Só consigo ouvir minha respiração, arquejante. *Sereias não atraem homens para a morte*, tenho vontade de dizer. *Nós não somos como as Rusalka*. Talvez este homem saiba algo da minha mãe. Talvez ele estivesse no barco que a capturou. Olho para suas mãos fortes e as imagino esganando o pescoço de Muireann do Mar Verde, tão magrinha, tão pálida, e estremeço.

"Conte-nos mais, Capitão", instiga Charles, empoleirado no braço do divã. "Elas são mesmo lindas como reza a lenda?"

"Algumas são", confirma o velho. "Algumas possuem uma beleza de uma natureza inexplicável, uma beleza que jamais seria vista na Terra." Ele olha para mim enquanto fala, semicerrando os olhos, e eu me recosto na poltrona para me fazer invisível. Ele teria como saber o meu segredo? Eu deveria me levantar, alegar que estou cansada e ir para a cama, mas de algum modo me sinto incapaz de fazê-lo. Este é o mais próximo que já estive de descobrir a verdade a respeito da minha mãe. Não posso ir embora. "E tem outras que são simplesmente bizarras", diz ele. "Cabelos verdes e dentes pontiagudos, olhos selvagens. Estas são famintas. Vorazes."

"Interessante", comenta Charles. "Histórias sobre sereias têm sido contadas há séculos, e em muitas culturas diferentes ao redor do mundo, você sabe. Há alguns anos, li um livro *maravilhoso* que dizia que a primeira menção a essas criaturas foi na mitologia grega, cerca de 50 anos antes de Cristo..."

"Mil, querido", corrige Henrietta.

"...quando uma deusa chamada Ataractic se apaixonou por um..."

"O nome dela era Atargatis, querido."

"Tudo bem, Hen", Charles continua. "Eu só achei que todo mundo fosse gostar de um pouco de contexto. De todo modo, é um mero palpite sobre o que aconteceria caso o cruzamento... hum, a *cópula*, entre espécies acontecesse." Ele ri como se a minha espécie não passasse de uma historinha fantasiosa para ser alardeada em festas. "Mas eu não deveria fazer comentários tão grosseiros na presença de mocinhas, não é?", diz ele, e me olha. Eu gostaria que não chamasse atenção para mim. Preciso que o Capitão continue falando, que conte a história de uma sereia capturada há muitos anos. Uma sereia que se parecia exatamente comigo.

"Sim, Charles", ralha a esposa, ajeitando a saia. "Eu defendi uma tese sobre folclore e contos de fadas, você não se lembra?"

"*Cópula interespécies*, dizia o livro", repete Charles como se Henrietta não tivesse dito uma palavra. "Eu adoraria saber informar a vocês o nome do autor; ele parecia um camarada incrivelmente inteligente."

"Rachel Conlyons."

"O quê?"

"O nome da autora era Rachel Conlyons", diz Henrietta novamente. "E o livro era meu, Charles. Você o pegou na minha mesa de cabeceira."

"Hum, sim. Mas isso dá o que pensar, não é, Capitão?", insiste Charles. "Meio que uma coincidência, as semelhanças entre todos esses mitos. Assim... você acha que pode haver alguma verdade nessa coisa toda, então?"

"Eu não sei nada sobre coincidências, senhor", responde o Capitão, voltando a encarar o fogo na lareira. Os humanos têm essa mania, já notei, com fogo e água. Eles olham fixamente como se esperassem encontrar uma parte faltante deles ali. "Há montes de histórias, mas nenhuma delas comprovada, já que nenhuma sereia foi capturada, não que se tenha registro."

Nenhuma sereia foi capturada? Minha respiração fica presa na garganta, acotovelando minha traqueia. *Mas e a...*

"Eu soube de histórias de homens que se apaixonaram pelas damas do mar", diz o Capitão. "Mas as relações não duram muito tempo. Como poderiam? Essas criaturas vão sempre ansiar por suas casas e, um dia, a atração pelo mar vai se provar intensa demais para elas. Elas abandonarão maridos, filhos, independentemente da força dos laços formados; aí vão abandoná-los pelo vestígio de sal em sua pele. Esses seres não são iguais a nós."

"Não", confirma Eleanor, ficando de pé. Ela pousa a taça de vinho na mesa cuidadosamente. "Não são mesmo."

"Eleanor", diz Henrietta. "Você está bem? Você está branca como um fantasma."

"Estou cansada", responde Eleanor. "Creio que seja melhor nos recolhermos agora."

Mais dois dias se passam.

Nenhuma sereia foi capturada, não que se tenha registro.

As palavras do Capitão são contundentes na minha boca, se agarrando às minhas gengivas. É o único sabor que consigo sentir agora.

Nenhuma sereia foi capturada, não que se tenha registro.

E então se passaram três dias desde o jantar e da última vez que vi Oliver.

Tento fazer um esforço para dormir, mas minhas irmãs estão sussurrando em meus ouvidos enquanto navego rumo à inconsciência. Eu vejo meu pai amarrando os pulsos de Cosima e Zale com algas negras, unindo-os. *Volte, Muirgen*, choramingam minhas irmãs. *Ajude-nos, Muirgen.*

Eu acordo, suando, sem vontade de voltar àquele estado, às profundezas dos meus sonhos, onde não tenho controle sobre o que vou ouvir ou ver. Em vez disso, em todas as noites passei a ir para o mar, meu coração sedento por água salgada. Este mundo é magnífico de se olhar, não nego isso. Todos os dias há algo novo para se ver, cheirar, segurar entre os dedos para tornar palpável. Mas eu não tinha percebido que este mundo seria tão caótico. Parece que as pessoas me cercam constantemente, ávidas para tocar meus cabelos, comentar sobre meus vestidos, dizer que sou linda. Suas vozes lancinantes arranham meus ouvidos; logo fico cansada de toda essa *novidade*. E assim vou para o mar. O mar me é familiar. O mar é fácil. O mar é *silencioso*. Eu fico ali sentada, admirando a lua em sua trajetória pelo céu, me alertando. *Não há mais tempo. Não há mais tempo. Não há mais tempo sobrando, pequena sereia.*

Enquanto Daisy desembaraça o penteado intrincado do dia, me flagro correndo ao banheiro para vomitar. Montes de pontinhos pretos explodem diante dos meus olhos quando me debruço sobre o vaso sanitário. É como se eu estivesse tentando desalojar parte desse tormento jorrando-o para fora de mim. Daisy esfrega minhas costas, murmurando, *shhh, shhh, minha queridinha*. Desabo no piso do banheiro, observando meus pés se distorcerem, como se meus olhos fossem feitos de vidro rachado. O feitiço da Bruxa do Mar está desmoronando, levando pedaços da minha carne consigo.

"Precisamos chamar um médico", diz Daisy. "Isso é sério demais, eu não posso..." Eu me afasto dela, balançando a cabeça. "Tá bom", diz, suavemente, como se estivesse domando uma fera selvagem. "Mas isso não está certo, Grace. Eu nunca vi nada assim, e só está piorando, e não melhorando. Eu posso acabar perdendo o emprego. Se a senhora Carlisle descobrir que escondi isso dela..."

Nós duas nos sobressaltamos a uma batida forte; Daisy chuta a bacia d'água ensanguentada para debaixo da cama.

"Grace?" Uma voz do outro lado da porta. Feminina. "É a senhora Carlisle. Posso entrar?"

Será que ela ouviu o que Daisy disse?

Daisy consegue puxar o edredom sobre minhas pernas assim que a porta é aberta. "Boa noite, senhora", cumprimenta ela.

"Obrigada, Daisy", responde Eleanor. Está usando o mesmo vestido violeta do jantar desta noite. (Velas esguias em candelabros de prata, flores desabrochando no centro da mesa, mas nada de Oliver... "Está ocupado, sinto muito", disse Eleanor aos convidados, e eles aguardaram até que o presidente de um país vizinho a envolvesse numa conversa para darem início à fofoca. "Sério", sussurravam, "como podemos confiar em Eleanor Carlisle para dirigir uma empresa inteira se ela não consegue fazer com que o próprio filho participe de um jantar? O mercado está tão inconstante agora, vocês viram aquele último relatório da..." Essas pessoas não sofrem de nenhum constrangimento por falar dessa forma na minha frente, é claro. Ninguém desconfia de uma garota muda.)

"Você pode ir", diz Eleanor a Daisy agora. "Eu gostaria de conversar com Grace antes de irmos dormir."

Daisy não se mexe, parada junto à minha cama como se fosse minha sentinela; como a escolta armada que cerca meu pai nas raras ocasiões em que ele sai do palácio.

"Daisy", insiste Eleanor. Ela soa como Oliver, o mesmo tom imperioso, a irritação mal disfarçada por não ter sido obedecida imediatamente. "Eu pedi para você sair para que eu possa conversar com Grace em particular."

"Sim, sra. Carlisle." Daisy sai do quarto, arregalando os olhos para mim em uma espécie de alerta quando fica atrás de Eleanor. O que ela está tentando me dizer?

"Então", começa Eleanor quando ficamos a sós. "Posso?" Ela gesticula para a cama e eu meneio a cabeça em aquiescência. É estranhamente íntimo quando ela se acomoda ao meu lado. Nós só ficamos sentadas em lados opostos da mesa no café da manhã, mas, quando estamos assim tão próximas, eu consigo sentir o perfume dela, floral com um toque de algo amadeirado, consigo distinguir as ruguinhas finas ao redor da boca e dos olhos dela.

"Eu tenho ficado de olho em você, sabe", comenta ela. "Noite após noite. Eu vejo você indo até a água. O que tem no mar que tanto te fascina?" Dou de ombros, a própria imagem da inocência, pois como posso dizer a ela que necessito do mar? Eu preciso de uma folguinha de todo esse barulho e do tumulto deste mundo. Ela agarra meu cotovelo. "Sua aparência é realmente extraordinária", diz, mas não há emoção em seu tom. Ela não fala igual aos outros, como se a beleza fosse algo digno de ser louvado, como se eu só precisasse do meu rosto para ser considerada merecedora de amor e respeito. Ela também não fala do mesmo jeito que Oliver, como se estivesse me culpando por fazê-lo sentir algo indesejado.

"Eu ouvi falar de uma outra mulher com olhos tão azuis e cabelos tão ruivos assim", diz ela, retorcendo a aliança de casamento no dedo. "Alguém cuja beleza seria capaz de rivalizar com a sua. Já faz um tempo desde que ouvi falar dela pela primeira vez, mas nunca a vi. Não na vida real, de qualquer forma." Ela ri, um som seco e desprovido de humor, como o estalar de um chicote, e eu sinto frio. *Ela está falando de...?* "Mas o rosto dela, ah, o rosto dela assombra meus sonhos." Ela me olha com atenção. "E às vezes não consigo distinguir a diferença entre o rosto dela e o seu. Isso não é peculiar, Grace?"

Dou de ombros de novo, limpando minhas palmas suadas na colcha discretamente.

"Eu notei o jeito como você olha para o meu filho", diz ela. "Não precisa ficar com vergonha." Então estende a mão para pegar a minha, e a agarra com muita força, esfregando meus dedos como se quisesse desgastar a carne. "Oli é um rapaz bonito, e charmoso quando é conveniente. Mas eu não quero que você se magoe, Grace. Você não vai querer saber como é amar um homem que é apaixonado por outra mulher. Isso pode deixar você..." Ela ri daquele jeito esquisito de novo. "Bem, isso pode deixar você enlouquecida." Eu olho para a mão de Eleanor, os dedos fartamente enfeitados com anéis. Tudo pago por Eleanor, com o dinheiro de Eleanor. Tudo nesta casa pertence a ela.

"A namorada de Oliver morreu", diz ela. "Você sabia disso?" Viola, com o corte de cabelo repicado e as pernas compridas. O jeito como Oliver olhava para ela: ele nunca me olhou assim. "Oliver e Viola eram namoradinhos de infância", continua Eleanor. "Os Gupta são uma família importante neste condado, e Viola era muito requisitada, linda como era." Ela *era* linda, a Viola. Eu queria ter aquela pele escura e aquela risada impetuosa. Eu gostaria de ter a voz dela. *Eu gostaria de ter alguma voz.* "Oli e Viola teriam se casado em poucos anos, e todos estávamos satisfeitos com isso. Uma parceria muito adequada; não é como se Oliver Carlisle pudesse se casar com uma qualquer encontrada na rua. Ou na praia, por assim dizer." Mordo meu lábio para conter seu tremor. "Mas não estou dizendo isso para machucar você. Eu digo isso para o seu próprio bem. Meu filho está de luto, mais profundamente do que você jamais seria capaz de entender." *E o que você sabe a meu respeito?*, quero perguntar a ela. *O que você poderia saber sobre a tristeza que sempre suportei?* "Oliver não enxerga você dessa maneira", sentencia. "Não vai enxergar agora, nem nunca. É importante que você mantenha um pouco de dignidade. Era só isso que eu tinha para dizer."

Eleanor se levanta com um farfalhar de seda, colocando a mão na minha testa como se estivesse me abençoando, do mesmo jeito que Cosima fez na noite anterior à minha partida do palácio. Talvez ambas estivessem me amaldiçoando secretamente.

Então ela deixa o quarto. Respiro profundamente, como se tivesse esquecido de fazê-lo durante toda a conversa, e pego o espelhinho de mão no meu criado-mudo. O rosto no reflexo; os olhos tão azuis, os cabelos tão rubros. E vejo a mulher que assombra meus sonhos. Vejo minha mãe. *Eleanor estava falando de...* O mar. Preciso do mar.

Afasto as cobertas, me arrastando da cama e caminhando escadaria abaixo nas pontinhas destes pés maculados. Cada passo é intensamente ardente, ácido numa ferida aberta, lambendo as bordas com uma língua cáustica. A porta da frente aberta com força. Os degraus de mármore. E então o mar — *ah, o mar.*

Ele está me chamando, mas não fala comigo, não me chama mais de filha. Sua voz está tão perdida para mim quanto a minha própria, e eu não tenho certeza do que dói mais. Molho meus pés em suas águas, o alívio esmagador, jogo minha cabeça para trás para mostrar ao céu noturno a fenda onde minha língua costumava ficar. Eu gostaria de poder falar com alguém, queria ter alguém para segurar minha mão e me dizer que se importa comigo. Então percebo que estou solitária, e que tenho estado assim desde que consigo me lembrar. Percebo que uma parte de mim se despedaçou na noite em que minha mãe foi embora, naquela noite do meu primeiro aniversário. E não tenho certeza se sei como me recompor.

Meu pai disse que ela nos abandonou naquele dia, que preferiu satisfazer sua obsessão egoísta em vez de ficar em seu lar, com suas filhas. Ela está morta, dizia ele, foi capturada pelos humanos. Também disse que a teria salvado se isto não significasse colocar todo o reino em risco. (*Mas acho que devemos nos lembrar, meninas, de que talvez ela não merecesse ser salva,* completaria ele, à espera de nossos gestos em concordância. Ele precisava de provas de que era o maior alvo de nosso amor.) E, no entanto, o Capitão disse que nunca haviam capturado uma sereia. Ele saberia, com certeza, se fosse o assunto na região.

Eu prometi a mim mesma que descobriria a verdade sobre o destino de minha mãe, mas tenho ficado tão consumida por Oliver, por minha determinação em fazê-lo me amar, que me esqueci de Muireann do Mar Verde. E para quê? Oliver me incita sensações que eu não entendo, algo que não consigo designar. Mas... ele não me ama, é o que sua mãe diz — e nunca vai amar. Ele ama uma garota chamada Viola, e ela está morta. O que eu estou fazendo aqui?

Olho para o céu manchado de estrelas — restam apenas duas semanas para a lua cheia, duas semanas, e como vou fazer esse homem me amar se ele nunca está aqui para me ver, para testemunhar minha beleza? Quando estava no fundo do mar, eu pensava conhecer o desespero. Eu pensava conhecer a verdadeira solidão. Quando uma lágrima escorre pela minha bochecha, salgando meus lábios, percebo que estava enganada.

14

A bebida de Daisy perde efeito rapidamente agora, a dor corroendo o alívio com seus dentes afiados, lambendo os lábios e buscando mais carne para devorar.

"Por favor, deixa eu buscar ajuda pra você", implorou Daisy certa noite. O sangramento continuou de maneira incessante depois que ela tirou os curativos, e eu devo ter desmaiado de fraqueza, recuperando a consciência para flagrar o rosto de Daisy me encarando. "Isso já foi longe demais. Tenho medo por você", confessa ela, e fico com vergonha por fazê-la passar por isso. "Deixa eu só chamar um médico. A senhora Carlisle não precisa ficar sabendo", insiste ela.

Daisy me avisou sobre Eleanor, me dizendo para ter cuidado. "Você não pode confiar nela, Grace", alertou certa noite depois que todos já tinham ido dormir. "Ela me pediu... ela me pediu pra ficar de olho em você. Pra contar pra ela qualquer coisa estranha que acontecer. Se ela descobrir que guardei esse segredo...", Daisy empalideceu. "Eu preciso do emprego, Grace. Minha família depende do meu salário pra pagar a hipoteca."

Não sei o que é uma hipoteca, mas sei que Daisy tem sido mais gentil comigo do que qualquer outra pessoa daqui da superfície, e ainda assim fico dando trabalho para ela. Eu sou como o gato da cozinha, trazendo ratos mortos e colocando-os aos pés dos empregados, esperando gratidão em troca. Por que sempre causo problemas às pessoas que amo?

"Grace?"

Uma voz insistente e um cutucão em minhas costelas, e por um momento fico na expectativa de ver meu pai me olhando, sua filha caçula sonhadora, com uma expressão entre indulgência e irritação. Mas é Eleanor aguardando minha resposta. E dessa vez não é Sophia quem fica tentando me manter longe das encrencas, mas George. Ele sorri com simpatia, mostrando os dentes da frente ligeiramente tortos. *Eleanor*, articula ele.

"Eu disse que você parece cansada, Grace. Tem dormido bem?", pergunta Eleanor. Ela se vira para Daisy, que está servindo as mesas hoje à noite. "Daisy, Grace tem dormido bem?". Ela não responde, derrubando no chão uma colher de salada. "Daisy", repete Eleanor. "Eu lhe fiz uma pergunta."

"Ela tem dormido bem, sra. Carlisle."

"Ela não parece estar dormindo bem", rebate. "Mas você não mentiria para mim, não é, Daisy?" Todos os convidados riem discretamente à sugestão, e Daisy fica vermelha, entregando seu desconforto.

Há um lugar vazio ao lado de Eleanor. Oli não veio jantar esta noite; ele e Rupert tinham "deveres a cumprir", informara Eleanor antes de o jantar começar. Quais deveres poderiam ocupar Oliver a essa hora da noite? Deveres que envolvem Rupert, mas não George?

Eu tenho ficado presa aqui desde então, ouvindo os homens conversarem sobre política e guerra, ignorando suas companheiras. Eu não esperava tantas semelhanças entre este mundo e o do meu pai. Guerra e dinheiro ainda são domínio masculino, conversas sérias e cochichadas em ambientes privados com charutos. Enquanto isso, espera-se que as mulheres se enfeitem com joias e estejam agradáveis aos olhos. Os homens falam, as mulheres escutam. Todas as mulheres, exceto uma...

"E por isso, minha cara senhora", diz um cavalheiro mais velho de gravata-borboleta, apontando o garfo para Eleanor, "a Carlisle Shipping Company tem sido um grande sucesso."

"Sim, estou ciente disso", responde ela sem sorrir. "Afinal, eu sou a diretora-executiva."

Eu me levanto da mesa.

"Já vai sair?", pergunta Eleanor, e eu faço que sim com a cabeça. Um pé atingindo o chão (uma lâmina invisível talha fitilhos de minhas veias por mera diversão) e depois o outro (uma boca flamejante lambe a carne até ela virar cinzas), mas mantenho meu rosto impassível. Minha avó dizia que ninguém gosta de perceber as dores de uma mulher.

"Que elegância essa menina tem", ouço uma mulher murmurar assim que fecho a porta atrás de mim. "Ela é como uma Prima Ballerina. Ela poderia ter vindo da Rússia, não acha?"

"Não sabemos de onde ela é", responde Eleanor. "Mas vamos descobrir."

Uma ameaça, não uma promessa.

No corredor, paro aos pés da escadaria que leva ao meu quarto e me imagino subindo cada degrau. Meus pés desmoronariam, e meus ossos atravessariam a pele para se exibir ao mundo. Dou meia-volta e saio em busca de alívio. Descendo os degraus, as solas gritando no mármore frio, e lá está. Meu mar.

Obrigada, sussurro silenciosamente quando embebo meus dedos em suas águas. Eu tenho sentido tanto medo de morrer, mas pode ser que partir seja um alívio depois de tudo isso.

"Grace?" Uma voz atrás de mim. É Oliver, e, quando ele se aproxima, noto que seus olhos estão vermelhos. Eu não sabia que os homens tinham permissão para chorar. Soa como uma fraqueza; *coisa de mulherzinha*, diria Zale, sem dúvida.

"O que você está fazendo aqui?" Ele se senta ao meu lado, batendo as botas na lateral dos degraus. "Caramba, o que aconteceu com seus pés?", diz ele, espiando dentro d'água. "Grace, você está bem? Isso está horrível. Devo chamar o médico? Você está com dor?"

Balanço a cabeça. *Eu amo que você esteja preocupado comigo, Oliver, mas estou bem.*

"Tem certeza? Isso não parece normal."

Desvio o olhar dele. Às vezes me pergunto se algum dia serei normal, seja acima ou abaixo da superfície.

Ele dá de ombros. "Você que sabe, acho." Ficamos sentados lado a lado, de frente para o oceano, os dois calados. Ele permanece em silêncio porque assim deseja ficar, enquanto eu estou explodindo com tantas palavras que não sou capaz de expressar. Eu sinto como se elas estivessem preenchendo todas as minhas veias e artérias, o alfabeto entalhado em meus ossos, letras espiraladas pelo meu corpo. É incrível como fui presunçosa ao abrir mão da minha voz; e quão pouca importância eu dava a ela. Desde que fui silenciada, tudo o que quero é poder falar.

"É lindo", comenta Oliver, ainda admirando a vista. Eu mesma nunca tinha pensado no mar como algo bonito antes. Era só o meu lar, e, mais do que isso, era o lugar de onde eu queria fugir. O mar significava Zale e seus olhos no meu corpo, e depois suas mãos. Significava meu pai exigindo que eu cantasse para seu mero deleite. Significava Cosima chorando em seu travesseiro. Perguntas sobre a minha mãe que jamais teriam resposta, por mais que eu implorasse. E agora eu só tenho duas semanas para resolver tudo. Eu não quero morrer com o nome da minha mãe congelado em meus lábios.

"Costumávamos sair para velejar o tempo todo... antes", diz Oliver. "Meu pai adorava estar na água."

Sim. Continue. Pode confiar em mim.

"Você teria gostado do meu pai", continua ele, esfregando os braços nus quando a pele se arrepia devido ao frio. "Ele era engraçado, sabe? E sempre tinha tempo para mim. Não importava o quão ocupado estivesse, ele jogava comigo e me colocava na cama de noite. Não é como a minha mãe. A única coisa com a qual ela sempre se importou foi com essa empresa estúpida. Ela fez meu pai se afastar. Nada disso teria acontecido se não fosse por ela."

O olhar dele está distante, absorto. Toco seu antebraço e ele se afasta. "Merda, Grace. Você me assustou."

Meu toque o assusta?

"Ultimamente eu tenho me assustado com tudo", justifica ele em voz baixa. "Eu nunca mais saí para velejar desde o acidente; sou um merda de um covarde. E eu praticamente cresci em barcos. A vela está na minha família, do lado paterno e materno, embora tenha sido meu bisavô Blackwood o responsável por abrir a empresa. Minha mãe mudou o nome para Carlisle quando se casou com meu pai, numa tentativa de fazê-lo sentir-se parte disso ou alguma bosta assim." Ele projeta a mandíbula, como se estivesse ávido por uma briga. "Na verdade teria sido melhor se ela tivesse dedicado mais tempo à família. Talvez isso teria feito meu pai feliz."

Dou um aperto em seu braço e ele relaxa. "Desculpe", diz. "É só que... eu odeio o fato de não ter voltado a velejar. Meu pai ficaria decepcionado comigo. Nós costumávamos velejar juntos em todos os tipos de clima, e eu não sentia medo naquela época. Independentemente do que houvesse. Eu vi algumas coisas estranhas, Grace."

Arregalo os olhos, muito embora eu saiba mais sobre o que as verdadeiras profundezas do mar têm a oferecer do que ele poderia imaginar. Acho que ele gosta de explicar as coisas para mim. Descobri que isso faz jus à maioria dos homens.

"Mas o mar também tira coisas de você, por mais bonito que seja", continua ele. "Ele suga as pessoas e cospe seus corpos. Meu pai. Todos os meus amigos. Não sei por que eu também não morri; eu deveria ter morrido naquela noite." *Você sobreviveu por minha causa, Oliver. Eu salvei você.* "O mar levou ela também", continua. "Jesus. Eu ainda não consigo acreditar."

Apoio a cabeça em seu ombro, mas ele não parece notar. "Não era nem para termos saído naquele dia. Rupert disse que não era seguro, ele achava que ia ter uma tempestade. Implorou para ela não ir também, Viola me contou em algum momento. Mas isso só a deixou mais determinada." Ele engoliu em seco. "George também não quis ir, não quando ouviu a palavra 'tempestade'; ele não é muito fã do mar. Mas Viola...", a voz de Oliver vacila quando ele diz o nome dela, e meu coração também. "Ela não dava a mínima. Quis sair de qualquer jeito. *Não seja tão careta, Oli*, me disse." Ele esfrega os olhos, se acalma antes de falar novamente. "Desculpe, Grace, eu sei que é muita coisa para jogar em cima de você. Mas você é uma boa ouvinte."

Ele me fita e seus olhos estão mais meigos; algo dentro de mim se derrete também. Acho que ele vai pedir pela minha boca novamente. Eu me inclino, só uma fraçãozinha. "E desculpe por ter beijado você naquela outra noite", acrescenta.

Não. Não é isso que ele tinha que dizer. "Foi errado da minha parte. Você estava linda e eu — eu me empolguei, acho. Me desculpe mesmo." Ele geme. "Agora estou te constrangendo. Estou *me* constrangendo." Ele me observa. "Eu gostaria de saber o que você está pensando agora", confessa. "Tudo seria muito mais fácil se você conseguisse falar."

Eu o observo enquanto ele se ergue. Oliver se inclina para bagunçar meu cabelo como se eu fosse uma criança ou um bicho de estimação. “Boa noite, Grace.”

E aí vai embora. E qualquer esperança que eu pudesse ter se despedaça dentro de mim.

Muirgen.

Endireito a coluna ao som do meu antigo nome, como num reflexo.

Muirgen.

Avanço, como se para me impulsionar na água, mergulhar para encontrar quem quer que esteja me chamando. Mas não posso fazer isso, percebo. Eu me afogaria, esses pulmões fracos vociferariam por piedade. Já vi o que acontece com humanos que tentaram encontrar sereias.

Muirgen. Volte. Precisamos de você.

Acho que estou vendo a mão de alguém se esticando da água, me estimulando a me aproximar. *Vovó?* A tristeza me atravessa, como uma foice cortando algas marinhas.

Preciso me afastar do mar antes que eu ceda à tentação e me aniquile sob as ondas. Meu desejo de sentir o gosto do sal é forte demais.

Tento ficar de pé, mas caio, o chão rasgando meus joelhos, mais sangue derramado, encharcando a pedra reluzente. E eu não posso pedir ajuda. Quando a Bruxa do Mar pediu minha voz, não pensei na eventualidade de precisar gritar para alguém me salvar. Subo rastejando pelos degraus, ancorando estas pernas decadentes. Ouço o mar atrás de mim, alguém me chamando, clamando meu nome; implorando para eu voltar para casa.

Mas como vou fazer isso? O mar não é mais meu lar.

15

Nos meus sonhos, eu retorno ao mar.

Eu estava nua, mas não tinha vergonha, não da maneira que os humanos me ensinaram a ter. *Gaia*, sussurra a água, e eu ouvia sua voz outra vez. *Gaia, volte para casa.*

Vi minhas irmãs. Minha avó também, uma sombra sangrando escura ao redor de um olho enquanto ela afundava, como se tivesse se esquecido de como flutuar.

E vi o Rei dos Mares. Ele estava mais distante do que os outros, com Zale ao seu lado, um exército de tritões atrás de ambos. Todos armados com lanças, as Rusalka mortas empaladas, os olhos dos guerreiros inchados e injetados. *Vamos buscar você*, dissera meu pai. *Prometo fogo e fúria em proporções que o mundo humano nunca viu. E matarei esse homem se ele tiver ousado botar um dedo na filha do Rei dos Mares.*

Não, eu protestara, e no sonho eu conseguia falar de novo. Minha voz era nítida, forte. Eu tinha me esquecido de como soava bem e não consigo acreditar na facilidade com que permiti que fosse silenciada. *Você não pode machucar Oliver.*

Ela o ama, papai, choramingara Cosima.

Ama?, dizia meu pai. *Você sabe o que eu faço com sereiazinhas que se apaixonam por humanos?* Um filhote de arenque se afastara de seu cardume e meu pai mantivera o contato visual comigo ao enfiar o tridente no peixe. *Tenha cuidado*, dissera meu pai ao arrancar a cabeça do bicho agonizante. E eu fiquei vendo o bicho morrer.

Então acordei, tentando gritar. Agarrei minha garganta, me esquecendo de que tinha perdido a voz, de que nunca mais poderia pronunciar o nome da minha mãe. Dobrei os joelhos junto ao corpo, apertando-os com força de encontro ao meu peito. Tive certeza de que ouvi meu coração vacilar ali dentro.

Houve uma mudança depois daquela noite na beira do mar. Oliver voltou a ficar à vontade em minha companhia; parou de se esconder de mim. E, conforme a esperança — ah, aquela esperança traiçoeira — volta a crescer dentro de mim outra vez, percebo que preciso me esforçar mais se quiser conquistar o amor dele a tempo.

Começo a rir de todas as piadas de Oliver, mesmo que eu não as entenda. Dou risada com os olhinhos brilhantes, do jeito que vejo as mulheres fazendo nos jantares.

Fico esperando à porta dele pelas manhãs, levando um copo de suco fresco. "Obrigado, bonequinha", agradece ele, como se não conseguisse decidir se sou uma irmã ou uma empregada. Linda demais para ser ignorada, calada demais para ser boa companhia. Sendo assim, devo me tornar indispensável.

"Grace", diz ele, surpreso, assim que abre a porta do seu quarto certa manhã e me flagra à espera. Aponto as escadas. *Vamos tomar café da manhã juntos?* Vou andando com ele até o laranjal, onde Eleanor está detalhando o esquema de assentos para o jantar daquela noite. "Não", discorda Oliver assim que vê o mapa dos lugares nas mãos dela. "Grace vai se sentar ao meu lado."

"Mas..."

"Mãe, se você quiser que eu vá a esse negócio, então Grace fica do meu lado. Do contrário, posso encontrar facilmente outros jeitos de ocupar meu tempo. Qual vai ser?"

Eleanor assente, mas noto sua mandíbula contraída de um jeito que eu sei que significa que ela está furiosa. Ela sempre ficou de olho em mim, mas comecei a ficar de olho nela também. *O que você sabe sobre a minha mãe, Eleanor Carlisle? O que você sabe sobre a mulher com cabelos tão ruivos quanto os meus?*

Oliver permitiu que eu voltasse a participar de suas excursões vespertinas, insistindo para que eu acompanhasse "os rapazes" em suas farras. Desta vez eu não demonstro cansaço, não importando o horário em que a coisa toda termina.

"Ela precisa mesmo vir todas as vezes? Ela não consegue parar de *encarar* você, é bizarro", ouço Rupert reclamando quando ele e Oliver estão selando seus cavalos nos estábulos. "Além disso, pensei que esta aqui fosse uma zona livre de garotas."

"Você nunca se importava quando Vi se juntava a nós", rebate Oliver. "De todo modo, Grace é diferente", continua ele quando Rupert não diz nada. "Ela não é como as outras garotas."

Eu já vi o suficiente deste mundo para perceber que isso é um elogio, mas nem assim apazigua meus medos. Outras garotas podem ser carentes e exigentes, insistindo que suas necessidades sejam tão válidas quanto as de Oliver e que devam ser mimadas de acordo, mas as outras garotas conseguem correr, andar e dançar durante horas. Outras garotas conseguem rir. Outras garotas conseguem conversar; dizer a Oliver tudo o que ele necessita ouvir. Eu tenho que ser *melhor* do que as outras garotas se quiser sobreviver.

Meu sono ainda é esquivo. Todas as noites, a água me chama, prometendo um alívio ante essas dúvidas opressoras. E, todas as noites, Oli e eu nos reencontramos na praia.

"Gosto de te ver aqui", diz ele, e em seguida começa a falar num rompante, como se tivesse passado o dia inteiro prendendo a respiração. A vida inteira, talvez. "As pessoas ficavam falando que meu pai tinha enlouquecido", me conta, "mas ele só estava sob uma pressão imensa. Minha mãe nunca lhe dava sossego." Ele estala as juntas dos dedos, uma a uma. "Sempre enchendo o saco dele — como ele devia se vestir, com quem devia conversar. *Veja estes números, estas contas.* Aquela porcaria de empresa. E agora ela está fazendo o mesmo comigo, Grace. Eu não quero me meter com esse assunto — ficar obcecado por números, previsões e lucros. Não sei por que ela não pode simplesmente administrar a coisa toda do jeito dela e só."

Porque ela não consegue. Eles não confiam em Eleanor porque ela é mulher. Se eu consigo enxergar isso depois de tão pouco tempo, por que Oli não consegue? Mas se sempre foi assim, quem sou eu para desafiar as regras? E como eu poderia? Se nem consigo falar, me dou conta de repente, não posso mudar nada.

"Eu só queria", continua Oliver, interrompendo meus pensamentos, "que as coisas voltassem ao que eram, muito tempo atrás. Antes do acidente do meu pai." Arqueio minhas sobrancelhas numa interrogativa. "Aconteceu um acidente", explica ele, o rosto tão severo que é difícil olhá-lo. "O barco do meu pai ficou destruído; ele foi encontrado caído numa praia. Foi um milagre ele estar vivo, disseram — mas ele nunca mais foi o mesmo depois daquilo. Não saíamos mais para velejar. Ele ia à praia sozinho — retornando ao lugar onde foi encontrado, se embrenhando no mar e toda vez nadando para cada vez mais longe." Oliver pressiona os olhos com as palmas das mãos. "E um dia ele parou de ir", prossegue ele. "Enfiou-se no quarto, e eu não tinha permissão para entrar, então eu ficava do lado de fora. É a única coisa que consigo me lembrar daquela época, a porta trancada e o cheiro de tinta fresca lá dentro. Eu era pequeno, não entendia o que estava acontecendo. Deveríamos tê-lo mantido em casa", murmura ele para si. "Eu falei para ela, meu pai preferiria ficar em casa, mas..." Ele funga de novo para conter as lágrimas, e eu finjo que não noto. "Eu jamais teria sobrevivido se não fosse por George e Rupert", diz ele. "E Viola." *Viola, Viola.*

Em outra noite, ele me contou mais a respeito de Viola. É uma coisa boa, muito embora seja doloroso ouvi-lo falar dela de uma forma tão íntima. Mas significa que ele confia em mim. "Nos conhecemos quando éramos crianças", recorda, deitado na areia. O céu parece tão pertinho essa noite, como se você pudesse encher sua boca de estrelas se quisesse. "Cinco, talvez seis anos. Foi na época em que meu pai morreu, em todo caso. Eu precisava me divertir um pouco, sabe?" Ele olha para mim, suplicante, como se pedisse minha absolvição. "E Viola *era* divertida. Ela sempre era a primeira a escalar uma árvore, por mais alta que fosse, ou a se desafiar a mergulhar de um penhasco, ou a fugir de casa quando estava de castigo. Ela era destemida. Era minha melhor amiga."

A fúria fervilha dentro de mim, como sobras de carvão em brasa. Viola por acaso abriu mão de sua família por ele? De sua voz? Mudou seu corpo para agradá-lo? *Por que o assunto sempre volta para Viola Gupta?*

"Obrigado", Oliver sempre diz ao final dessas conversas. "Você é uma boa ouvinte. Não consigo conversar com mais ninguém sobre isso."

Ele confia em mim. Sou sua confidente. Daisy me conta o que o mordomo de Oliver diz; que os pesadelos dele pararam, que ele não chama mais o nome de Viola durante o sono. Isso tem que ter alguma importância. Isso tem que significar *alguma coisa*.

E, mesmo assim, ele ainda não me beijou.

Estamos na beira do mar de novo. Oliver encara a água enquanto fala. Eu nunca conheci alguém tão tagarela. O céu escuro acaricia a noite delicadamente. Nenhuma lua para iluminar nosso caminho.

"Aqui", diz Oliver, segurando uma concha junto ao meu ouvido. *Uma concha-rainha*, quero informar a ele quando vejo a casca pêssego e opala. *Lobatus gigas*. É incomum encontrar essa espécie nestas águas.

"Ouça", estimula ele, e eu encontro o som de casa capturado na carapaça. "Consegue ouvir?" Ele a afasta de mim, pressionando-a de encontro ao próprio ouvido, e me contenho para não arrancá-la de suas mãos. "Meu pai me mostrou isso", diz, atirando a concha longe, na areia. "Antes de pirar."

Eu ouço Oliver respirando — inspira, expira. Eu quero segurá-lo tal como a uma concha e ouvir seu coração. Ouvir a casa dele.

"E ele pirou mesmo, Grace", continua. "Costumávamos encontrar ele aqui, no meio da noite. A água até os joelhos, berrando para o mar. *Volte!*, ele ficava gritando. *Volte!*" Oliver permite que o silêncio nos cubra. *Por quem seu pai gritava? Quem foi que o abandonou?*

Se eu tivesse a minha voz, o que eu lhe diria agora? Será que ele ao menos iria querer me ouvir? Ou ele só me vê como um poço dos desejos, uma caverna na qual pode lançar suas palavras, esperando que atinjam o fundo?

"Sinto muita saudade dele", admite. "Sinto saudade de todos eles." Ele se levanta, a cabeça jogada para o céu. *Eu costumava olhar para cima*, quero contar a ele. Eu olhava para cima porque achava que aqui seria melhor.

Ele estende a mão para me ajudar a ficar de pé, antes de se voltar para a casa. "Mas talvez finalmente tenha chegado a hora de lhes dar paz."

16

Oliver me leva até o meu quarto, e eu não manco nem uma única vez. Ele não consegue me enxergar como nada menos do que algo perfeito. Lá dentro, me sento à poltrona perto da janela, e ele me cobre até o pescoço com um xale de tweed cinza e verde. Admiro a lua crescente. Logo estará cheia. E então meu tempo vai acabar.

A casa está estranhamente silenciosa, tão quieta quanto a noite em que saí escondida do palácio do meu pai. Apoio a testa contra a vidraça, a respiração embaçando o vidro. Não quero pensar no tempo escorrendo pelos meus dedos. Faço menção de me levantar, me equilibrando nas laterais dos pés, então saio cambaleando feito um caranguejo, rumo ao corredor.

Agora que não tem ninguém para me flagrar, posso examinar as fotografias com mais atenção. Há muitas delas, a maioria presumivelmente registrada por Eleanor, pois apenas Oliver e seu pai estão nas imagens. A exceção é uma foto do casal no dia do casamento; Eleanor linda num vestido liso simples, os cabelos um halo de cachos bem apertadinhos ao redor da cabeça. Ela está olhando para seu marido com adoração, mas ele está rindo de alguma piada, apontando para alguém fora do enquadramento. O famoso Alexander Carlisle. Ele se parece com Oliver; as mesmas feições cinzeladas, aquele brilho de malícia nos olhos. Eu me pergunto o que ele acharia de mim caso ainda estivesse vivo. Será que ele me veria com desconfiança, igual a Eleanor? Ou seria mais acolhedor? Pode ser que meus encantos sejam mais persuasivos com os homens.

Paro diante do quarto de Oliver, colando o ouvido à porta de madeira. Lá dentro, um som alto de roncos e um ruído de raspagem quando a respiração sai num assobio pelo nariz. Nenhuma dificuldade em dormir, pelo visto, tal como acontece comigo.

Saio andando pela casa. É muito mais agradável a essa hora da noite, sem a algazarra dos empregados, dos amigos de Oliver, e de Eleanor me observando e esperando que eu cometa um erro. Pode ser um tanto desgastante fingir que você é algo que não é. Sigo mancando, avançando ao longo do corredor sinuoso, mais longe do que jamais fui. No final, há uma curva para a esquerda. As fotografias desapareceram, o tapete foi se tornando desgastado, puído em seus remendos. Há apenas uma porta à minha frente, a tinta bege descascando da madeira como se tivesse sido arranhada por unhas bem afiadas. Um cheiro de mofo flutua do âmago e há uma gravação tocando, aparentemente colocada para repetir, uma voz melancólica cantarolando acima do som das ondas que se quebram na areia sofredora. Então me flagro entrando, como se contra a minha vontade, como se uma correnteza tivesse me capturado e estivesse me arrastando pela porta.

O cômodo está livre de qualquer mobiliário, as persianas fechadas, a poeira acumulada nas ripas grossas. As paredes estão pintadas num padrão semelhante a ondas, mas aquelas no ápice de uma tempestade, os peixes redemoinhando em pânico, buscando o fundo do oceano. Há telas espalhadas para todos os lados, desenhadas grosseiramente, sem aquela habilidade genuína, mas está bem nítido que todas mostram o mesmo rosto. Olhos tão azuis e cabelos tão ruivos. Uma mulher tão linda que é quase artificial. Estendo a mão para tocar uma delas, meus dedos acariciando a tinta. Estou vagando pelos meus sonhos enquanto encaro aquele rosto, nadando pelas canções da minha infância. Não parece real.

É a minha mãe.

"O que você está fazendo aqui?" Meu coração acelera e ponho a mão no peito, como se estivesse tentando controlar os batimentos.

"Eu fiz uma pergunta." É Eleanor. Há quanto tempo ela está ali? Ela me seguiu desde o meu quarto? Ela me viu caminhando de maneira tão peculiar? "O que você está fazendo aqui, Grace? Como você abriu a porta?"

Ela usa uma camisola de renda bege, seu cabelo protegido por uma touquinha de seda. Seu rosto está sem maquiagem, e ela parece mais jovem do que no dia a dia, mesmo com as leves olheiras.

"Oh", exclama ela. "Você não tem como explicar porque não tem voz. Que conveniente." Ela olha ao redor, comprimindo a boca. "Veja só estas monstruosidades", resmunga, passando de uma pintura a outra. "Este era o quarto de Alexander", continua como se fosse a guia de um passeio; sempre a anfitriã educada. Encaro a porta aberta ansiosamente. "Mantive exatamente do jeito que ele gostava, ou do jeito que ele deixou, em todo caso. Ele ficou enfurnado aqui durante meses, Grace. *Meses*. O fedor." Ela enruga a cara de nojo. "Se dependesse de mim, eu queimaria tudo aqui. Mas eu não posso fazer isso, posso?"

Permaneço imóvel. "Não, eu não posso. Não posso fazer isso porque Oliver ficaria furioso comigo, e ele já tem andado com raiva o suficiente hoje em dia, não é? É *tudo culpa minha*, veja só. Tenho certeza de que ele falou isso para você. Sua mãe resmungona... Tudo minha culpa por ter providenciado cuidados adequados para Alex." Ela passa um dedo no rosto da imagem de minha mãe. "Eu não estava dando conta de cuidar dele, Grace, não aqui, e eu tinha um negócio para administrar. Nós tínhamos contas a pagar. Todos esses empregados dependem de mim para ter sustento. Isso sem mencionar os acionistas. Oliver gosta de seus luxos, meu Deus, as *dívidas* que esses meninos são capazes de gerar. Ele não quer nem saber de onde vem o dinheiro. Ele prefere me culpar por tudo enquanto continua gastando o que eu ganho."

Eu não gosto dessa versão do Oliver descrita por ela. Alguém egoísta, fraco. Um homem disposto a abusar de sua mãe ao mesmo tempo que usufrui ao extremo dos privilégios que ela oferece. Esse não é o Oliver que eu conheço, meu Oliver é bom e decente e... (*É mesmo, Gaia?*, sussurra uma voz dentro de mim. *Ele é isso mesmo?*) Queria poder cobrir meus ouvidos com as mãos, ficar surda a tais revelações, em vez de apenas muda.

"Veja só isso", comenta Eleanor diante de uma pintura. Aquela linda mulher (minha mãe, *minha mãe*) com os cabelos esvoaçantes, como se flutuasse no mar. "Aparentemente, a culpa por ele ter enlouquecido foi minha. É isso o que Oli pensa. Que eu o *emasculei*."

Ela se agacha até o quadro ficar na altura de seus olhos. "As mulheres sempre levam a culpa. Você já notou isso? As esposas são as implicantes. A amante é uma piranha por trair a irmandade. E os homens simplesmente saem pela tangente. Criamos expectativas tão baixas em relação a nossos rapazes, não é mesmo, Grace?"

O quarto parece se encolher, como se houvesse menos oxigênio para partilharmos. O cheiro, o som da água, todos esses quadros com o rosto da minha mãe... Preciso sair daqui, e depressa.

"Éramos amigos de infância, Alex e eu", continua Eleanor, de pé outra vez. "E ele era cativante, mesmo naquela época. Todo mundo gostava dele. E até que me toleravam bem, embora garotas inteligentes nunca sejam lá muito estimadas." Eu não sei por que ela está me contando tudo isso. As pessoas se sentem tão à vontade para me contar suas histórias, já que têm certeza de que não vou repeti-las por aí. Vou ficar cheia com tantos segredos. Eleanor estala os nós dos dedos, exatamente como Oliver, mas ela o faz mais lentamente, cada estalo deliberado, ecoando pelo ambiente. "A família dele era muito ilustre, mas não tinha mais dinheiro — dívidas de jogo. Bem. Eu precisava de Alex, e Alex precisava de dinheiro. E, Deus sabe, se tinha uma coisa que minha família possuía, era dinheiro. Eu estava apaixonada por ele." Ela se vira para mim, seus olhos brilhantes. "Não importava o que meu pai dizia — que Alex era preguiçoso, que só ligava para diversão. Bem, eu queria me divertir, para variar. Diversão, a ideia me agradava. Eu nunca me importei com beleza. A beleza se esvai, não há *fidelidade* nela. Minha mãe me dizia que era melhor cultivar minha perspicácia, minha inteligência. Se eu tivesse tido uma filha, teria dito a mesma coisa para ela. Eu teria feito dela uma mulher forte. Uma mulher precisa ser forte para sobreviver."

Imagino como teria sido ter Eleanor como minha mãe. Imagino como teria sido ter mãe, qualquer uma que fosse.

"Alex e eu éramos felizes até o acidente. Até que ele voltou do mar... diferente. Eu o amava..." Agora ela está sussurrando, andando para lá e para cá. "Eu o amava, eu o amava, eu o amava. *Eu o amava.* Eu amei você, Alex. Por que você quis me abandonar? Você não pode ir embora, eu não vou deixar você ir embora. O que as pessoas vão dizer?"

Fico tonta conforme meus olhos a acompanham, minhas axilas suando. Um calafrio escala minha espinha, osso por osso. Então um amor não correspondido é assim? É isso que a veneração a um fantasma faz com você? É isso que o futuro me reserva se eu conseguir incitar Oliver a me escolher? Deitada insone à noite para o caso de ele evocar o nome de Viola durante o sono?

Vou me afastando cautelosamente dela, deste quarto e de todos os espíritos assombrados que ele contém.

"Grace", chama Eleanor, levantando a cabeça de repente. Congelo quando ela aponta para o quadro diante de si. "Esta mulher. Quem é ela?"

Eu me esqueço de respirar. "Grace", diz ela com uma voz peculiar. "Grace, olhe para ela. Olhe para ela, estou mandando. Por que ela se parece tanto com você, Grace?" Eleanor se aproxima, os olhos queimando como se ela estivesse com febre. "Quem é você?"

Balanço a cabeça. *Eu não sei.* Acho que eu nunca soube. Por favor, me deixe em paz. Me deixe em paz.

"Quem é você?", grita Eleanor, o som perfurando meus tímpanos. *"Quem é você?!"*

Eu saio correndo do quarto, meus pés se desfazendo. Fujo dessa mulher ensandecida o mais depressa que posso.

17

"Levante." Daisy me chacoalha para me acordar. "Vamos, Grace, você vai perder o café da manhã."

Eu mal escuto ("Muito bacana... tem sido... dançar... não acha?") enquanto ela banha meus pés. Sento-me na cama enquanto Daisy fuça o guarda-roupa tentando encontrar o traje perfeito para o dia que me aguarda. ("Você não acha...", Daisy continua resmungando. "Seria muito bom se... Mal posso esperar por...")

Será que eu imaginei a noite passada? Meus sonhos têm sido tão vívidos recentemente. O tal quarto existe mesmo? Como posso ter certeza?

Se a noite passada aconteceu, então o que significa? Minha mãe se apaixonou pelo pai de Oliver? Ela abandonou o reino para criar uma nova vida ao lado dele, longe de suas filhas? É por isso que ela me batizou Gaia, um nome que significa "provinda da terra"? Muireann do Mar Verde me amaldiçoou com a sede por viagens e uma sede por ar seco que nunca arrefecia. E depois — o que aconteceu? O que aconteceu para fazer minha mãe evaporar e deixar Alex Carlisle louco em sua busca por ela? *Onde minha mãe está?*

"Grace." Um leve puxão nos meus cabelos quando Daisy passa uma escova pelos fios. "Acho que você não ouviu uma palavra do que eu disse esta manhã." Eu olho para ela, sem expressão, e Daisy suspira. "Deixa pra lá", diz. "Você vai saber das notícias logo, logo."

Olho sorrateira ao longo do corredor para vislumbrar aquele quarto de novo, entretanto, a porta está trancada. Não tem mais o som de ondas rastejando sob as tábuas do assoalho, nenhum cheiro de mofo.

"O que você está fazendo aqui?", pergunta Daisy. Eu não percebi que ela havia me seguido. "Tem anos que não abrem aquela porta. E, meu Deus, eles precisam botar um carpete novo naquele piso, está bem desagradável." Ela olha para o relógio de pulso. "Agora anda logo, você vai se atrasar."

No andar de baixo, flagro a casa explodindo de agitação, desvairada de um jeito que nunca vi. Respiro fundo, rezando para ninguém olhar para mim. *Por que sempre tem tanta gente aqui?* Dezenas de empregados vagueiam enquanto ando devagar, bem lentamente, sentindo o sangue entre os dedos dos pés.

"Tudo bem, senhorita?", pergunta uma das empregadas com preocupação, parando seus afazeres. Devo estar demonstrando meu abatimento. Que indelicado da minha parte.

Há empregados engatinhando no corredor, polindo o piso de madeira até deixá-lo brilhando. Mais empregados sobre escadas, baldes de água com sabão na mão enquanto lavam os vitrais. Indo e vindo, eles seguem às pressas, carregando enormes arranjos de flores, bandejas de prata e taças de cristal lapidado. *Coupe, flute, coquetel, vinho, shot.* Recito seus nomes silenciosamente, me lembrando das aulas com Daisy no início de tudo, quando eu apontava para um objeto e ficava esperando que ela me dissesse seu nome. Naquela época, eu achava que precisaria saber o nome de tudo neste mundo.

"Ei, cuidado", disse uma criada a uma garota que estava trazendo um rastro de lama de lá de fora e vagando pelo saguão, espantada por estar ali.

"Desculpe", resmunga a menina com indiferença. É Ling, percebo, a empregada. Lembro-me da mão de Rupert agarrando o seu braço. Ela está pálida, tão magra agora que seu uniforme parece pelo menos dois números acima do tamanho certo. Estremeço. *Eis aqui uma Rusalka prontinha.* Mais uma mulher humana incendiada por um homem insaciável, ávida por engolir o mar para poder apagar as chamas em seu coração. Ela vai lamentar seu destino pelos próximos trezentos anos. Vai encantar marinheiros até seus túmulos para saciar sua vingança. E apesar de tudo o que já me contaram sobre as Salka, que embora elas tenham matado meu tio Manannán e jogado minha mãe nos braços do Rei dos Mares, eu não as culparia. Sempre nos disseram para odiá-las, mas de que outra forma elas deveriam ter agido? As Salka morreram com lágrimas congelando em seus olhos, soluços engasgados em suas gargantas; seus corações pesados com a traição. Talvez minha avó estivesse certa. Talvez elas devam ser dignas de pena em vez de desprezo, afinal.

O laranjal também está cheio de empregados, todos lustrando os talheres de prata. Vou mancando até a sala de estar. Eleanor e Oliver estão lá, e ele está bebendo vinho. Eleanor está com a mandíbula trincada de novo, mas dou um sorriso. Afinal, ele gosta de mim porque eu não o julgo.

"Grace", saúda Oliver, a voz soltinha por causa da bebida. "Você está particularmente radiante hoje. Grace não está deslumbrante, mãe?"

Eu me sento em frente a Eleanor, mas ela não me cumprimenta. Observo-a com afinco para ver se ela vai me dar qualquer sinal de que o ocorrido na noite anterior foi real.

"Bom dia, Grace", diz ela por fim. Sua expressão está serena, sem sinais de estresse ou insônia. Será que imaginei tudo? Será que foi apenas um sonho febril conturbado, uma manifestação dessa necessidade incômoda de saber o que aconteceu com a minha mãe?

"Gostaria de beber alguma coisa?", pergunta Oliver, balançando uma garrafa para mim. "Ficar em clima de festa!"

Festa?

"Oliver", diz Eleanor em tom de alerta. "Tem certeza de que essa é a melhor ideia?"

"Dá licença, mãe", retruca ele. "Resolvi que vamos ter uma festa, sendo assim, vamos festejar."

Eleanor se levanta, alisando os amarrotados do vestido. Vai até Oliver e coloca a mão em seu rosto. Ela parece tão triste, tão distante da ferocidade que demonstrou na noite passada (*um sonho, Gaia, claramente foi só um sonho*), que nem sequer consigo associar as duas mulheres. "Oliver", insiste, e ele aninha a bochecha em sua palma. "Oli, meu querido. Deixe-me ajudar você."

"Mamãe...", Oliver fecha os olhos por um segundo, e então a repele. "Não seja ridícula, mãe. Sou adulto e preciso viver minha vida. Grace concorda comigo, não é, Grace?"

"*Grace?*", provoca Eleanor, saindo para olhar o jardim. "O que diabos Grace tem a ver com isso? Ela nem consegue falar."

"Não fale assim da minha amiga", ralha ele. (*Amiga?* Um golpe, mas continuo sorrindo. Boas meninas sempre devem manter o sorriso.) "Você gostaria de uma festa, não é, Grace?"

Ele assente como se eu tivesse falado. "Então está decidido. Precisamos seguir em frente, todos nós. No mês que vem já vai fazer um ano desde que..." Ele se cala, sua mãe ainda de costas para nós. Um ano desde o naufrágio. Um ano desde o aniversário dele — e o meu. "Uma festa vai ser uma boa distração", diz Oliver. "E vamos convidar o condado inteiro."

"Todo mundo? Oliver, nossos amigos também perderam entes queridos naquele dia. Seus *filhos*. Os Gupta perderam dois. Eles... eles perderam muita coisa."

"E eu não?"

"Perder um filho é diferente, Oliver. Você é jovem demais para entender."

"Não venha me dizer o que eu consigo ou não consigo entender, mãe. Eu preciso disso." A voz esganiçando a um choramingo. *Oliver sabe ser tão...* Não. Não tenho tempo para criticar Oliver, ou desejar que ele fosse diferente. Ele é o meu destino. Minha única esperança de sobrevivência. "Estou pensando em uma festa no jardim, já que o clima tem andado tão bom nas últimas semanas. E depois..." Oliver hesita. "Depois vamos transferir a festa para um dos iates. Não é como se não tivéssemos uma boa quantidade deles." Os ombros de Eleanor ficam visivelmente tensos. "Um dos antigos do meu pai."

"Qual deles?", pergunta ela, contundente, e eu começo a ficar angustiada sem saber exatamente o motivo.

"O *Muireann*", responde Oliver, aquele nome tropeçando em sua língua como se não fosse nada. "Era o barco favorito do meu pai."

Muireann.

"Não", interpela Eleanor, seu rosto empalidecendo. "Não, Oliver, eu proíbo isso. Qualquer barco, menos aquele. É amaldiçoado."

"Não seja ridícula, mãe."

"Oliver. Estou implorando." Eleanor está tão pálida agora que é como se estivesse em seu leito de morte. O *Muireann*. O pai de Oliver batizou seu barco predileto em homenagem à minha mãe. A noite passada foi real, afinal de contas; deve ter sido — o quarto trancado, cheio de quadros, Eleanor berrando comigo. *Aquele quarto.*

"Você pode dar a maior festa que quiser e convidar todo mundo do condado", implora Eleanor. "Mas não ponha os pés naquele barco."

"Eu quero usar o *Muireann*." O olhar dele reluz em cima de mim. "Você está bem, Grace?", pergunta. "Você está esquisita."

O nome da minha mãe, o nome que eu pensei que nunca mais ouviria pelo resto dos meus dias.

Minha mãe esteve aqui. Eis a prova. Ela esteve *aqui*.

"O que você vai vestir?", pergunta Daisy ao abrir as portas do guarda-roupa, fazendo uma careta enquanto revira os vestidos pendurados.

"Fico feliz que Oliver tenha resolvido dar fim ao luto", continua Daisy. "Você ficaria linda de azul, com esses olhos... Não, *calma*. Verde! Verde ficaria espetacular em você."

Oliver resolveu fazer a festa na sexta-feira porque é lua cheia — "Então o visual vai ficar fantástico do barco, você não concorda, Grace?". Ele está muito animado com essa festa, sem desconfiar que pode ser o dia em que vou me deparar com meu fim. Será que ele ao menos vai sentir minha falta? Do mesmo jeito que seu pai sentia falta da minha mãe, berrando para o mar devolvê-la a ele?

Oliver tem o poder de salvar minha vida — se ele ao menos soubesse disso —, e a única coisa que o preocupa é a quantidade de champanhe que vão servir. "Tem que ser especial", diz ele ao planejador de eventos, um homem magricela de gravata estampada. "Quero que seja a festa mais inesquecível para todo mundo deste condado."

Tenho um lampejo breve de que Oliver sabe ser bem mimado com suas competições de quem bebe mais e agora essa festa ridícula. E ele sabe ser um tanto mal-humorado e difícil e... Eu afasto essa preocupação assustadora. Ele é meu amor, meu grande amor. E a única chance que me resta. Os minutos estão escorrendo pelos meus dedos feito água; não tenho tempo para arrependimentos. Oliver vai me amar.

E então, finalmente, talvez eu possa decidir o que desejo para mim.

Daisy segura um vestido para que eu o inspecione. "Esta não é a cor certa, mas gosto do modelo. Sempre podemos contratar um..." Ela nota minha expressão. "Grace. O que foi?"

Ela está ciente de que não tenho dormido; presume que seja por causa dos meus pés. "Você deve estar sentindo uma dor horrorosa", fala, e eu não tenho como contar sobre meus sonhos, sobre o quanto eles se tornaram violentos.

Os mares ardendo vermelhos com sangue derramado, as cabeças de minhas irmãs empaladas, olhos esbugalhados. Estão mortas, todas elas, as caudas arrancadas dos torsos e atiradas aos tubarões. Um espelho diante de mim, e eu nua diante dele. Minhas pernas, estas pernas; apodrecendo, em putrefação. Decompondo-se de dentro para fora. Então estou de volta àquele quarto novamente, o quarto de Alexander, as paredes em seus redemoinhos de água, os braços de Eleanor esticados, sugando as ondas, depois expelindo-as pela boca, lavando todas aquelas pinturas. O rosto dela, meu rosto, o rosto dela, o meu rosto. Sem parar, até eu não conseguir distinguir a diferença entre elas.

Minha mãe.

Estou ficando maluca?

"Você está preocupada com a festa?", quer saber Daisy. "Não fique. Você vai ser a garota mais linda de lá. Oliver não vai conseguir tirar os olhos de você. Essa vai ser a noite de vocês dois, sinto aqui bem dentro de mim."

Daisy acha que é fácil. Ela não entende que estou desmoronando, que o tempo está corroendo minha pele, desenvolvendo mofo no lugar da minha carne. Estou apodrecendo bem diante de seus olhos, e ela sequer consegue perceber.

Uma costureira é convocada à casa, uma mulher corpulenta com a boca cheia de alfinetes. Montes de faixas de tecido são colocadas diante do meu rosto, *esta cor é linda, e, sinceramente, tudo fica simplesmente divino em você. Você é tão linda*, dizem para mim. Mas que diferença faz, no final? *A beleza se esvai*, disse Eleanor. E o que vai me sobrar quando isso acontecer?

"Espere", diz a costureira, segurando um pedaço de pano. "É este". Verde-bandeira. Com detalhes em prata. "É como se tivesse sido feito para você." E eu estou de volta ao palácio, rangendo os dentes enquanto minha avó costurava pérolas na minha cauda para o baile. Pensei saber o que era dor naquela época. Eu não fazia ideia. Pergunto-me o que vovó diria se pudesse me ver agora. *O que estou fazendo aqui? O que foi que eu fiz?* O pânico me assola como uma maré crescente. *Não tem volta. Talvez eu pudesse...*

"Você está bem, senhorita? Você ficou um pouco esquisita."

"Ela está bem", diz Daisy para a costureira. "Grace às vezes fica distraída. Mas você não acha que o tecido é um pouco escuro para esta época do ano?"

"Fica maravilhoso nela", insiste a costureira, sacando um par de sapatos prateados de couro sólido. "E eu tenho estes aqui para completar o conjunto. Não são adoráveis?"

Adoráveis — como uma criança. Os homens nunca são chamados de *adoráveis*. Eles são logo estimulados à maturidade. Ao passo que nós somos obrigadas a nos comportar como garotinhas quando adultas; emanando juventude em nosso vestuário e em nossos gestos. É irônico, na verdade, sendo que passamos a infância nos esforçando para parecermos adultas antes do tempo.

"Não", discorda Daisy, sentindo a textura do couro entre os dedos. "Não vão servir, lamento. A senhorita Grace tem pés um tanto delicados. Você tem alguma coisa mais macia?"

Sapatos de tecido são providenciados, macios dentro do possível. Suficientemente macios até para os meus pés destruídos.

"Um vestido longo", insiste Daisy enquanto o material é enrolado no meu corpo nu e preso com alfinetes, muito embora a costureira reclame que uma saia curta seria mais bonitinha e mais adequada para o verão.

"Não", repete Daisy. Ela entende. Ela sabe que estas pernas devem ficar escondidas.

"Como você é miúda", diz a costureira, comprimindo minha cintura entre as mãos. "Você deve se cuidar muito! Como é a sua dieta? Você se exercita? Qual é o seu segredo?"

E prossegue. "Como você é linda", admira-se a costureira. "Você é tão abençoada." E tem mais. "Como você é perfeita. Eu nunca trabalhei para alguém com um rosto e um corpo tão perfeitos. Você é tão sortuda."

Por favor, tire as mãos de mim, tenho vontade de dizer, mas sei que o corpo de uma mulher sempre pode ser tocado se outros assim o desejarem. Eu sou abençoada por atrair tal atenção. Todo mundo diz isso, então deve ser verdade.

O dia da festa se aproxima rapidamente, agora restam apenas quatro dias, e meu estômago está tão apertado de nervosismo que não consigo engolir nenhuma comida que me oferecem. Para piorar a situação, Oliver não tem encontrado tempo para ficar comigo. "Agora não", diz ele. "Desculpe, Grace. Tem tanta coisa para organizar." E então o vejo com George e Rupert, os três disputando entre si mais uma ideia que vai fazer da festa um enorme sucesso.

E naquela noite... "Tique-taque", diz a Bruxa do Mar em meus sonhos. Ela está sentada diante de uma penteadeira, passando um batom chamativo. Sorri para mim, lábios vermelhos e dentes brancos. "O tempo está se esgotando, pequena sereia. Devo vir em seu socorro? Você está pronta para a ajuda que posso lhe dar?"

Quando o sol nasce, os lençóis estão pingando sangue. Minhas pernas terminam em duas feridas abertas, a carne fibrosa se soltando dos ossos expostos, a coisa toda praticamente não se assemelha mais a pés humanos. Fico olhando aquilo, os lembretes de que *eu não sou* humana. Agora Daisy tem trocado as roupas de cama todas as manhãs e todas as noites, com ânsia de vômito quando vê uma lasca de osso perfurando a pele rompida. Seguro as mãos dela. Estamos tão próximas agora que é como se ela pudesse ouvir meus pensamentos. *Como era linda minha voz, Daisy. Eu sabia cantar tão bem, você teria chorado de emoção só de me ouvir.*

Ela me ajuda a sair da cama, me erguendo sem nem um pio depois que caio no chão. Apoio meu peso nela quando vou para o banheiro. Daisy puxa uma cadeira de encosto duro para se sentar ao lado da banheira enquanto tomo banho, sucumbindo debaixo d'água. Eu poderia me afogar de propósito, mas temo que eu ainda precisaria de alguém para me segurar submersa. Esse novo instinto humano de sobrevivência é grandioso demais para se combater. E eu não quero morrer, não de verdade.

Eu só quero que a dor acabe.

"O que vamos fazer com você, Grace?" Dá para ver o medo nela. Daisy sabe que tem algo errado. Sabe que isso não é normal, que de algum modo não é humano. "Queria que você me deixasse chamar o médico."

Não vai ter médico nenhum. Para que eles iriam servir? As únicas pessoas que poderiam me ajudar agora são a Bruxa do Mar e o Rei dos Mares. *Dois lados de uma moeda*, dizia minha avó; ambos dotados de poderes, mas um é louvado como um grande líder, enquanto a outra é uma pária, exilada a uma terra de garotas flutuantes, anjos da morte com sorrisos grotescos.

Na verdade, nenhum dos dois pode me ajudar agora.

"O que foi, Grace?", pergunta Daisy. "Você está tremendo."

Nada, dou um sorriso.

Afundo na água.

18

Fiquei assistindo ao sol nascer esta manhã, subindo no céu límpido, e meu desejo era que ele jamais se pusesse novamente.

"Um belo dia para uma festa", comentou Daisy assim que chegou. "Café da manhã, Grace? Posso trazer chá e torradas, se você quiser." Balancei a cabeça. *Não, estou sem fome.* Meus nervos maltratam meu estômago com suas garras afiadas. Fiquei na cama até o meio-dia. "É melhor descansar seus pés", dissera Daisy. "Já que você vai ficar em pé a noite inteira."

E aí chega a hora. Entrando no vestido novo, nuvens de seda apertando minha cintura. Meus pés se alojam no calçado de pano, os dedos tão esmagados que começam a latejar. Mas estou aliviada que a mutilação tenha sido disfarçada por um instante nesta que poderá ser minha última noite.

"Estão confortáveis?", pergunta Daisy, amarrando os cadarços com delicadeza. "Não está muito apertado?"

Parece arame farpado enrolado nos meus pés em voltas intermináveis, furando profundamente. Gesticulando vigorosamente, eu a convenço a me dar uma segunda dose de sua bebida. "Não é seguro", diz ela, mas não estou nem aí para segurança; preciso ficar *anestesiada*. O remédio já está fazendo sua mágica, desenrolando seu novelo bruto em meu peito, fio a fio, até que me sinto entorpecida; minha mãe e o barco com o nome dela, aquelas pinturas do rosto dela repetidos por todo canto, tudo vagando para longe de mim. Até vir para o mundo humano, eu nunca havia percebido como é maravilhoso não sentir nada.

"Precisamos aparar a cerca viva nos fundos do jardim", disse Eleanor durante as muitas discussões sobre os preparativos da festa. Eu a encarei em busca de um sinal, um reconhecimento da veracidade do nosso encontro naquele quarto, mas ela está ocupada demais fingindo estar ansiosa por essa festa que ela mesma desaprova. Seu sorriso duro quando Oliver fala de pombos adestrados e esculturas de gelo ("Elas não vão derreter, Oliver?", questionou. "Afinal de contas, estamos no verão."), de garçons cantores, de palhaços malabaristas e de como nós "precisamos trazer a água vulcânica das ilhas, pois Rupert disse que é o melhor tipo e eu só quero o melhor, mãe".

"Vamos nos concentrar na cerca viva por enquanto", repetia Eleanor. "Está crescida além da conta."

Mas Oliver discordava. "Não, mãe", retrucava. "Eu gosto dela assim. Faz eu me lembrar de quando papai ainda era vivo."

"Mas está incontrolável, Oli", disse Eleanor, vacilando à menção do marido.

"Apenas deixe assim, mãe", insistiu ele. "Você pode até querer fingir que meu pai nunca existiu, mas eu não."

"Sim, querido", respondeu Eleanor, se afastando de Oliver antes que ele pudesse notar o quanto ela estava arrasada. Eu não gosto de Eleanor, e certamente não confio nela, mas a crueldade de Oliver para com sua mãe é tão displicente que chega a tirar o fôlego. "Como você quiser, Oliver."

O gramado do jardim secreto foi aparado para a ocasião; as roseiras que Eleanor queria podar funcionam como uma barreira para qualquer vento inclemente que o mar possa soprar para o nosso lado. Os empregados usam uniforme, suando sob o calor do meio-dia, oferecendo taças de champanhe ou porções de comida tão pequenas que podem ser devoradas numa só bocada.

“Caviar?”, oferece um empregado num tom bem entediado. Ele exibe uma bandeja de prata, uma tigela com ovos empilhados no centro, bolinhas azeitadas brilhando ao sol. Uma colher de prata, tudo do melhor para se cavoucar. “Ovas de esturjão. É uma iguaria”, explica ele, confuso quando recuo, a bile se infiltrando na minha boca.

“Grace é vegetariana”, avisa Oliver ao garçom quando se aproxima. Ele está usando uma camisa branca e short, exibindo as pernas musculosas; Rupert e George usam trajes semelhantes. Rupert pega uma colherada de caviar da bandeja, espalha num biscoito e engole tudo de uma vez. “Que delícia”, diz ele, o olhar jamais abandonando o meu.

“Você está linda, Grace”, elogia Oliver, me entregando um copo de água com gás.

Baixo o olhar, como se estivesse envergonhada. *É melhor não demonstrar muita soberba com a própria beleza*, explicara minha avó. Lembro de ter perguntado por que passamos todo esse tempo penteando os cabelos e enfeitando nossas caudas se não queremos ser admiradas. *Ah, Muirgen*, ela suspirou. *Tantas perguntas para uma sereia tão pequenina. Você vai achar a vida muito mais fácil se fizer menos perguntas.*

“Você está se divertindo, Grace?”, pergunta George, seu rosto tão sardento de sol quanto o de Daisy.

Ofereço um sorriso para ele em resposta, e Rupert revira os olhos.

“Que empolgação!”, zomba Rupert. “É sempre uma alegria tão grande ficar com você, Grace. O papo é verdadeiramente animado.” Olho para Oliver, mas ele não dá nenhuma indicação de ter ouvido o amigo. “Deus”, queixa-se Rupert em voz alta. “Eu estou tão entediado.” Oliver enrijece. Isto ele não vai ignorar. “Festa totalmente sem graça”, diz antes de virar o restinho de sua bebida.

“Esta parte da festa é só para deixar a geriatria feliz”, explica Oliver. “Espere só até chegarmos ao *Muireann*.” Meu coração para; o nome da minha mãe, tão casual nos lábios dele. “Aí a diversão de verdade vai começar, Rupe.”

Rupert ergue uma sobrancelha, como num desafio; Oliver sorri de volta para o amigo. Eles são moleques, os dois. E este é o homem que eu preciso fazer se apaixonar por mim até o nascer do sol.

“Senhoras e senhores, meninos e meninas.” Uma voz vem do céu, sacudindo as folhas das árvores, como uma divindade se dirigindo a nós em meio às nuvens. Eu agarro o braço de Oliver e ele gargalha. "É só o microfone", explica, apontando para o coreto no cantinho do jardim. As ervas daninhas foram removidas desde a última vez que vi o local, uma camada fresca de tinta branca brilhando ao sol, ainda úmida. "Viu?" Há uma mulher lá e três garotas atrás dela, cada uma com seus instrumentos musicais.

"Somos o grupo Flora e as Fúrias", diz a voz. "Meu nome é Flora. E estas são as minhas Fúrias. Prontos para dançar?" A multidão ruge em resposta. "E um, dois, três", diz bem alto, seguida por uma explosão súbita da música. Enquanto toca, ela vai caminhando até a frente do coreto, o sol batendo em seu rosto como um halo. Ela é alta, tão alta quanto Oliver, cabelos escuros na altura do queixo, uma saia curta exibindo longas pernas negras.

Sinto Rupert se remexer ao meu lado. "Minha nossa", diz ele. "Ela se parece com..." Ele respira fundo, como se estivesse tentando se controlar, mas quando nota que estou olhando para ele, logo se apruma, espantando a tristeza como a um inseto irritante. "Tá olhando o quê? Por que você sempre fica encarando todo mundo, sua aberração da porra?"

Desvio o olhar. Desejo que algo terrível aconteça a esse sujeito. Uma queda súbita, um pescoço quebrado, um... Paro de repente. Estes são pensamentos de Salka, selvagens e contundentes. Não posso esquecer qual é o meu lugar.

"Eu nunca ouvi uma voz assim", diz Oliver quando a música termina. Eu nem sequer estivera escutando.

"Você não acha que ela se parece com..." George se cala.

"Parece com quem?", pergunta Oliver, e nenhum dos amigos responde. "Bravo!", berra ele, erguendo a taça para Flora.

"Obrigada", diz ela, sem qualquer timidez. "Espero que gostem da próxima também."

Ela começa a cantar de novo; sua voz é cristalina, dolorosamente doce. Mais doce do que qualquer coisa que já ouvi desde que irrompi na superfície.

Aquela música.

"Que tipo de música é essa?", ouço alguém perguntar. "É bem diferente."

É *bem* diferente, e eu sei disso, eu sei disso do fundo do meu coração. Uma canção que minha avó costumava cantar para nós no berçário, uma canção sobre tritões e façanhas corajosas, e uma guerra travada que jamais seria esquecida. Uma canção sobre a morte necessária, sobre a coragem essencial para fazer o certo. Notas trinadas, abafadas pela água. Como ela conhece essa música?

Sigo até o meio do jardim, mal percebendo meu gesto. Sigo em direção a Flora.

"O que aquela garota está fazendo...?"

"Ela está bem? Ela não parece..."

"Mas Oliver parece gostar dela, então eu..."

E então eu, e só eu, estou dançando, e não consigo parar. Danço como se ainda estivesse sob a superfície, flutuando na água. A ausência de peso, mesmo com todas as minhas pérolas. Eu não tinha noção de como era sortuda. Rodopio, minha saia deslizando ao redor em nuvens (verde-bandeira) de seda (com salpicos de prata), e se eu semicerrar os olhos consigo fingir que minha cauda voltou, imaginar que eu consigo viajar pelo mundo sem estar consciente de cada passo escaldante que dou. Por que eu não aproveitei enquanto pude?

"Ela não é uma graciosidade...?"

"Eu sei, não é de se admirar que Oliver..."

"Muito embora..."

"Muito embora..."

Muito embora eu não tenha voz. Muito embora minha língua tenha sido arrancada de minha boca e engolida por uma mulher faminta. Muito embora eu seja uma desconhecida encontrada na praia e não tenha dito quem sou ou de onde vim. Essas pessoas não se importam; elas só querem me ver dançar. Então eu danço.

A música termina com a voz de Flora em um crescendo perfeito. Eu era a única pessoa no reino capaz de alcançar essa nota, está além das habilidades da maioria das sereias, quanto mais de um ser humano. Paro instantaneamente, olhando para essa mulher enquanto ela canta minha música com...

A minha voz.

O frio me atravessa; me sinto cercada ao ouvir uma canção tão doce e encarar pinturas de uma mulher com um rosto igual ao meu. Diante de mim esta desconhecida com pernas longilíneas, minha voz roubada saindo de seus lábios.

"Muito bem, pequenina", diz a cantora, e de algum modo sei que só eu consigo ouvi-la. "Estou orgulhosa de você."

"Grace." Dedos apertam meu antebraço, me puxando. "Venha comigo", diz Eleanor ao me arrastar para os arbustos. Eu me viro para descobrir que Flora não está mais no palco do coreto, e as Fúrias ficam sozinhas fazendo um solo instrumental enquanto outros convidados começam a dançar. Preciso encontrá-la, preciso...

"Então, minha querida dançarina", diz Eleanor. Seus olhos estão injetados, o batom cor-de-rosa manchando seus incisivos superiores. Está nítido que ela andou bebendo descontroladamente, algo bem raro no caso dela. Ela sempre prefere permanecer sóbria em tais festividades, permanecer no controle. *As mulheres simplesmente não conseguem ser boas o suficiente*, dissera ela certa noite, quando todos já tinham ido embora após um jantar excepcionalmente turbulento. Ela nem sequer estava falando comigo, não de fato; eu era apenas a pessoa que por acaso estava ali. *Temos de ser duplamente melhores do que os homens para minimamente conseguir empatar com eles.*

"Você está se divertindo? Está gostando dessa coisa toda?" Ela gesticula para a cena geral da festa. "Eu paguei por tudo isso, sabe. Cada coisinha aqui foi comprada com o meu dinheiro. Não que alguém pareça se importar. *Barcos são chatos, mãe!*", diz ela, zombando de Oliver. "Ninguém nunca se importa com o que *eu* quero." Ela está bem pertinho de mim agora, e sinto o cheiro de vinho em seu hálito. Seus cabelos estão desgrenhados, a bainha do vestido bege manchada de grama. "Foi bem aqui que conheci Alexander, sabia disso?" Ela olha para o jardim de novo, como se estivesse se recordando. "Bem naquele gramado ali. Eu tinha apenas treze anos, e soube de imediato que o amaria para sempre." Ela aponta para o mar. "E foi ali que o perdi." Ela fica calada durante alguns minutos, de costas para mim.

"De onde você é?", ela quer saber, dando meia-volta. "Responda!", grita quando permaneço em silêncio, e então levo as mãos à garganta. *Eu não consigo falar, Eleanor. Você não se lembra?* "Já chega disso." Ela me agarra pelos ombros, me sacudindo violentamente. "Eu sei o que você é. *Eu sei*. Ele falava de uma mulher que dançava igual a você. Que dançava como se estivesse deslizando pelo ar. Ele não conseguia esquecê-la, ele não..." Desvencilho meu braço do aperto dela. "Ele não esquecia aquela mulher", repete, e começa a soluçar, um som lamentoso que vem do âmago, tão primitivo que me deixa desconfortável. "Você não pode tirar meu filho de mim também, eu não posso perder Oliver. Não posso. Não posso. Por favor." Eleanor tomba de joelhos, se agarrando à minha saia. "Você não pode tirá-lo de mim. Eu não quero ficar sozinha. Eu não vou sobreviver."

Eu me agacho, empurrando as mãos dela. Eleanor mal percebe que está se encolhendo feito uma bola, dominada pelos soluços. A poderosa Eleanor Carlisle, sempre no controle, está se desintegrando bem na minha frente; ela é o retrato perfeito de alguém desmoronando. É isso o que acontece às mulheres desprezadas? *Ela é louca*, é o que costumávamos dizer sobre as sereias no reino que perseguiam certos tritões implacavelmente, chorando e fazendo verdadeiros interrogatórios sobre seus paradeiros e companhias caso os sujeitos estivessem conversado com outras sereias naquele dia. Começo a me questionar se quando chamamos uma mulher de louca não devemos também avaliar a pessoa ao seu lado e ver o que o sujeito andou fazendo para levá-la à insanidade.

Quando volto para a festa, Oliver não está mais lá.

E nem Flora.

Tento respirar, mas estou começando a entrar em pânico. (*Não me resta muito tempo mais.*) Uma sensação de queimação no peito, como se alguém tivesse acendido um fósforo em meus pulmões, um golpe seco de pedra contra pedra. (*Eu vou morrer hoje à noite; vou me dissolver no nada.*) Abro caminho através da multidão e digo a mim mesma que estou procurando por Oliver, mas percebo que estou realmente procurando por Flora. *Aquela voz...* A minha voz, era *a minha voz*. Como é que Flora possui a minha voz? E como é que eu pude jogá-la fora? O único momento em que eu me via feliz no fundo do mar era quando estava cantando, e aí costurei minha boca na esperança de que um garoto que eu mal conhecia pudesse reabri-la com um beijo.

Recosto-me com violência atrás de uma árvore imensa na beira do gramado. Escondida dos convidados, apoio minhas mãos em meus pés por um segundo. A dor é intensa, mas pelo menos é real; é algo que posso chamar de meu. A noite está viva no ar, densa de sombras. Sinto um cheiro metálico, um cheiro que tem sido meu companheiro constante ultimamente. Toco meus pés de novo, meus dedos grudentos. Pelo menos está escuro. Ninguém vai conseguir me ver sangrando no escuro.

"Grace? Sou eu. George." Um corpo esbelto, o cheiro de tabaco. Estendo minhas mãos, implorando para ele me ajudar a ficar de pé. "O que você está fazendo aqui sozinha?" Ele balança o cigarro em explicação. "Eu não devia estar fumando, minha mãe vai me matar se me pegar. Queria muito que Eleanor não tivesse insistido em convidá-la." Esses humanos e sua falta de gratidão para com suas mães. Eles parecem interessados apenas nas mulheres cujas pernas são passíveis de abertura. George dá uma olhadinha para trás, para a festa. "Precisamos ir. Você viu a fila para embarcar no iate? Está absurda. Oliver já foi, ele saiu com aquela cantora. Flora."

Flora, repito silenciosamente. Flora com a voz linda. *Minha voz linda.*

Uma procissão sinuosa de pessoas se esgueirando do jardim degraus abaixo, uma curva acentuada ao longo da areia até a marina onde o iate está ancorado. Jovens homens e mulheres passando bruscamente por nós, todos de rosto corado. "Pensei que a mãe de Oliver tivesse mandado queimar o *Muireann*!", comenta uma garota, e em seguida solta um palavrão ao derramar vinho em seu vestido bege. Meu coração dói à menção do nome de minha mãe, dito tão despretensiosamente. Como se não fosse nada. "Eu não a culparia, para ser sincera", ri outra menina.

A fila para o iate vira a esquina, o mar à vista. O céu se estira diante de nós para costurar estrelas em sua superfície. Vejo Oliver. Aquela mulher, Flora, ao lado dele. Ela sussurra em seu ouvido, olhando para mim como se soubesse que eu estaria lá.

Quem é você? Ela põe um dedo sobre os lábios, como se estivesse me mandando ficar quieta, e eu tropeço na barra do meu vestido. George firma meu braço, e minha vontade é de pedir a ele para me carregar para aliviar o peso destas pernas desgraçadas. Quisera eu ter resgatado George, que tivesse sido ele o motivo da abdicação à minha voz. Eu posso até não amar George, mas eu daria conta de viver com ele e ser feliz.

"Você está bêbada? A nossa inocente Grace está *bêbada*?"

"Dá um tempo, Rupert", diz George, mas tira as mãos de mim rapidamente. "E você acabou de furar a fila, a propósito."

"Não seja estraga-prazeres", Rupert revira os olhos. Uma das mãos segura uma garrafa de champanhe meio vazia, a outra, a cintura de uma garota praticamente inconsciente. Os cabelos dela estão caindo no rosto, a saia tão curta que dá pra ver a calcinha de renda preta. Ele se vira para as pessoas atrás de nós: "Vocês duas se importam se eu me juntar ao meu bom companheiro George aqui, ou preferem ser umas filhas da puta do caralho e ficar insistindo pra eu ir lá pra trás?". As duas resmungam, muito tensas, *tudo bem, não esquenta, Rupert. Sem problema.* "Viu?", diz ele.

Rupert dá uma golada na garrafa, a garota escorregando de seus braços como uma boneca de pano. Ela não se mexe quando atinge o chão, as pernas bem escancaradas, exibindo seus segredos para o mundo. Ninguém se mexe para ajudá-la.

"Que vagabunda", ouço alguém dizer. "E o que ela está *vestindo*?"

"Opaaa", Rupert gargalha quando olha para ela. "Alguém bebeu demais, não é mesmo, queridona?" Ele puxa a garota sem muito cuidado, ela tomba a cabeça para o lado. "A Cordelia aqui e eu vamos ter uma noite muitíssimo divertida."

"Esta garota está inconsciente", alerta George. "Você não pode..."

"Você não é a porra da minha mãe, George." Rupert se afasta de nós carregando a garota no ombro como se ela fosse uma recompensa capturada por aí. Eu me lembro de Ling, de seus olhos escuros, de seu silêncio recém-descoberto. Do jeito como ela caminha agora, como se tivesse chumbo nos ossos. Algo foi roubado dela e jamais poderá ser devolvido.

"Merda", xinga George baixinho. "Grace, eu tenho que ir atrás dele. Não posso deixar que ele... Não de novo." Ele dá de ombros num pedido de desculpas para mim. "Você acha que consegue andar sozinha até lá?"

Gesticulo para ele, *eu vou ficar bem*. Ele corre atrás de Rupert, puxando-o pelo ombro, Cordelia indo ao chão outra vez. George se ajoelha para ajudá-la, mas Rupert o agarra pela lapela do casaco, arrastando-o para que fique de pé e berrando bem na cara dele.

"Alô?" Dedos cutucando minhas costas. "Anda logo aí na fila, pode ser?" Inalo pelo nariz quando dou o primeiro passo sem a ajuda de George, a dor lancinante.

"Desculpe, senhorita", diz um homem de boné quando finalmente chego à marina. "Nenhum calçado é permitido no convés." Olho em volta, numa expectativa de que Daisy ou Oliver venham em meu socorro para explicar. "Você não me ouviu? Sem. Sapatos. No. Convés." Ele aponta para um recipiente ao lado da escada. "Ponha no balaio de vime, você vai poder pegá-los depois da festa, assim como todo mundo."

Eu não posso tirar meus calçados, sair sapateando sangue pelo barco como uma sombra se infiltrando no convés, neste barco que compartilha o nome com a minha mãe. *Muireann.*

"Anda logo", grita alguém. "Por que a demora? Ou sobe no barco ou vai pra casa, mas que merda."

Saio do caminho. Os convidados que embarcam no iate são todos jovens, no finalzinho da adolescência e em seus vinte e poucos anos, eu apostaria, e a empolgação é palpável. É como se um fervor contagiante estivesse pairando dentro deles à ideia da noite que os aguarda, à promessa que ela carrega consigo. *De repente esta é a noite na qual tudo muda*, é possível imaginá-los pensando. Amantes de mãos dadas, trilhando beijos e sonetos de boca em boca. Rapazes de olhos famintos: *E aquela? Não, olha a outra ao lado dela, a de cabelos escuros.* Eles avaliam a beleza de cada garota que passa, analisando junto a seus amigos. Listam os prós e contras como se a decisão fosse só deles, como se a beleza das garotas fosse determinada somente por suas opiniões, e não por fatos objetivos, porque eles são homens, e a palavra masculina é definitiva. As garotas, sabendo que estão sendo observadas pelos rapazes, fingem não estar cientes, atuando numa inocência calculada que desde sempre aprenderam a demonstrar.

"Ei, você." O sujeito que faz a guarda do navio me chama algum tempo depois, quando sou a única sobrando na marina. "Você vem? Está na hora, mocinha. Ou terei que zarpar sem você."

Eu poderia voltar à propriedade dos Carlisle, seguir mancando até o andar de cima e pedir a Daisy, implorar, na verdade, para que ela me desse um pouco mais de sua poção enquanto banha meus pés. Depois eu faria o possível para agradecê-la por tudo o que ela tem feito por mim e acenaria meu boa-noite, sorrindo, enquanto ela me deixaria para morrer em paz. O que ela iria encontrar quando viesse me acordar de manhã? Ossos e marés de sangue manchando os lençóis? Ou será que eu simplesmente evaporaria sem deixar vestígios?

"Senhorita?", diz o homem. "Eu não tenho a noite toda."

Eu preciso fazer isso. Não posso perder a coragem antes do teste derradeiro. Minha mãe teria gostado que eu fosse corajosa. Eu me abaixo, tirando meus sapatos, um grito silencioso congelando em minha garganta quando o couro engancha nos meus pés, levando nacos da carne consigo. É como se meus ossos soubessem que estes pés não são de verdade e estejam ansiosos para abandonar meu corpo.

"Minha nossa", exclama ele, sufocando um arquejo. "O que você fez? Quer que eu chame um médico?" *Não. Nada de médicos. Eles não podem me ajudar.* "Não posso deixar você subir a bordo assim, senhorita", diz ele. "Você precisa de cuidados médicos." Pego as mãos dele. *Por favor. Preciso entrar neste barco que tem o mesmo nome da minha mãe. Talvez haja pistas sobre o que aconteceu a ela, sobre seu relacionamento com o pai de Oliver. Preciso saber, não posso morrer sem saber.* Aponto para as meias dele, depois para os meus pés. "Você quer minhas meias?", pergunta ele, confuso, e eu faço que sim com a cabeça. "Mas seus pés... Senhorita, isso não é normal." *Estou cansada das pessoas dizendo que não sou normal.* "Você deveria..."

Sento-me na passarela, mergulhando minhas pernas na água, o sangue chiando nas ondas. Tiro um pé limpo, depois o outro, exibindo-os para ele. Com uma olhadela desconfortável por cima do ombro, ele tira as meias.

"Não sei por que estou fazendo isso", diz ele enquanto as entrega para mim.

Talvez ele também esteja um tanto acostumado a obedecer.

O homem me diz para chamá-lo de "Capitão", embora guarde pouca semelhança com o sujeito do jantar de Eleanor, aquele que acredita em sereias. Este novo capitão me conduz ao que ele intitula "escotilha da proa", arrastando uma cadeira para um cantinho, onde posso me enroscar, pés escondidos sob o vestido. O *Muireann* é muito maior do que o barco no qual vi Oliver pela primeira vez. Fico imaginando minha mãe aqui. Será que ela dançou neste convés reluzente, sorriu para os funcionários em seus uniformes brancos que circulavam com bandejas de champanhe?

A atmosfera é caótica e opressora — esses humanos nunca se cansam de tanto barulho? Ouço o som de vidro se quebrando, e várias jovens estão tirando seus vestidos pela cabeça para poder se jogar no mar, seus corpos núbeis cortando-o como lâminas. Cabeças balançam no escuro, e elas se parecem com as Salka quando sobem pelas escadas de corda, os cabelos para trás, pingando água salgada. *É tão refrescante*, dizem, *quentinho como um banho*, enquanto seus dentes tiritam. Garotas com suas lingeries encharcadas, cambaleando, mas sem cair. Algo assim jamais aconteceria no Reino Marinho. Meu pai não toleraria esse tipo de coisa, principalmente no caso das mulheres com o sangue dele.

Ninguém está interessado em mim, escondidinha neste canto, então me sinto livre para estudá-los com afinco. Bebendo, dançando, beijando. Casais seguindo para as cabines lá embaixo, as meninas fingindo relutância. "Eu geralmente não faço isso", dizem. E os garotos insistem: "Venha aqui, gata". Quando eles reaparecem, as garotas estão coradas, os garotos abotoando a camisa com uma ênfase exagerada, olhando ao redor para conferir quem os notou.

E Oliver. Não tenho conseguido tirar meus olhos dele, e ainda assim duvido que ele tenha notado que estou a bordo.

Ele está sentado nos fundos do convés, Flora diante dele. Oliver está inclinado para a frente, seus joelhos tocando os dela. No entanto, ela faz o movimento oposto, como se não houvesse necessidade de fazer qualquer esforço com ele. Oliver parece feliz, noto. Mais feliz do que jamais o vi desde que as águas engoliram Viola. Talvez fosse exatamente disso que ele precisasse, o tempo todo. Alguém *com quem* falar, e não *a quem* falar. A única coisa que eu não podia dar a ele; na verdade, a única coisa da qual abri mão para que ele me achasse atraente. Flora se levanta, a mão aberta num pedido para esperar; o olhar de Oliver a acompanha até ela desaparecer de vista. Ele parece atordoado, como se tivesse se esquecido da existência do restante do mundo até agora. Então ele me vê, e sinto um aperto no estômago, contraído com aquela sensação que não consigo descrever, a sensação que só Oliver me causa, ainda — *ainda*. Meu corpo é um traidor.

"Grace", diz, caminhando até mim. "Eu não notei você lá. Está se divertindo?" Ele pega uma taça com um garçom que está passando, mas não lhe agradece. Ele raramente agradece aos seus funcionários, tenho observado. Todas as coisinhas que eu ignorei a respeito deste homem, a fim de fazer a narrativa do amor verdadeiro e do destino se encaixar. Eu tentei torná-lo tão perfeito quanto eu necessitava que ele fosse.

"Que noite essa, hein?", comenta ele. "Mal consigo acreditar. E a banda foi o ponto alto, não é? Eu só contratei as Fúrias porque um dos empregados disse que as havia visto em uma festa no ano passado. Eu poderia facilmente ter contratado outra banda. E aí eu não teria conhecido Flora. Você sabe quem é Flora, certo?", pergunta. "A garota com aquela voz extraordinária." *Minha voz.* Oliver está mesmo tentando me dizer que se apaixonou por uma garota que tem a *minha* voz? "Uma garota alta, de cabelo curtinho." *Ela se parece com Viola*, quero acrescentar. *Você se lembra de Viola, não é, Oliver?* "Ela é maravilhosa, Grace. Ela é tão inteligente e interessante, e é muito engraçada. Raramente conhecemos garotas engraçadas, não é?"

Talvez porque as garotas tenham sido treinadas para rir das piadas dos garotos, em vez de fazer as próprias piadas.

Flora é interessante, inteligente e engraçada, enquanto tudo o que tenho a oferecer é meu rosto e meu corpo. E, se ele não quiser nada disso, então que utilidade eu tenho? Sou um enfeite reluzente para ser exibido e admirado, mas não para ser tocado. Tudo o que eu sempre quis foi ser tocada por alguém que me amasse.

"E quer saber, Grace?", continua Oliver. "Eu tenho que te agradecer por isso."

Eu?

"É verdade." Ele ri da minha expressão atônita. "Você tem estado aqui há pouco tempo, mas eu me sinto..." Ele põe a mão no queixo enquanto procura a palavra correta. "*Sossegado* agora que você está aqui. Isso faz sentido? Foi como se você tivesse sido largada naquela praia para ser encontrada por mim, como se os céus tivessem lhe enviado para ajudar a me recuperar. Você devolveu minha confiança. Eu sei que você só quer o melhor para mim."

Pigarreio. Neste momento, não quero o melhor para Oliver. Eu quero cortar a garganta dele com uma lâmina enferrujada, vê-lo desabar no convés e sangrar bem na minha frente.

"Oie." Flora voltou. De perto, ela é ainda mais bonita do que eu pensava. Dentes brancos perfeitos num sorriso de lábios fartos, pele lisinha. "Desculpe pela demora, a fila do banheiro estava horrível." Falando, a voz dela não soa como a minha, no entanto; é mais grave. Mais rouca. *Sexy*, diria Rupert se estivesse aqui. Ela estende a mão para apertar a minha. "Meu nome é Flora", apresenta-se.

"Não espere muita conversa de Grace", brinca Oliver, me dando uma cotovelada como se eu fosse um dos garotos. "Ela faz mais o tipo caladinha."

"Grace?" Flora levanta uma sobrancelha para mim. "Esse é o seu nome agora, é?"

"É assim que a chamamos", explica Oliver, e acrescenta em um tom mais baixo: "Ela é muda, coitadinha. Minha mãe e eu a acolhemos em nossa casa". Cerro os punhos junto ao corpo. Como se eu fosse um cachorro perdido que eles resgataram! Um animal que pode ser facilmente largado de lado outra vez quando eles se cansarem de mim.

"Bem", diz Flora, passando a mão no meu ombro, um murmúrio indistinto de uma corrente elétrica correndo entre nós. "É muito bom ver você, *Grace*."

"Então", diz Oliver, inclinando o corpo para Flora, me excluindo da conversa. *Isso é muito grosseiro, Oliver. Sua mãe não lhe ensinou boas maneiras?* "Você estava dizendo antes disso..."

"Que a insurreição nas ilhas foi essencial? Sim, nitidamente foi."

"Eu discordo", devolve Oliver, como se isso fosse suficiente para calar qualquer contra-argumento. Consigo imaginar os pais assegurando a Oliver quando ele era criança que suas opiniões eram muito importantes. Todos sentados ao redor da mesa de jantar perguntando ao filho sobre a refeição ou sobre seu dia na escola. A voz dele teria sido um tanto valorizada. Eu me pergunto se eu mesma teria sido tão veloz em renunciar à minha se tivesse passado pelas mesmas experiências. "Não creio que uma revolta seja aceitável sob quaisquer circunstâncias", elabora ele. "Aquelas pessoas só estavam usando o protesto como um pretexto para quebrar janelas e pilhar tudo o que conseguissem."

"*Aquelas pessoas*? Você está falando sério?" Flora faz uma careta para Oliver. "*Aquelas pessoas* eram donas desta terra muito antes de vocês chegarem, e *aquelas pessoas* têm sido tratadas com atrocidade desde então. Você espera que elas aguardem educadamente enquanto estão sendo abatidas nas ruas? Estou chocada por elas não estarem destruindo as ilhas, furiosas; Deus sabe que elas teriam o direito de fazê-lo."

Inspiro fundo na expectativa de como Oliver vai reagir por ser desafiado de maneira tão pública, e por uma mulher. Mas ele permanece calado, franzindo a testa, concentrado, enquanto Flora fala. "Sim", responde ele quando ela faz uma pausa. "Acho que você está certa, Flora." E então: "É um argumento muito bom, Flora, eu nunca pensei no assunto sob esse ponto de vista".

A conversa muda de política para música, de literatura para esportes, Flora exibindo um conhecimento exímio de cada assunto, como se tivesse passado anos estudando em preparação para esta conversa. É quase hipnotizante, a especialidade dela. "Você é tão inteligente, Flora", elogia Oliver, os olhos brilhando, e minha vontade é berrar: *O que os homens de fato querem de nós?* "Como você sabe disso tudo?", indaga ele. Ela faz piadas que eu não entendo, mas que estimulam Oliver a jogar a cabeça para trás em gargalhadas. As pessoas vão se aproximando de nós, o grupo ficando cada vez maior, mas Flora continua sendo o centro das atenções. Ninguém consegue desviar o olhar dela. *Ela é tão engraçada*, ouço as pessoas cochichando. *E inteligente.* Estão todos num círculo, em volta dela, encantados. E, ainda assim, o olhar de Flora permanece em mim, como se toda esta cena fosse para mim.

Quem é essa mulher?

A tarde vira noite, a lua remando pelo oceano celeste. Vozes ficam mais altas, as pessoas atirando palavras umas nas outras sem aguardar pelas respostas. Eles não estão tendo uma conversa, esses humanos; estão meramente entregando discursos, competindo para ver quem consegue falar mais alto. O barco retorna à marina para que alguns convidados possam ir embora. Mulheres com os sapatos nas mãos, a maquiagem borrada na cara enquanto cambaleiam de volta à propriedade; alguns garotos debruçados na lateral do barco, vomitando. Duas mulheres esperam para desembarcar, ambas pequeninas e bonitas, e continuam roubando beijos uma da outra. Não consigo evitar encará-las, boquiaberta.

"Tá olhando o quê?", pergunta uma delas.

Nada. Eu me afasto depressa, e penso em Nia. Era só isso que ela queria? A liberdade de segurar a mão de outra garota? Por que meu pai considerava aquele gesto tão simples algo tão terrível?

"Vamos, capitão, só mais uma horinha."

"Não", diz o homem cujas meias ainda estou usando, ignorando os protestos. "Hora de ir."

E então eles se vão, um por um, até que finalmente sobramos apenas Flora, Oliver e eu.

"Boa noite, capitão", diz Oliver quando o sujeito desce as escadas, a tripulação em seu encalço. Assim que passa, o capitão cumprimenta Oliver levando os dedos à aba do quepe. "Boa noite, senhor", responde ele. "Ou bom dia, devo dizer. O sol está quase nascendo."

O sol está quase nascendo, repito para mim mesma, me sentindo estranhamente resignada. O sol está quase nascendo, trazendo minha morte consigo. Eu nunca verei meu décimo sexto aniversário.

Por que você sempre tem que ser tão passiva, Muirgen?, sussurra a voz de Cosima na minha cabeça. Se ela estivesse aqui, iria marchar até lá, correr os dedos pelos cabelos de Oliver e plantar beijos em sua boca. Cosima jamais ficaria à sombra, esperando que a noite a reivindicasse para si. Mas estou cansada, cansada demais. Eu não quero mais ter que lutar. Minhas irmãs podem até querer que eu me enfureça contra o céu enviesado pela luz, chamando um novo dia para a frente com seus dedos cor-de-rosa, mas não tenho forças. Vou ficando mais fraca conforme o ambiente fica mais claro, me envolvendo, me dobrando à transparência. Eu já sinto como se estivesse dissolvendo.

Oliver se inclina mais para Flora. Uma pergunta é feita. Ela assente. E uma decisão é tomada. Ela pega a mão dele, levando-o para o andar de baixo, onde ficam os quartos. Pouco antes de desaparecer na esquina, ela se vira. *Venha*, articula para mim, dobrando o dedo para me chamar. Há um brilho nos olhos dela, algo entre travessura e malevolência, e me vejo sacudida da minha letargia, me pondo de pé para segui-la — mas caio instantaneamente, os pés vacilando sob meu corpo. E então eles se vão.

"O que temos aqui?" Uma voz desagradável, com um toque arrastado. "Grace. Totalmente só. Isso não faz seu estilo. Para onde foi o seu dono? Ele não sabe que não é seguro deixar seus bichinhos de estimação desacompanhados?"

Rupert cheira a raiva e a álcool, a boca marcada pelos restos do batom de mais uma mulher. Se fosse George, eu daria um sorriso e lhe entregaria um lenço para limpar o rosto. Mas não me atrevo a fazer o mesmo com Rupert. Já presenciei com meu pai a periculosidade de certos homens quando pensam que estão sendo alvo de zombaria. Eles sempre querem punir você por isso.

"Grace? Você está me ouvindo?", insiste ele, e eu me encolho mais, colando o corpo no sofá. "O quê? Eu não sou quem você estava esperando? Isso acontece muito comigo, infelizmente. Todo mundo quer o fogoso herdeiro da fortuna dos Carlisle. Minhas mais profundas desculpas por decepcioná-la." Ele se inclina para baixo, como se estivesse fazendo uma mesura para mim. "Ou você estava procurando por George? Sem sorte aqui também, George levou Cordelia para casa. Tão cavalheiresco, esse nosso amigo George." Ele começa a falar com uma voz esganiçada: *"Eu não vou permitir que você se aproveite de mais uma garota, Rupert, isso não está certo".* Rupert gargalha. "Ele me deixou numa situação bem problemática. Nenhuma outra garota na festa estava em, hum, um estado de espírito *aquiescente*." Ele se apoia da proa, me observando.

(Conte-nos a história sobre o Grande Tubarão Mau, vovó, é a minha favorita, e a sereia com as fitas vermelhas no cabelo. O tubarão e seus dentes afiados. "Tudo do melhor para devorá-la, minha sereia.")

"Você parece triste — triste porque Oli arrumou uma nova companheira de brincadeiras? Ela se parece muito com Viola, devo dizer. Casalzinho perfeito do caralho", agita-se. "É por isso que eu não estava no barco naquele dia, pequena Grace. Eu não conseguia tolerar a ideia de passar mais uma tarde com eles, ficar olhando para aquela babação em cima dela. Todos fingindo que eles eram ideais um para o outro, quando ela era boa demais para Oli, ela *sempre* foi boa demais para ele. Ela poderia ter dominado o mundo se quisesse. Quando se formou na escola, ela foi a primeira colocada da turma, sabia disso?"

Eu não sabia. Sereias não tinham permissão para frequentar a escola no reino. *Uma perda de tempo*, dizia meu pai. Por que esposas e mães necessitariam de educação formal? Tínhamos nossos maridos para pensar por nós.

"E Oli, ele simplesmente..." Rupert cerra a mandíbula. "Se ele não fosse um Carlisle, Viola nunca teria nem olhado pra ele. Dinheiro e poder, estas são as únicas coisas com as quais vocês vagabundas parecem se importar." Ele me encara como se minha presença fosse mera lembrança. Então se agacha. "É por isso que você gostou dele também?" Meu coração parece estar bombeando sangue em excesso pelo meu corpo; é feroz. "É tão esquisito", diz ele, agarrando meus braços e me arrastando para que eu fique de pé. "O jeito como encontramos você naquela praia, quase um ano depois de Oliver ter se salvado do naufrágio ali. Foi o que aconteceu ao pai dele também. Não é coincidência demais? O barco de Alexander ficou destruído e, quando o encontraram, ele ficou delirando a respeito de uma moça que o salvou. *Uma moça que veio do mar*, disse o pai de Oli. Ele batizou este barco em homenagem a ela, dizem. O *Muireann*." Ele afasta meu cabelo do rosto e minha garganta aperta ao contato. Eu não o quero chegando nem perto de mim. "Totalmente louco, é claro, e houve muita falação por aí. Você sabe como as pessoas gostam de fofocar. Eleanor o internou naquele hospital psiquiátrico para tentar fazê-lo parar com os ataques, e Oliver nunca a perdoou, Credo, ele não parava de falar disso, logo ficou chato à beça. O que ele esperava que Eleanor fizesse? Seu pai era um lunático delirante e ela precisava assegurar que Alexander não fosse causar nenhum dano a si mesmo." Ele bufa. "Ou ao nome dos Carlisle. Ela é esperta, a tal Eleanor. Mas não teve jeito para manter Alexander Carlisle trancafiado."

Não consigo me mexer, minhas pernas inertes como uma estátua. Estou presa aqui com o Rupert, sendo obrigada a escutá-lo. "O pobre e velho Alexander Carlisle voltou para o mar e se afogou." *O pai de Oliver cometeu suicídio?* Por que ele não me disse isso? "Dando a Eleanor passe livre para administrar a empresa, e a Oliver um pretexto perfeito para agir como um babaca pelo resto da vida."

Há um silêncio, e ele esfrega o rosto com umas das mãos. "De qualquer forma", continua, "já chega disso. O passado é passado. Somos só nos dois agora, hein? O que vamos fazer para passar o tempo?" Ele percorre a mão pelo meu braço, depois vai até a saia do meu vestido, subindo-a um bocadinho. "Não seja tão tímida", diz. "Eu vi o jeito como você olha para Oliver, como uma vadia cheia de tesão. Não precisa fingir que é uma virgem inocente." Ele beija minha orelha, metendo a ponta da língua nela do mesmo jeito que Zale costumava fazer, e meu estômago se revira fazendo o vômito subir à garganta como uma promessa.

Minha boca está aberta, buscando minha voz — *por favor. Por favor, me ajudem.* Mas ninguém vai vir ajudar, e não encontro som algum, a não ser o da respiração pesada de Rupert. Ele me encurrala na parede, pressionando seu corpo contra o meu até minha espinha parecer prestes a se quebrar. Abre o cinto, e solto um soluço silencioso diante do que está por vir. Ele vai terminar o que Zale começou. "Você vai gostar disso", avisa ele. Uma das mãos desce, puxando minha saia, os dedos cutucando aquele novo lugar entre as minhas pernas. *Não. Não.* Mas eu não consigo falar e, pior, não consigo me mexer. Estou imóvel, petrificada; vendo este homem tomar meu corpo e fazer o que lhe convém. Minhas palavras estão presas na garganta, congeladas, transformando meus membros em pedra.

Pequena sereia.

Rupert está grunhindo, meio atrapalhado. Ele vai arrancar o que deseja de mim, e vai me destruir durante o ato.

Seja corajosa, pequena sereia.

Corajosa? Empurro Rupert e ele tropeça, as calças nos tornozelos. "Sua safada", diz ele. Viro para a esquerda, para a direita, o caos do pavor me deixando desajeitada e meio burra, correndo para a ponta do barco, mas não há para onde fugir — a menos que eu mergulhe no mar com a mesma facilidade com que mergulho em meus pesadelos.

Ninguém vai me proteger lá. A Bruxa do Mar me disse, ela me avisou. *Não tem volta.*

Pequena sereia, estamos aqui.

De onde vêm essas vozes? Será que estou enlouquecendo assim como o pai de Oliver? Será que minha sanidade está tão perdida quanto a minha voz? Será que eles me encontrarão imersa até os joelhos na água salgada, os nós dos dedos brancos, articulando palavras que nunca mais conseguirei ouvir outra vez?

"Aonde você pensa que vai?", pergunta Rupert enquanto puxa as calças. Ele está andando em minha direção, bem devagar. Ele não está com pressa. Agora está de pé na minha frente, seus lábios quase tocando os meus. Rupert se inclina para beijar a pele nua do meu pescoço, ignorando meu tremor incontrolável. "Apenas relaxe, Grace."

Pequena sereia. As palavras sibilantes estão mais altas agora, exigindo minha atenção. Elas soam... *molhadas*. Olho para além do ombro de Rupert para flagrar dezenas de olhos me encarando do meio da água. Elas emergem, cabelos verdes penteados para trás, boca aberta. *As Rusalka*. As mulheres caídas, de braços estendidos, prontas para capturar suas presas.

"Opaaa", diz Rupert quando o empurro contra a lateral do barco, beijando-o com intensidade. "Calma, tigresa." Sua língua invade minha boca vazia. "Que esquisito", murmura ele. "Não tem nada aí..." Eu permito que meus dedos mergulhem sob o cós da calça dele, do jeito que vi Flora fazer com Oliver, e Rupert relaxa, seu aperto suavizando apenas o suficiente para eu reunir forças. Afinal, sou Muirgen, filha de Muireann do Mar Verde. Eu sou Gaia, provinda da terra. E ninguém me trata desse jeito.

"Minha nossa!" E então seu rosto se retorce numa expressão de pânico, os olhos esbugalhados enquanto ele cai, agitando os braços em busca de alguma coisa na qual se agarrar. Ele grita quando atinge a água, com força, seu corpo titubeando. Rupert ressurge se debatendo, em fúria. "Sua..."

Então vê a primeira Rusalka, e sua segunda olhada repleta de choque é quase cômica. Estas são criaturas para as quais ele nunca deu crédito desde que era criancinha, no colo da mãe, ouvindo enquanto ela desfiava histórias para ajudá-lo a dormir. Monstros ou sereias? Talvez as Rusalka sejam as duas coisas. E talvez, no fim, não sejam nenhum dos dois.

Salka por Salka, elas se erguem da água, cercando-o, exibindo dentes pontiagudos.

"Grace. Grace, me ajuda. Chame alguém", implora Rupert. "*Qualquer pessoa!*", se descontrola quando não saio do lugar. As Rusalka fecham o círculo em torno dele, botando os braços uma no ombro da outra, olhos mirando o céu, o som da música de suas gargantas contundente. Uma canção sobre traição e promessas quebradas. Noivas abandonadas e bebês arrancados de ventres, sobre meninas encarceradas e forçadas a trabalhar em instituições, trancafiadas por homens supostamente santos, homens que diziam àquelas mesmas meninas que precisavam expiar seus pecados de luxúria. (*Conte-me sobre seus gestos impuros, minha criança*, sussurravam eles em cantos escuros, tentando não babar de expectativa. *Conte-me detalhadamente tudo o que você fez, e assim lhe concederei a absolvição.*)

Rupert está choramingando enquanto a música delas vai se transformando em um grito estridente, as janelas do iate se estilhaçando e os pedaços de vidro caindo em volta dos meus pés. O sangue escorre pelo nariz de Rupert e seus olhos também começam a derramar lágrimas de sangue. Uma das Salka sai de posição, a cabeça de Rupert entre suas mãos com garras. Ela lambe as lágrimas dele, a boca de dentes pontiagudos se manchando de vermelho. E então ele não grita mais.

Desabo no chão, tremendo. Minhas pernas fracas demais para me sustentar por mais tempo. O que eu teria feito se as Salka não tivessem vindo em meu socorro, se não tivessem farejado o apetite voraz de um homem maldoso? Fui tão idiota por vir aqui, por desistir de tudo o que um dia conheci, que já amei, numa tentativa de seduzir um humano. Um homem que eu não conhecia, um homem que eu só vi uma vez e que concluí ser a resposta para todos os meus problemas. Talvez meu pai estivesse certo. Eu sou apenas uma sereiazinha burra.

Levo as mãos à garganta. Eu nunca mais vou ouvir a minha voz. Olho para o céu. A luz está mudando e a lua desaparecendo, chamando seu amante, o sol, para tomar seu lugar. Uso o corrimão na lateral do barco para me arrastar e voltar a ficar de pé, e então começo a chorar. Não tenho palavras neste mundo acima do mar, mas vou soletrar o alfabeto com minhas lágrimas.

Uma cabeça na água (as Salka voltaram?) e depois mais uma. E outra, outra, mais outra. Nenhuma juba verde desta vez, e sim crânios limpos; cabelos arrancados com a mesma precisão com que as empregadas da cozinha depenam uma galinha para mais um dos jantares intermináveis de Eleanor. Eu me esforço para enxergar, esperando até que se aproximem e eu consiga ver os traços gravados naqueles rostos pálidos. Olhos tão azuis e lábios tão vermelhos. E então percebo quem são as donzelas.

"Muirgen", diz uma delas. Forço a vista e descubro ser Talia. Eu havia me esquecido de como o povo sirênico era homogêneo. Meu pai quer que todas pareçamos iguais, que nos comportemos da mesma forma, que pensemos do mesmo jeito; e eu simplesmente aceitei isso como natural. Por que eu nunca entendi como era enfadonho? E como era sufocante? Por que nenhuma de nós percebeu que poderia haver força em nossas diferenças, tanto quanto em nossas semelhanças? "O que você fez consigo mesma?", pergunta Talia quando me vê, os olhos arregalados de pavor.

"Você causou tantos problemas", queixa-se Arianna. "Nosso pai está furioso. Ele e Zale têm planejado..." Ela olha para trás, como se esperasse que nosso pai estivesse ali, daquele jeito cauteloso que todas sempre fazemos. "Mas ele está certo, é claro", diz ela. "O Rei dos Mares está sempre certo. Pois ele é sábio e bom. Somos sortudas por vivermos na mesma época que o Rei dos Mares."

Minhas irmãs estão mais magras, os ossos pronunciados em seus rostos. Elas estão nervosas, falando depressa e ao mesmo tempo escolhendo suas palavras com uma deliberação incomum. Olho para além delas, buscando pelo outro rosto que desejo muito ver antes de morrer.

"Vovó não está aqui", informa Sophia, compreendendo instantaneamente. "Ela teria se sentido impelida a contar ao nosso pai, e não há como descrever o que ele poderia fazer caso soubesse que procuramos a Bruxa do Mar."

Vocês procuraram a Bruxa do Mar? Balanço a cabeça. Não consigo acreditar que minhas irmãs fariam tal coisa.

"Nosso pai teria razão em ficar furioso", diz Cosima. "O que ele pensaria se soubesse que saímos do Mar de Sombras com esta aparência? Suas filhas, *feias*."

Elas não estão exatamente feias, mas estão um tanto esquisitas. Olhos esbugalhados em rostos pálidos, veias em riscos azulados nas cabeças magricelas. *Por que vocês fizeram isso?* Toco minha cabeça e aponto para elas numa interrogativa.

"Ah, Muirgen", lamenta Sophia. "Então é verdade o que Ceto disse. Você sacrificou sua voz." A dela estremece, como se estivesse segurando as lágrimas. "Como você pôde fazer uma coisa dessas?"

"Esqueça a voz dela", corta Talia, tentando espiar acima da lateral do barco. "Eu quero ver essas pernas humanas que você tanto desejava." Aceno em dispensa, humilhada com a ideia de minhas irmãs verem meus pés estraçalhados. "Eu não consigo entender esse fascínio, nossas caudas são tão lindas."

"Ela estava apaixonada", intervém Cosima, olhando para baixo. Ela diz a frase tão baixinho, como se tivesse chegado a um novo grau de compreensão. Que o amor é doloroso, que o amor é alguém metendo a mão no seu peito e jogando seu coração fora, como se não tivesse valor. *Eu sei*, quero contar a ela. *Eu sei por que você fez o que fez. Eu sei que você me enviou a Ceto porque me queria longe.*

"Sim, estava", confirma Sophia. "O amor pode deixar você idiota."

"E o que você sabe sobre o amor, irmãzinha? Você nem mesmo está noiva", diz Talia a Sophia. "Não é como..." Ela olha para Cosima, e hesita. "Não é como Nia e Marlin", continua. "Eles são perfeitos um para o outro."

O sorriso fraco de Nia vacila quando Talia não está olhando. Eu me lembro daquelas duas garotas no barco, do apreço óbvio de uma pela outra. Eu queria ter minha voz de volta. *Você não é anormal*, eu diria a ela. *O amor nunca é anormal, não importa a quem você decida entregá-lo.*

"Ah, Muirgen", continua Talia. "Tudo tem estado uma bagunça nessas quatro semanas em que você nos deixou."

"Um desastre completo", completa Arianna.

"Sim", diz Talia, franzindo a testa para Arianna. "No início, teve um monte de boatos. Nosso pai ficou furioso com vovó, disse que ela havia negligenciado seus deveres, ele disse que..." Ela vacila, incapaz de repetir as palavras que o Rei dos Mares escolhera para repreender nossa avó. *Vovó está encrencada por minha causa.* "Ele tinha o direito de estar furioso, é claro."

"Sim", entoam minhas irmãs, e eu me encolho. Eu também era assim, quando morava no reino? "Louvado seja o Rei dos Mares."

"Inicialmente, nosso pai pensou que você tivesse sido sequestrada pelas Salka", revelou Talia. "Zale saiu com um grupo de guerreiros, capturando a primeira cabeça verde que conseguiram encontrar e amarrando-a à mesa de jantar do palácio com pedaços de algas marinhas." Consigo imaginar a cena, um grupo de homens cercando a Salka relutante.

"Ela estava pálida", diz Arianna. "Mas no final confessou, nos disse que você tinha..."

"Que você tinha ido à Bruxa do Mar voluntariamente", diz Talia, a testa vincada, como se meus motivos para ter feito aquilo continuassem incompreensíveis para ela.

Lembro-me da noite em que parti, do desespero total que me levou ao Mar de Sombras, qualquer destino melhor do que o que me aguardava naquele reino de ilusões. Até mesmo a morte. Talia jamais entenderia.

"E você pediu a ela para lhe dar esses dois tocos humanos para caminhar sobre a terra." Talia respira fundo, trêmula. "Papai ficou *tão* nervoso", sussurra ela.

"Irmãs", diz Nia, uma das mãos acima dos olhos enquanto examina o horizonte. "Não temos muito tempo. Talvez uns cinquenta minutos antes de o sol subir completamente."

"Muirgen", diz Sophia, e lágrimas fazem meus olhos arderem ao som do meu próprio nome. Não achei que voltaria a ouvi-lo antes de morrer. "Todas nós fomos à Bruxa do Mar e imploramos por ajuda. Ela nos concedeu misericórdia." Ela dá um sorriso assombrado, e o pavor toma conta de mim. *O que a Bruxa do Mar fez a elas?* "Misericórdia para você, eu quero dizer", conclui Sophia.

"Mas tivemos que lhes dar nossos cabelos", murmura Cosima.

"Eu não sei por que você está reclamando", repreende Talia. "Foi ideia sua procurar a Bruxa do Mar, para começo de conversa. Você disse que ela era a única capaz de nos ajudar, que ninguém mais saberia como salvar Muirgen." Envergonhada, Cosima encontra meu olhar, e sinto como se ela estivesse tentando me dizer alguma coisa. Algum tipo de explicação. Um pedido de desculpas. Em minha mente, pisca uma imagem de nós duas quando crianças, de mãos dadas; brilha com uma intensidade lindíssima. Desvio o olhar, permitindo que a imagem desapareça. Muita coisa aconteceu agora. Há coisas demais para se perdoar, e receio não saber por onde começar.

"Então, sim, fomos até a Bruxa do Mar", continua Talia. "Que expedição! Eu não sei como você conseguiu sozinha. Foi muito corajoso da sua parte." Ela olha para mim demonstrando algo semelhante a admiração, uma expressão que não estou acostumada a ver no rosto de minhas irmãs. "Mas Ceto não era tão aterrorizante quanto achávamos", diz ela, o restante de minhas irmãs assentindo. "Parecia que ela queria nos ajudar, na verdade. Mas tivemos que sacrificar nossos cabelos, é claro. No entanto, ela nos deu isto aqui em troca." Ela ergue a mão da água, os dedos apertando firmemente o cabo de um punhal, o aço brilhando à luz crescente da manhã. É a mesma arma que eu vi na casa da Bruxa do Mar, a que ela usou para mexer a poção mágica. "Isto aqui vai te salvar."

Como?

"Você tem que ir atrás desse homem", começa Sophia, como se estivesse lendo minha mente. "Imediatamente."

E o que devo fazer quando o encontrá-lo? Estou tão cansada.

"Muirgen. Muirgen, me escute. Quando você o encontrar...", continua Sophia, exigindo minha atenção. "Gaia, você precisa..."

"Você deve levar o punhal", diz Arianna com certa satisfação. Ela é como nosso pai, essa menina; sempre gostou de uma história com muito sangue. "E rasgar o peito do humano com ela, usando a ponta da lâmina para furar o coração pulsante. O sangue que derramar deve ser pingado em seus pés humanos, e suas escamas reaparecerão, e depois sua cauda. Como mágica."

"Como mágica!", repete Talia.

Eu me imagino fazendo isso, os olhos de Oliver se arregalando ao ver a lâmina perfurar sua carne, berrando por clemência. Dou um passo para trás, a mão na boca para o caso de o vômito surgir num jorro.

"É o único jeito, Muirgen", diz Talia.

"Ela não vai dar conta de fazer isso", provoca Cosima quando olho para elas em estado de choque.

"Você tem que fazer", diz Sophia com urgência. "Muirgen, você *precisa* fazer. Esse assunto não tem mais só a ver com você. Zale está reunindo as tropas, botando lanças nas mãos de todos os homens; crianças e idosos também. Você..." Algo cruza seu rosto, algo que não consigo decifrar, mas que me causa um arrepio. "Você não entende como as coisas têm estado para nós desde a sua partida."

"Zale só está fazendo o que acha ser necessário", diz Cosima, seu tom desafiador habitual um tanto atenuado. "Agora estamos noivos, Zale e eu", informa ela, um tremor na voz. *O que Zale vai fazer com você quando vir sua careca?* Ela está magra e pálida, assim como as outras. No entanto, noto leves hematomas pipocando em seus braços. Nada muito evidente. Nada digno de chamar atenção. Mas eu vejo. E eu sei. *Ah, Cosima.*

"Quarenta e cinco minutos", diz Nia, ainda contando os segundos no céu.

Talia vem nadando para mais perto do barco, estendendo o punhal para mim. *Eu não posso fazer isto. Você não pode esperar que eu cometa tal atrocidade.*

"Muirgen", insiste Sophia mais uma vez quando me curvo, minhas mãos sobre o estômago como se eu estivesse tentando evitar que meu corpo desabasse. "Muirgen. Não podemos voltar sem você. Nosso pai, ele..."

"Ele tem andado muito bravo", diz Cosima. Elas me encaram, os olhos fixos. E eu me pergunto o que o Rei dos Mares andou fazendo com elas. Cosima pega o punhal de Talia e se estica o mais alto que consegue. "Você tem que fazer isso, *Gaia*."

"Quarenta e quatro minutos", diz Nia.

Pego a arma. O cabo é feito de ônix, incrustado com joias muito negras que lembram os olhos de um polvo. Seria fácil cortar alguém com isto, seguindo a rota da coluna. De alguma forma, o peso da arma em minhas mãos é chocante; o poder que ela sugere. Eu gosto disso, estou surpresa por descobrir. *Eu quero mais disso.*

"Somos irmãs", diz Sophia. "Precisamos umas das outras, Muirgen. Sempre foi assim."

Sim. Estou preparada para fazer o que for preciso.

19

As escadas rangem quando desço, furtiva, um grito estridente no silêncio. Seguro a respiração com medo de minha falha já ser um fato consumado, de meus passos despertarem os empregados de seu sono e eles aparecerem correndo apenas para me flagrar com um punhal nas mãos. Mas nada acontece. Dou o restante dos passos com cuidado. Andando na ponta dos pés, os ossos soltando da pele, furando a carne. A dor é tão angustiante que, pela primeira vez desde que me tornei humana, ou seja lá o que sou agora, fico feliz por ter perdido minha voz. Eu não seria capaz de evitar o grito.

Há uma pequena cozinha à esquerda, dois banheiros em frente e mais quatro outras portas. A porta de um dos quartos está aberta, exibindo fileiras de beliches vazios. Ouço um ronco vindo de outro cômodo, então presumo que ali fiquem os aposentos dos empregados. Mais dois quartos. Testo a maçaneta de um deles e está trancada. Xingo baixinho. O que vou fazer se Oliver tiver trancado a porta para garantir sua privacidade com Flora?

Orando aos deuses testo a outra maçaneta. Ela cede, a porta se abrindo para um cômodo grande. Tapete bege, painéis de carvalho escuro, uma cama imensa. E lá estão eles, Oliver e Flora, as testas juntinhas como se esperassem poder se beijar enquanto sonham. Ambos estão nus, as roupas de cama emboladas ao redor de seus corpos. As pernas longas e esbeltas de Flora; imaculadas, intocadas. Perfeita de um jeito que nunca mais voltarei a ser.

Aperto o cabo do punhal com mais força quando olho para Oliver. Eu me sacrifiquei tanto por este homem; abri mão da minha família, do meu lar, da minha identidade. Mutilei meu corpo, cinzelando-o a algo irreconhecível, só para que ele me achasse bonita. Nem mesmo bonita, meramente *aceitável*. E terminei silenciada para sempre em nome do "amor verdadeiro". Eu queria que vovó nunca tivesse me contado aquelas histórias, me logrado a acreditar que o *felizes para sempre* era possível para mulheres como eu.

Oliver dorme, seu peito subindo e descendo, seu rosto sereno. Ele pensa não ter nada a temer. Ele nem sequer trancou a porta para salvaguardar seu aposento, de tão seguro que é da própria imortalidade. Eu me imagino avançando, passos sangrentos por todo o tapete branco como a neve, deixando uma marca neste mundo humano da qual eles jamais se livrarão.

Tenho a sensação de estar dividida, como se minha consciência estivesse se afastando do meu corpo, flutuando até o teto e observando a garota abaixo. A garota com os pés estilhaçados e o coração partido. A garota desprovida de voz. Que tola ela tem sido.

Sim, Gaia, sim. Faça o que tem que fazer. Você vai se postar ao lado da cama, ele estará de costas para você. Você levanta a lâmina aos céus (ela é pesada, não é pequenina? Tão pesada) e aí você a enfia nas costas dele, retorcendo-a, sentindo a carne dura. E aí você enfia e retorce de novo, esculpindo círculos em sua pele, arrancando nacos cartilaginosos dele. Você vai buscar seu coração, o coração que ele jamais entregaria a você de bom grado. Ainda batendo, aquele coração; mas não batendo por você, *nunca* batendo por você, Gaia. E você vai levá-lo à boca e vai devorá-lo inteiro, engolindo-o, empurrando-o para seu estômago. Ele vai bater lá, como um segundo coração. E assim Oliver vai pertencer a você. Finalmente.

Respiro fundo, um som rouco na garganta quando o ar procura minha boca e a encontra vazia. Sinto uma calmaria no corpo, como sedimentos soltos afundando no leito marinho depois de uma tempestade. Olho para ele novamente. Oliver. Oliver... *O que Oliver é?* Mimado. Fraco. Magoado. Um ferrado, sim. Porém amado; imensamente amado. Penso em George, em sua lealdade inabalável a Oliver, independentemente do mal comportamento do amigo. Em Daisy, que se tornou uma irmã para mim e que jamais acreditaria que a Grace que ela conhece cometeria tal ato. E em Eleanor Carlisle, que perdera tanta coisa. Lembro-me daquela noite no quarto das pinturas. A desesperança parecia crua demais para ser ignorada. As mulheres da minha família causaram dor suficiente a ela; serei eu o motivo de mais uma?

Minhas mãos estão junto ao corpo, frouxas, mas não deixo o punhal cair. Eu me ajoelho ao lado da cama. Fiquei quietinha enquanto a Bruxa do Mar cortava minha língua, e pensei que ainda seria capaz de fazê-lo me amar. *Eu tinha o meu rosto*, como dissera a Bruxa do Mar. Eu tinha meu rosto e meu belo corpo. O que mais um homem poderia querer? Durante tanto tempo me disseram para ser discreta, para ouvir os tritões e para ser atenciosa e respeitosa. Para ter noção de qual era o meu lugar. Eu não imaginava que um homem humano iria querer muito mais de mim.

E, ainda assim, ele quis. Seu deleite pela sagacidade de Flora e pela inteligência dela, por sua capacidade de desafiá-lo, de fazê-lo rir são prova suficiente disso. Por que não percebi que tais coisas seriam importantes? Roço meus dedos na testa de Oliver. Eu pensei que ele fosse me salvar.

Oliver se remexe, como se para afastar minha mão dele. *Meu nome é Gaia*, digo a ele mentalmente. *Quero que você saiba meu nome verdadeiro, já que nunca conheceu quem sou de verdade.*

Eu deveria sair antes que ele acorde. Eu deveria ir embora antes que eu mude de ideia, antes de decidir reivindicar seu sangue para que eu volte a ser sal.

Olho para Flora, que rosto adorável, tão tranquilo em seu sono. Ela de fato é incrivelmente parecida com Viola. É inquietante. É...

Ela abre os olhos em um segundo, como se só estivesse fingindo dormir. Como se soubesse que eu apareceria.

"Estive esperando por você, pequena sereia", diz.

20

O pavor arranha meu coração com suas unhas, ávido por sangue. Flora se levanta da cama. Ela o faz com uma graciosidade lânguida que sugere que está um tanto acostumada a ficar nua, e não vê vergonha alguma nisso. Encaro seu corpo descoberto, as longas pernas e os mamilos castanhos, e franzo a testa.

"Muito recatado da sua parte", diz ela. "Você se acostumou aos modos humanos." Ela abre a cômoda no cantinho do quarto, vasculhando seu conteúdo. "Roupões dele e dela", comenta ela enquanto se envolve no tecido branco. "Eu não tinha certeza se esse sujeito poderia se confirmar um clichê, e, no entanto, cá estamos."

Ela está fazendo barulho demais, penso ao ouvir um cabide de madeira cair no chão. *Vai acordar Oliver.*

"Eu não me preocuparia com isso", diz Flora. Ela vai até o outro lado da cama, botando a mão na testa dele. Diferentemente de quando o toquei, Oliver não se mexe. Sua respiração fica mais lenta, seu corpo relaxando no colchão como se estivesse afundando. "Eles sempre dormem depois; é patético como têm pouca resistência. Você não perdeu muita coisa com este aqui, posso garantir."

Perdeu muita coisa? Do que ela está falando?

"Ele foi mediano apenas", emenda Flora. "Muito preocupado com o próprio prazer, e incomodado por eu não ter demonstrado estar achando tudo uma grande honra. A fragilidade masculina pode ser cansativa às vezes, não é?" Ela senta na cama, sorrindo para mim. "Tudo bem ficar confusa. Compreensível, na verdade."

Como ela consegue...

"Sim, eu consigo ouvir você. Não tem necessidade de ficar tão apavorada."

Estes pés que não funcionam se revelam instáveis quando tropeço, me afastando dela, buscando a maçaneta da porta. Agarrando-a entre meus dedos. Torcendo e retorcendo.

Esta porta está trancada. Volto-me para ela, quase cega de medo. *Ela trancou a porta?*

"Sim", responde Flora. "Eu não queria que você fugisse de mim antes que eu pudesse explicar tudo."

Mas como você fez isso? Eu não consigo respirar direito, estou ficando cada vez mais ofegante a cada segundo que passa. *Quem é você? Você... É você, Viola?*

"Viola", repete ela. "Você acha que Viola voltou de seu túmulo aquático para assombrar você?" Viola, afundando ao meu lado, agitando os braços. "Por acaso alguém aí está se sentindo culpada?", pergunta Flora. "Você abriu mão dela tão rapidamente para poder salvá-lo, não foi?" *Sim.* Eu permiti que Viola se afogasse, e fiz isso sem pensar duas vezes. A vergonha arrepia minha pele, estourando feito pústulas.

Quem é você?

"Você ainda não adivinhou?" Flora leva dois dedos à garganta, e a voz que surge desta vez é diferente e, ainda assim, familiar. "Olá, Muirgen", cumprimenta ela, só que sou eu falando, minhas palavras perdidas saindo da boca de Flora. Estou atordoada demais para fazer qualquer esforço para fugir, então fecho os olhos, ouvindo aquilo que achei que nunca mais ouviria. "Não chore", diz minha voz. "Não chore, pequena sereia."

Os traços de Flora vão sumindo, se fundindo antes de começarem a derreter. É como a água numa tela, lavando a tinta. E o que tem embaixo? Um rosto lindo, um corpo completo, mas sem cauda desta vez. Pernas grossas e suculentas, lindamente torneadas. Pérolas enredadas nos cabelos, brilhando. É ela.

A Bruxa do Mar.

"Eu já te disse, meu nome é Ceto", diz ela. "Não seja mal-educada. Que alívio me livrar desse... corpo insípido. Eu não sei como as pessoas conseguem fingir ser algo que não são; exige tanto esforço. Esse sempre foi o meu problema, desde que eu tinha a sua idade. Eu não me importava com o que as pessoas pensavam de mim. Eu só queria ser fiel a mim." Ela solta uma gargalhada. "Seu pai não gostava nadinha, isso eu te digo."

Meu pai mataria você se tivesse oportunidade, Bruxa do Mar. Colo as costas à porta, os dedos ainda agarrando a maçaneta, na esperança de que vá se abrir.

"Você acha que eu tenho medo do seu pai?", provoca ela, sorrindo diante de minhas tentativas de fuga. "Você acha que eu moro no Mar de Sombras porque temo a força dele? Não, pequenina. Eu moro na escuridão porque lá posso ser genuína, e viver genuinamente é a coisa mais importante que qualquer mulher pode fazer." Ela inclina a cabeça para o lado. "Mas exige coragem, e não somos ensinadas a sermos corajosas, somos? As mulheres são ensinadas a obedecer às regras." Um dos enfeites nos cabelos dela reluz, chamando minha atenção. Tantas pérolas. *Uma, duas, três...*

"Treze", esclarece ela. "São treze pérolas. Mais do que qualquer sereia que você já conheceu, certo? O Rei dos Mares costumava dizer que treze era um número que dava azar, mas ele só estava incomodado porque eu era a primogênita. Meu irmão tinha mania de querer ser o vencedor em tudo."

Irmão. Paro de tentar abrir a porta.

"Finalmente você está entendendo!" Ela aplaude com uma satisfação sincera. "Ele era um pesadelo quando éramos crianças", revela. "Eu tinha mais poderes naturais do que ele, isso ficou bem óbvio desde o começo. Ele me odiava porque era o menino da casa, e os meninos sempre deveriam ser mais poderosos. Quando nosso pai morreu e meu irmão pôs as mãos naquele tridente, eu soube que meus dias no reino estavam contados." Ela encara o chão, o rosto sombrio de repente. "Eu o ouvi por acaso falando de táticas de guerra com seus companheiros, se gabando de como ia ser o responsável por exterminar as Salka. Eu amava meu pai, de verdade, mas nunca concordei com sua política de exilar as Salka no Mar de Sombras. Isso só servia para criar medo nos tritões, ressentimento nas Salka. E o ressentimento não pode ser contido para sempre."

Então o Rei dos Mares mandou seus homens para o Mar de Sombras, eu a incitei, impaciente.

"Sim", confirma Ceto, "mas nem mesmo isso foi suficiente para o meu irmão. Ele estava obcecado com essa coisa de pureza sanguínea, e de sermos todos iguais. Ele queria exterminá-las para sempre. Você tem que entender, as Salka não queriam guerra. Elas só estavam se defendendo dos ataques do reino, mas ele não queria saber. Estava disposto a matar todas elas, e depois a mim, quando chegasse a minha vez, eu presumia, mesmo eu sendo feita de sal. Mulheres poderosas frequentemente ameaçam os homens inseguros." Seus olhos ficam mais sombrios. "Então eu fui embora, abandonando o palácio na calada da noite, e procurei as Salka. E disse que iria ajudá-las. Eu sei como é abandonar a própria família, pequena sereia. Nós não somos diferentes, você e eu", diz ela, e eu não sei se é para ser um elogio. "Embora você fosse muito mais jovem do que eu, é claro. Eu tinha pelo menos uns quarenta e cinco anos quando fui embora. E não foi um problema morar no Mar de Sombras." Ela pigarreia. "Eu tinha as pobres Salka para cuidar, e tinha liberdade. Isso é mais do que a maioria das sereias pode esperar."

Por que você me deixou fazer isso? A raiva cresce dentro de mim, cáustica e acre. *E por que você veio esta noite e o distraiu, sabendo que era minha chance derradeira de sobrevivência?*

"Você realmente quer um homem que se distrai tão fácil?", questiona. "Eu mal precisei me esforçar hoje à noite. Ele estava maduro para a colheita."

Por que você me ajudou? Eu preciso saber, meu corpo inteiro se retesando enquanto aguardo pela resposta.

O sorriso dela murcha de repente. "Eu falhei com sua mãe. Eu não poderia falhar com você também."

Minha mãe. Dois passos e logo estou bem diante dela. Eu a agarro pela garganta, veloz como um peixe. Aperto com força, pois não tenho mais medo dela. Vou conhecer a verdade, finalmente. *Conte-me. Conte-me tudo.*

Ela tira meus dedos de seu pescoço, com gentileza. "Eu conheci Muireann do Mar Verde. Não muito bem. Ela era só um bebê quando eu e meu irmão estávamos em meados de nossa quadragésima década de vida, mas o pai dela era o favorito da corte, então ela frequentou bastante o palácio quando era criança. Ela era como você, os mesmos cabelos ruivos, a mesma voz linda. Uma alma sensível." *Você é tão parecida com sua mãe, jovem Muirgen. Tão ela em todos os sentidos.* "Meu irmão era obcecado por ela, desde que ela completou doze anos." Ceto estremece. "Ele ficava pedindo ao pai de Muireann permissão para se casarem, e foi instruído a esperar, que alguns anos não fariam mal. Seu avô não tinha medo do Rei dos Mares. Mac Lir era muito respeitado no reino para ser intimidado à submissão."

Mas minha mãe concordou em se casar com o Rei dos Mares. Para dar um fim à guerra.

"Primeiro ela veio até mim, chegou ao Mar de Sombras louca de dor pelo luto por causa do irmão, exigindo saber qual das Salka o havia matado. Como se fosse culpa das Salka!"

Mas foi culpa delas. Eles mataram o tio Manannán, e o executaram com satisfação. Foi culpa delas tudo isso ter acontecido.

"Você ainda acredita que isso seja verdade?", diz Ceto. "Eu não sei o que aconteceu ao seu tio, mas minhas Salka juraram que não tinham conhecimento da morte dele. Parecia um tanto conveniente, sempre achei. O desaparecimento de Manannán, a pessoa que Muireann mais amava no mundo. As pessoas fazem coisas curiosas quando estão de luto, não é? E o Rei dos Mares sabia como Muireann era, sabia que ela não nutria gosto pela guerra. Acho que ele apostou que Muireann faria qualquer coisa para recuperar a paz no reino."

Eu tento conectar as pontas irregulares do quebra-cabeças, montá-las de um jeito que faça sentido. *Ela está dizendo que...*

"Eu não estou dizendo nada", interrompe ela. "Tudo o que sei é que as Salka só queriam paz para viver suas vidas, e mesmo assim sua mera existência era suficiente para enfurecer meu irmão." A Bruxa do Mar expira audivelmente. "Tentei explicar a Muireann que aquela guerra não era obra minha, nem mesmo meu desejo; e, portanto, eu não tinha como dar fim a ela, não importava o quanto ela me implorasse. Eu não sabia quais medidas ela tomaria a seguir."

Ela se casou com o Rei dos Mares. Eu tento imaginá-la, quinze anos e louca de tristeza, prometida a um homem com idade suficiente para ser seu pai. *A pobre pequena sereia.*

"Ela ficou razoavelmente contente durante um tempo", diz a Bruxa do Mar. "Teve filhas, você e suas irmãs. As notícias sobre o tamanho do amor que ela nutria por vocês chegaram a mim no Mar de Sombras."

Mas não foi o suficiente. Já era ruim o suficiente, quando criança, saber que minha mãe fora imprudente. Mas desde que eu soube do relacionamento dela com Alexander, ficou claro que ela também não tinha coração. *Meu pai estava certo o tempo todo. Ela de fato nos largou. Abandonou.* A melancolia que tem sido minha sombra desde que minha mãe me deixou puxa minha mão como uma criancinha exigindo atenção.

"Isso não é verdade", diz Ceto ferozmente. "Não era intenção dela se apaixonar por um humano; ela só queria salvar a vida dele. Houve um acidente e Muireann encontrou esse tal homem nos destroços."

Era o pai de Oliver, não era? Aqueles quadros, o rosto da minha mãe replicado repetidamente. Os cabelos tão ruivos e os olhos tão azuis.

"Sim", diz a Bruxa do Mar, os olhos cravados em mim. "O naufrágio ocorreu alguns meses depois de você nascer. O homem, Alexander, foi resgatado por uma linda mulher. A atração foi mútua, certamente, e como no caso de muitos antes deles, ambos confundiram sua luxúria com amor. Minhas Salka contavam que depois do naufrágio a viam se esgueirando regularmente até a superfície para encontrar esse homem, até o dia do seu primeiro aniversário. Eles resolveram tornar as coisas mais permanentes quando..."

Quando o quê? Conte-me mais.

"O que mais há para se contar? Ele também não era bom o suficiente para Muireann, esse tal Alexander." Ela aponta para Oliver, que ainda dorme. "Essa linhagem produz homens fracos, mas descobri que homens fracos frequentemente se sentem atraídos por mulheres fortes. No início, de qualquer forma. Com o tempo, eles vão ficando ressentidos diante da mesma força que professavam amar. Eles tentam colocar você no seu devido lugar."

Exatamente o que Eleanor falou naquele quarto cheio de quadros. As perguntas estão me rasgando. *Foi você? Foi você quem deu pernas à minha mãe para que ela pudesse seduzir o pai de Oliver? Você também pegou a língua dela como pagamento?* Imagino minha mãe viajando ao Mar de Sombras, seu medo incitando-a a prosseguir, do mesmo jeito que aconteceu comigo. Minha mãe, numa praia com o pai de Oliver, desenhando anéis de sangue ao redor dele.

"Não", diz Ceto. "Muireann do Mar Verde não precisou de tal ajuda minha."

Não estou entendendo. Soco a porta atrás de mim em frustração.

"Muireann dava conta de fazer isso sozinha. Sua mãe conseguia se descolar de sua cauda, feito uma cobra, quando chegava à praia, e voltar a se transformar em sereia no momento em que suas pernas temporárias provavam sal."

Como é? Eu afundo até o chão, colando os joelhos no peito. *Você quer dizer que...*

"Isso." Ceto continua parada. "Sua mãe era dotada de poderes. Impressionantes, de fato."

Mas isso é impossível. Balanço a cabeça. *Muireann do Mar Verde era só uma sereia.*

"Todas as sereias costumavam ter poderes, Muirgen." Ceto me entrega uma toalha para que eu a enrole ao redor dos pés. Eu nem tinha percebido que as feridas reabriram, cuspindo suas entranhas no chão. Olho para elas com nojo. *O que eu não daria para ter minha cauda de volta.* "Os poderes se desenvolveriam no dia em que chegássemos a uma certa maturidade, quando nossos corpos decidiam que já éramos mulheres. Mas diziam que esses poderes *não eram para uma sereia*. Diziam que nenhum tritão iria querer ficar conosco se fôssemos mais poderosas do que eles. Advertiram que nossos poderes nos tornavam indiscretas demais. Muito incômodas. E assim as mulheres se tornaram comedidas porque nos foi prometido que seríamos mais felizes assim. E nossos poderes foram perdidos. E isso também aconteceu tão depressa. Aquilo que consideramos garantido pode facilmente ser tirado de nós se não permanecermos vigilantes."

Estendo a mão para encontrar algo no qual me firmar, estrelas cadentes explodindo no meu peito. *Mas não os seus poderes, não é, Ceto? Seus poderes permaneceram.*

Ela ri, exibindo dentes perfeitos. "Sim, os meus permaneceram. Eu era teimosa demais para isso."

E a minha mãe? Sou tomada por um senso de orgulho crescente, algo que nunca associei à minha mãe. *Minha mãe também não abriu mão deles?*

"Muireann era teimosa também, mas era mais habilidosa do que eu em esconder as coisas. Ninguém tinha conhecimento dos poderes dela, especialmente o Rei dos Mares. Ele jamais teria se casado com ela se estivesse ciente disso. No entanto, os poderes dela eram suficientes apenas para uso próprio; ela não tinha como garantir a segurança de todas as suas filhas também. E foi por isso que ela veio a mim, implorando por ajuda outra vez. Ela queria fugir do seu pai e levar vocês para terra firme. Só que eu não teria como fazer o feitiço sem extrair um preço, do mesmo jeito que fiz com você", diz Ceto. "A magia é profunda demais para isso. Muireann jamais permitiria que minha lâmina tocasse você, nem suas irmãs. Sendo assim, ela abandonou Alexander de vez. E voltou para o reino. Ela queria estar em casa a tempo do aniversário de seu bebê, foi o que disse na época."

Mas nos contaram que...

"Vejo que suas irmãs trouxeram meu punhal para você", ela interrompe meus pensamentos. A arma ainda está na minha mão direita. Eu nem percebi. "Eu sabia que você não seria capaz de fazer o que lhe era exigido. Você é muito molenga."

Se você me considerava molenga, por que fez a mágica? Se queria tanto honrar a memória da minha mãe, por que fez comigo a única coisa que ela não queria que você fizesse?

"Sua mãe não percebeu o quanto sua filha caçula viria a se tornar desesperada." A Bruxa do Mar alonga o pescoço para um lado, depois o outro, e eu ouço as articulações estalando. "Acredito que ela teria aprovado minha decisão, ou compreendido, minimamente. E eu esperava que Oliver fosse se apaixonar por você, esperava de verdade, mas eu disse a mim mesma que, se isso não acontecesse, eu viria em seu socorro. Eu ofereceria outro caminho."

Outro caminho? Estou cansada demais para fazer algo mais do que encará-la com cara feia. *Eu vou morrer assim que o sol nascer. Você me condenou à morte.*

"Não", devolve ela. "Você tem uma escolha."

Que escolha? Não estou acostumada a escolhas.

"Você pode ir até o convés", diz, se iluminando ao meu lampejo de interesse, ainda que relutante. "Quando o sol começar a nascer — e ele vai nascer muito em breve, pequena sereia, não se engane, meus poderes não podem impedir a virada do dia —, você pode pegar o punhal e perfurar seu próprio coração."

Não. Ofego como se ela tivesse sugado todo o ar de dentro de mim.

"Seu corpo vai cair no mar, onde minhas Salka estarão esperando por você", continua. "Elas vão levar você ao Mar de Sombras. Eu farei os preparativos necessários." Ela se inclina para onde estou sentada e bota a mão nos meus cabelos com tanta ternura que algo se desenrola dentro de mim, muito delicadamente. "Confesso que vai ser uma pena ver estes lindos cabelos vermelhos se tornarem verdes."

Eu a empurro. *Eu jamais poderia ser uma Salka.*

"E por que não?"

(*As Salka são diferentes de você e de mim,* dizia meu pai, *elas não têm origem régia. Não as considere nada menos do que criaturas patéticas e cruéis que devem ser controladas a todo custo.* Minhas irmãs e eu concordávamos com a cabeça.)

Encaro-a diretamente a fim de enfatizar meu argumento. *As Salka são feias, coléricas e...*

"E elas não têm motivo para se zangar?", pergunta Ceto, seu lábio franzido de desgosto. "Você acha que sua vida tem sido difícil, princesa Muirgen. Você não sabe o significado dessa palavra."

Faço um esforço para ficar de pé, minha mão estendida para ela. Implorando por clemência. *Mas as Salka...*

"As Salka são as rejeitadas, as vítimas, as órfãs e os alvos de abuso." Os olhos de Ceto brilham de irritação. "Elas merecem sua compaixão. É difícil ser mulher neste mundo, seja no fundo do mar ou na superfície. Você teve um gostinho disso esta noite, não é?" (A mão de Rupert em volta do meu pescoço, a outra tentando arrancar minha lingerie, buscando prazer sem meu consentimento. Eu não creio que ele teria gostado tanto assim se eu não tivesse resistido.) "As Salka sofreram coisas muito piores do que isso", continua Ceto. "Não tinha ninguém lá para ouvi-las gritando *não*. Ou talvez até houvesse; mas aqueles apelos não eram considerados dignos de clemência. Talvez até tenham ouvido, mas não tenham se importado. O não de uma mulher pode ser facilmente transformado num sim por homens que não querem levá-lo a sério."

Eu me vejo no convés erguendo a lâmina e me apunhalando bem fundo, vomitando sangue por entre os dentes. Minhas irmãs gritando. *Eu não posso fazer isso com meu corpo. Eu não posso me autoflagelar.*

"Gaia", diz ela, usando meu nome verdadeiro pela primeira vez. "Não tenho certeza se um retorno ao reino do seu pai é uma ideia viável. Eu disse a mesma coisa a Muireann quando ela veio a mim no dia do seu aniversário. Eu avisei a ela. *Procure Alexander*, eu falei, *e vou dar um jeito de mandar as crianças para você depois.* Eu prometi a ela que daria um jeito, e mesmo assim ela voltou ao reino. A minha aposta é que ela não suportava a ideia de perder o seu aniversário. Esse foi o erro dela." Ceto respira fundo. "Foi seu último erro. Meu irmão se certificou disso."

O que você...

Espere. Espere.

Meu pai, seu tridente encontrando o peixe mais próximo. Observando o bicho se contorcer até a morte numa das pontas. *Você sabe o que eu faço com sereiazinhas que se apaixonam por humanos?*

"Sim", confirma Ceto enquanto me enrosco no chão, em posição fetal. Eu não quero que isso seja verdade, e, ainda assim, de algum modo, bem lá no fundo, acho que eu sempre soube que foi isso o que aconteceu, mas nunca fui capaz de admitir. Era perigoso demais encarar isso. "Seu pai é um homem orgulhoso", diz Ceto. "Ele preferia vê-la morta a apaixonada por outra pessoa."

A minha... a minha avó sabia?

"Sua avó é medrosa", diz Ceto com gentileza. "Ela sempre foi medrosa. Ela desconfia que o Rei dos Mares possa ter participado da coisa toda, assim como desconfia que a morte de Manannán possa ter sido mais intrincada do que os fatos que lhe foram apresentados. Mas ela não faz muitas perguntas ou busca saber demais. É mais seguro assim."

Cale a boca. Eu não aguento ouvir mais nada. Minha esperança se despedaça dentro de mim, criando bolhas, me incinerando. Estou encolhida de dor, meu corpo tremendo com soluços silenciosos. Minha mãe está morta, e pelas mãos do meu pai. Minha mãe e tudo o que ela sacrificou por nós. Minha mãe, que só queria nos proteger. *Ela voltou para o meu aniversário. Ela voltou para mim.* E meu pai sempre dizendo que ela não nos amava. Que ela era uma mãe ruim, que ela nos abandonou. Ele nos deixou acreditar que éramos passíveis de abandono, porque isso nos mantinha pequenas. Assustadas. Manipuláveis.

Algo se endurece dentro de mim e eu permito que aconteça. Não, eu até mesmo saúdo a sensação. Vou endurecer. Vou ser feita de gelo. *Ele nos fez acreditar que era nossa culpa.* Levanto minha cabeça e encontro o olhar da Bruxa do Mar.

Estou furiosa, Ceto. Eu nunca senti tanta raiva assim. Está feliz agora?

"Tique-taque, pequena sereia", diz ela. "O tempo está se esgotando." Ela pega minhas mãos. "Assim como todas as mulheres, você tem o poder dentro de si, não importa as coisas nas quais seu pai a tenha levado a acreditar. Você confia nesse poder, Gaia?"

Eu nunca tive autonomia. Tirando quando procurei a Bruxa do Mar, eu sempre fiz o que me diziam para fazer. Parecia mais fácil assim. Mais seguro. Talvez eu fosse como a minha avó, ignorando os acontecimentos para permanecer confortável.

"Você estará segura conosco", diz Ceto. "Junte-se a nós, eu imploro. Junte-se à verdadeira irmandade em nome de sua mãe. Você pode nos ajudar a alcançar a paz, de uma vez por todas, livrando o reino das garras de seu pai e de seu exército de tritões predatórios. Nós podemos mostrar às mulheres como recuperar seus poderes. Eles ainda estão lá, em cada uma delas, enterrados tão profundamente que elas pensam estarem perdidos para sempre. Mas nós podemos ensiná-las. Esse pode ser o seu legado, Gaia."

Se eu me juntar às Salka, o que isso significa? Eu sou Muirgen, filha do Rei dos Mares. Eu sou Gaia, a sereia que desejava tanta coisa, que olhou para cima, que se apaixonou por um menino. E eu sou Grace, a garota que dança sobre dedos estilhaçados, sorrindo acima da dor como se não fosse nada.

Quem sou eu agora?

"Quem é você?" Ceto repete meus pensamentos. "Eu palpitaria que a pergunta mais importante é: quem você *vai ser*? Quem você é livre para ser agora?" Ela fareja, aprumando a cabeça. Sorri. "Bem na hora."

O quê? Eu olho para o alto também, como sempre fiz, mas não sei o que estou procurando agora.

"Uma tempestade está se formando", diz ela. "Está pronta para cantar, pequena sereia?"

21

O céu resplandecente salta do mar, deixando-o com tons de roxo. É lindíssimo, este mundo. Por que nunca reconheci tamanha beleza? Eu estava tão ansiosa para fazer Oliver se apaixonar por mim, para que minha vida "de verdade" pudesse começar, que me esqueci de sossegar e avaliar o que estava ao meu redor. Só por um segundo, inspiro o ar abrasador, sentindo a pitada de luz do sol em minha língua. Ouço minhas irmãs conversando entre si.

"Onde ela está?"

"Falta pouco tempo."

"Eu disse que ela não ia dar conta de fazer."

"Cala a boca, Cosima."

"Não me mande calar a boca, Talia."

"Irmãs, *por favor*. Não é hora nem lugar de discussões mesquinhas."

Dou um sorriso, apesar do meu desânimo. Elas nunca mudam, essas minhas irmãs. Será que elas vão continuar a brigar assim com o passar dos anos? Quando Nia se casar com Marlin e o restante delas for oferecido aos maiores licitantes? Depois que seus filhos nascerem, filhos que jamais vou conhecer? Filhos que jamais vou carregar. Talvez o ato de se tornar mãe teria compensado o fato de eu não ter tido uma mãe. Talvez isso pudesse me fazer feliz. Mas, no final, só posso desejar que minhas irmãs sejam felizes em meu lugar.

Desejo que elas tenham apenas filhos homens.

Fecho meus olhos e penso na minha mãe. Em como ela tentou nos salvar, em como *ela voltou para nós* e foi morta por seus esforços. E aí penso no meu pai.

Ele esperou por ela junto às rochas mais próximas do mundo humano, escorregadias com musgo e mexilhões, a Bruxa do Mar me contou. Minha mãe tentara esconder seu medo ao vê-lo. *Eu saí para nadar um pouco antes do aniversário de Gaia*, dissera ela a ele.

Eu sei o que você fez, respondera ele, e continuara repetindo aquilo até ela finalmente confessar a verdade.

Mas eu posso mudar, dissera ela, *aprendi minha lição*. Minha mãe então teria começado a implorar, pedindo misericórdia. Pelas suas filhas. *É tarde demais*, dissera o Rei dos Mares ao pegar seu tridente. E estilhaçou a espinha dela.

Agora ouço gritos, as vozes de minhas irmãs cortando o ar. Os gritos obscurecem qualquer coisa semelhante a frases inteligíveis, é apenas uma confusão de palavras, composta por um monte de *não, por favor, desculpe* e *não nos machuque*. E *pai. Pai. Pai.*

O Rei dos Mares chegou. Aquele homem não merece ser chamado de pai, aquele que atou barbantes às nossas mãos, que nos fez dançar como marionetes. Ele assassinou nossa mãe e nos fez acreditar que ela escolhera nos abandonar.

"Qual é o significado de tal insubordinação?", pergunta o Rei dos Mares, e, mesmo agora, o som da voz dele me faz baixar o olhar, encolher os ombros, tentando lhe mostrar que não sou uma ameaça.

Não mais. Eu me obrigo a me endireitar. Não vou me acovardar diante desse homem por nem um minuto mais.

"Nós lamentamos..."

"Não era nossa intenção..."

"Só achávamos que talvez se..."

"Silêncio", ruge o Rei dos Mares da água. "Que tipo de sereias são vocês, para desobedecer a seu pai de tal maneira? Vocês não têm lealdade? Nenhuma gratidão diante de tudo o que fiz por vocês?"

A reação de minhas irmãs é chorar. Uma delas está gemendo histericamente, Cosima, creio, e ouço o som de pele batendo em pele, uma bofetada selvagem e um grito. *Como ele ousa machucar uma de nós?* "Eu ordenei que fizessem silêncio", diz ele. "Não digam que eu não avisei."

Eu me aproximo, me certificando de que ainda estou fora do campo de visão dele. Sento-me à beira do convés da escotilha do barco, o mesmo local para onde o capitão me trouxe mais cedo, espiando em torno da proa de madeira. Meu pai está lá, com minhas irmãs, e ele parece menor do que eu me lembrava, de algum modo, sua cauda submersa, seus cabelos mais cinzentos do que jamais vi.

"O que vocês fizeram?", questiona, batendo os nós dos dedos na careca de Talia. Ela recua, e então aquela palidez conhecida toma seu rosto, despindo qualquer medo ou mágoa. Tornando-a bonita outra vez, do jeito que nosso pai prefere. "Onde estão os cabelos de vocês? Isso é algum tipo de piada?"

"Queríamos salvar Gaia..."

"Não a chamem por esse nome. É amaldiçoado", ralha. "É disso que a mãe de vocês queria chamá-la. E vejam só como ela terminou."

Eu os observo, um rosto por vez, e vejo neles o reflexo do que sei ser a verdade que emana de mim. Elas se esforçam para ocultar isso, mas dá para ver em seus olhos. *Se minha mãe não me amava*, elas se perguntam, *então é porque tem algo errado comigo? Eu sou uma desgraça. Minha culpa. Minha culpa.*

Nós nos culpávamos. Nós odiávamos a nossa mãe. E nada disso era verdade.

"A única coisa que já exigi de vocês foi que se fizessem bonitas", diz meu pai, "e que sorrissem quando lhes fosse pedido. Isso é tão difícil assim? É? Por que vocês têm que ser tão inúteis?"

Deixe-as em paz. Cerro os punhos. Estou louca para brigar.

"O que foi isso?", pergunta o Rei dos Mares, se virando para olhar o barco. "Quem disse isso?"

Deixe. Minhas. Irmãs. Em. Paz, penso outra vez, e as palavras de repente estão saindo de mim, crescendo, reverberando na madeira do barco e subindo ao ar matinal. *É a minha voz.*

"Muirgen", diz meu pai, olhando em volta para me achar. "Muirgen, onde você está?"

Eu não me mexo, levando os dedos à garganta. Minha voz voltou. Meus pés também não doem mais, percebo. Será que Ceto lançou outro feitiço, sem meu conhecimento?

"Muirgen", diz o Rei dos Mares, e sua voz fica perigosamente grave. "Se você não aparecer imediatamente, vou escalpelar suas irmãs, uma por uma."

Um chorinho, logo engolido. Minhas irmãs estão com medo, exatamente como ele quer que elas estejam. Ele só se sente um verdadeiro rei quando é temido. "Você não iria gostar de carregar esse peso na consciência, não é, minha doçura?", provoca ele, o som do tridente batendo na lateral do barco, uma vez, duas.

Meu pai está ficando impaciente. Ele está tão acostumado com nossa obediência instantânea; desconhece o significado de esperar. "Qual delas é a sua favorita, Muirgen?" Espio a cena novamente e o vejo agarrando Sophia pelo pescoço, retorcendo-a de modo que o tridente fique bem na posição do coração dela. Sophia não choraminga como minhas outras irmãs teriam feito, ela simplesmente fica olhando para o horizonte como se estivesse orando por uma intervenção divina. "Implore à sua irmã para que ela saia, Sophia", ordena o Rei dos Mares. Ele está sussurrando ao ouvido dela, e ainda assim consigo ouvi-lo perfeitamente, apesar da distância e dos soluços implacáveis de Cosima. "Diga a sua irmãzinha qual o tamanho do seu medo agora."

Solte-a. Caminho até a lateral do barco, olhando para o Rei dos Mares e para minhas irmãs. Não tenho medo, e meu pai consegue notar isso; é como se ele tivesse um sexto sentido para detectar nosso medo. Isso não é o que ele estava esperando. *Solte-a, já falei.*

"Irmã", diz Talia, olhos arregalados. "Irmã, como você está falando sem mexer os lábios?"

"Cale a boca, Talia", ordena meu pai, e Talia contrai o rosto. "Não é de se admirar que nenhum homem tenha pedido sua mão ainda, você só sabe tagarelar."

Não fale assim com minhas irmãs. Minha voz sai mais alta, e acho que gosto do som dela. *Você me ouviu, seu velho?*

"Muirgen?", chama meu pai. "Muirgen, como você ousa me mandar..."

Como ouso o quê? Eu pensei ter mandado você se calar.

Minhas irmãs me encaram, boquiabertas. Não é assim que fomos treinadas para nos comportarmos.

Cosima. Ela ainda está choramingando, a mão cobrindo o rosto arrasado. *Cosima, vai ficar tudo bem.*

"Parem com essa bobagem", meu pai se vira e ruge para ela, me ignorando. "Vocês só servem para ostentar um rostinho bonito, querem estragar isso também?"

Todas nós valemos mais do que isso.

"Como é? Vocês valem mais do que o quê?", questiona o Rei dos Mares, o rosto vermelho de ódio.

Valemos mais do que nossos rostinhos bonitos. (Lembro-me da advertência de Eleanor sobre o enfraquecimento da beleza, e de como ela teria fortalecido sua filha, e soube então que minha mãe teria feito o mesmo se tivesse a oportunidade.) *Você precisava que fôssemos discretas e temerosas, não é, pai? Você nos colocou umas contra as outras, nos obrigou a competir entre nós — e para quê? Porque temia o que aconteceria caso trabalhássemos juntas? Da força que poderíamos ter?*

"Força", cospe ele. "Vocês? Filhas não foram feitas para serem fortes."

Nossa mãe queria que fôssemos mais do que seus peões, não é? Éramos tão importantes para ela, que ela se mostrara disposta a sacrificar a própria liberdade para ficar conosco. Durante toda a minha vida, a única coisa que carreguei foi a esperança de que talvez minha mãe ainda estivesse viva, de que talvez ela estivesse à minha espera para ser encontrada e resgatada. Tal esperança se foi, mas a verdade está crescendo, abrindo suas mãos para envolver minha cintura. Agora eu seria capaz de subir na borda do barco, me equilibrar no parapeito, as mãos para o alto. Levem-me, deuses, eu gritaria, pois não tenho mais medo. Levem-me e façam o que quiserem comigo.

"Como ousa?", troveja meu pai, seu olho esquerdo começando a tremer; estou deixando-o tenso. "E não mencione essa mulher na minha presença outra vez. Ela era uma vagabunda. Mereceu o destino que teve."

Destino que teve? Que destino seria esse, pai?

"Oh", diz ele, zombando de mim. Um lampejo de raiva me atravessa. Ele vai se arrepender disso. Ele vai se arrepender de tudo isso. "Você se esqueceu do que os humanos fizeram com ela? Os humanos que você tanto ama, os humanos que fizeram você abandonar suas irmãs." Ele brande seu tridente para elas, que se encolhem. "Os humanos raptaram sua mãe. Eles a destruíram."

Eu solto uma risada, um zumbido vibrando do fundo da minha garganta até explodir da boca. Explode contra a água, incitando ondas feito um tsunami contra meu pai. Ele então começa a se debater, limpando o sal dos olhos, tentando afastar a água com seu tridente. A essa altura, ele já deveria saber que o mar sempre vence.

"Como você está conseguindo fazer isso?", berra ele. Ele está com medo. Pela primeira vez na vida, deixei meu pai assustado.

Parece que você não é o único com poderes aqui.

"Gaia?", pergunta Sophia, pálida. "Gaia, o que é que..."

Não tenham medo, minhas irmãs. Ergo as mãos para que elas vejam que não represento uma ameaça a elas. Quero protegê-las, empoderá-las. Somos mulheres, e mulheres são guerreiras, afinal.

"Você deveria estar com medo", diz o Rei dos Mares, mas lambe os lábios nervosamente. "A irmã de vocês enlouqueceu. O período com os humanos apodreceu o cérebro dela." Ele pega seu tridente. "Vamos nos retirar para o reino e deixá-la aqui."

Vejo Nia articulando. *Dez minutos, Gaia.*

Por que não temos uma conversinha sobre os humanos, pai? Já que você tocou no assunto, afinal de contas. Me inclino para a frente, contra a paliçada, apoiando o queixo no meu punho fechado, a própria imagem da indiferença. *Tenho certeza de que minhas irmãs adorariam ouvir tudo a respeito. E sobre um deles em particular. Alexander Carlisle.*

"Meninas." Ele agarra Sophia e Cosima pela nuca, rosnando para que as outras o acompanhem.

Não tão depressa. Semicerro os olhos, sentindo um anel de fogo arrasar minhas pupilas. Meu pai larga as filhas, o vapor subindo das palmas em anéis de fumaça. Ele as enfia na água, berrando de dor, e eu gargalho descontroladamente. Pareço uma bruxa, percebo.

"Quem é você?", diz ele, olhando para as próprias mãos chamuscadas.

Eu sou Gaia, filha de Muireann do Mar Verde. Minha voz sai tão forte e tão alta. Quanto mais alto eu falo, mais desconcertado meu pai fica. Era isso que ele temera por todo esse tempo? Que suas filhas fossem levantar suas vozes e se recusar a serem silenciadas? *E eu estou ordenando que você nos conte o que aconteceu à nossa mãe.*

"Sua mãe estava atraída pelo mundo humano", ele recita a história que todas conhecemos tão bem. "Ela nadou para muito perto da superfície e foi capturada. Os humanos a levaram, e ao mesmo tempo que eu quis salvá-la, eu não desejava arriscar..."

Não. Estou vociferando, a voz estalando e se estilhaçando, o céu escurecendo embora o sol esteja subindo. Eu estou causando a escuridão chuvosa. Eu detenho o poder. *Não. Conte a verdade.*

"Muirgen", diz ele. "Gaia, por favor."

Ela era linda, não era? Muireann do Mar Verde. Linda, porém inquieta. Ávida por algo mais, algo que nem ela era capaz de nomear.

"Ela foi desobediente", diz ele. "Você tem que entender isso. Ela não era adepta às regras. Ela era diferente do restante de nós."

E qual é o problema de ser desobediente? Olho diretamente para Nia quando falo isso. Seus olhos brilham com lágrimas contidas, e eu sei que ela compreende o que estou tentando lhe dizer. *Qual é o problema de ser diferente?*

"Eu fiz aquilo para o bem dela", diz meu pai. "Para o seu próprio bem. Você precisava de um exemplo melhor da sua mãe, você precisava de um modelo *puro*. Eu fiz aquilo por você. Eu fiz por todas vocês."

Cale-se. Eu expiro e uma ventania se agita, fazendo o amado tridente sair da mão dele. Meu pai tenta agarrá-lo, mas eu me concentro outra vez, imaginando uma corda envolvendo seus pulsos. Vejam como ele gosta de ser amarrado. Ele não consegue se mexer. Eu não vou permitir que ele se mexa.

Você matou nossa mãe. As palavras separam os céus, moldando-se em nuvens negras. Ninguém diz nada; minhas irmãs permanecem em silêncio. Seus rostos estão pálidos, como se o tempo todo, de algum modo, elas também tivessem noção de que essa era a verdade.

"Mamãe", Talia fica dizendo sem parar, como uma criança pequena. "Mamãe."

Ceto me contou a verdade. Meus olhos perfuram os dele, e eu não tenho medo. *Você matou nossa mãe.*

"Eu não...", começa o Rei dos Mares, mas mal podemos ouvi-lo sobre o choro de Talia. "Eu queria proteger vocês." Ele olha para cada uma de minhas irmãs, uma por vez, em busca de apoio, antes de se virar para Cosima. "Minha menina querida, você não acredita nisso, não é?" Ela está insegura, seu olhar passeando entre nós dois. Ela não sabe em quem acreditar.

Você matou nossa mãe, repito.

E, desta vez, minhas irmãs nadam para longe do Rei dos Mares, deixando-o sozinho. Esse era o maior medo dele, é claro. A quem ele governaria se não tivesse ninguém para obedecê-lo? Como se assomar sem a figura de suas filhas para serem olhadas do alto?

"Não." Ele tenta ir até elas. Eu o finco no lugar, sussurrando encantamentos em minha mente. Não sei como conheço tais feitiços; é como se as palavras estivessem talhadas em minha alma. Elas estiveram lá o tempo todo, à minha espera para libertá-las.

O Rei dos Mares afunda, como se na areia movediça. "Ajudemme", balbucia ele, cuspindo água, e ainda assim nenhuma de minhas irmãs se mexe. Imagino as guelras dele se fechando, vedadas.

Ele saberá como é ter seu último suspiro roubado, assim como minha mãe soube. "Não!", suplica ele, ofegante. "Muirgen! Muirgen, por favor, não faça isso."

Não me chame assim. Meu. Nome. É. GAIA.

Uma língua bifurcada de luz, uma serpente lambendo o céu. *Você vai me chamar pelo meu nome, velho. Desta vez, vai fazer o que eu disser para fazer.* A luz mergulha escura, o sol ganhando uma pincelada. *Vou dobrar este mundo como eu quiser, de maneiras que você apenas poderia sonhar.*

"Zale virá", grita o Rei dos Mares, lutando para manter a cabeça acima d'água. "Não importa o que você faça comigo, Zale trará um exército e lutará esta guerra. Ele destruirá todas vocês."

Eu sei que Zale virá. Fico com a boca cheia d'água ante essa ideia, do que vou fazer com ele. Do que vou fazer com todos eles. *E eu vou cuidar dele, pai; não foi isso que você sempre me disse para fazer? Não se preocupe com Zale.*

"Você não pode fazer isso." Agora ele está chorando — meu pai, que nos dizia que lágrimas eram um sinal de fraqueza e que deveriam ser evitadas a todo custo. "Vocês são apenas *garotas*."

Nós podemos ser garotas, digo, levantando minha mão para que ele possa ver o punhal da Bruxa do Mar. Ele meneia a cabeça, sua boca formando a palavra "não" quando ele afunda, como se tivesse uma âncora de aço amarrada em torno da cauda. Eu agito a lâmina e a retorço, imaginando uma agulha grossa pairando sobre o rosto do Rei dos Mares, cortando a carne e costurando seus lábios com linha preta. Talvez seja a hora de meu pai saber como é ser silenciado.

Mas nós, "garotas", não precisamos fazer o que você manda. Nunca mais.

Meu pai vai caindo, caindo, caindo. Seu corpo vai afundar no reino, como todos os homens humanos antes dele, os olhos ainda abertos como se buscassem alguma coisa. Ele vai buscar a eternidade.

Irmãs. Elas estão amontoadas, pálidas de choque. *Quero que vocês sempre se lembrem do quanto são poderosas. Jamais permitam que alguém tire isso de vocês, ou tente fazer vocês se sentirem pequenas. O reino necessita que vocês sejam corajosas agora.* Volto a olhar para Nia e penso no que Ceto me disse. *O reino precisa que vocês sejam fiéis ao seu verdadeiro eu.* E minha irmã sorri para mim. *Ser genuína é a coisa mais importante que qualquer mulher pode fazer.*

"Por que você está falando desse jeito?", pergunta Sophia. "Ainda há tempo para você usar a lâmina do jeito que a Bruxa do Mar instruiu. Por que você soa como se estivesse se despedindo?"

Porque eu estou me despedindo.

Corto o ar, levantando a manta da noite e chamando o dia. O sol continua a subir. Ele sempre está lá, o sol, mesmo quando não podemos ver.

"Gaia!" Ouço minhas irmãs gritando quando levanto o punhal, pedindo aos céus para abençoá-lo, para santificá-lo para esta tarefa profana. "Gaia, não! Por favor, não faça isso."

(*Quem é você?* A voz de Ceto na minha cabeça. *E, mais importante, quem você vai ser?*)

Tenho uma escolha genuína, pela primeira vez na vida. Posso ser o que eu quiser.

Serei uma guerreira, concluo, erguendo o punhal e mirando no meu coração, a dor lancinante abafando os gritos de minhas irmãs. (*Amo vocês, irmãs. Amo todas vocês.*)

Minhas unhas vão virar garras e meus dentes ficarão afiados. Vou esfolar os homens que forem como meu pai. Vou desmembrá-los e devorá-los crus. Ah, vou incendiá-los e consumir suas cinzas.

Serei Rusalka. Terei minha vingança.

Mãe. Mãe, você consegue me ouvir?

AGRADECIMENTOS

Gostaria de agradecer a Lauren Fortune por me abordar com a ideia para *A Pequena Sereia e o Reino das Ilusões*, realizando, assim, meu sonho de longa data de reinterpretar esta história sob uma visão feminista. Seu entusiasmo, incentivo e apoio tornaram muito feliz todo o processo de escrever e editar este romance. Amei trabalhar com você.

Também gostaria de agradecer a Genevieve Herr, David Levithan, Lorraine Keating, Róisín O'Shea, Eishar Brar, Andrew Biscomb e a todos da Scholastic por trabalharem com afinco neste livro.

Obrigada aos meus pais maravilhosos, como sempre, e a minha irmã, Michelle.

Obrigada à minha agente, Rachel Conway, e a Teresa Coyne por terem me enviado dissertações maravilhosas e incrivelmente úteis sobre mitologia e contos de fadas sirênicos.

Obrigada aos meus amigos e familiares, cuja paciência comigo enquanto eu escrevia este romance foi extraordinária. Um agradecimento especial a Grace O'Sullivan, cujo lindo nome eu roubei para batizar minha sereia.

LOUISE O'NEILL é jornalista e escritora. Nasceu em 1985 em West Cork, na Irlanda e se mudou para Nova York para trabalhar na revista *Elle*, vivendo o dia a dia do mercado de moda intensamente. Voltou para sua cidade natal em 2011 e focou em sua carreira como escritora. Desde então, publicou quatro livros e recebeu diversos prêmios e nomeações com suas obras YA. Atualmente escreve artigos sobre feminismo, moda e cultura pop para uma variedade de jornais e revistas irlandesas. Acompanhe a escritora em **twitter.com/oneilllo**.

DARKLOVE.

"Eu não sou livre enquanto alguma mulher não o for, mesmo quando as correntes dela forem muito diferentes das minhas."

— AUDRE LORDE —